Mulheres difíceis

Roxane Gay

Mulheres difíceis

Tradução: Ana Guadalupe

GLOBOLIVROS

Copyright © 2017 by Roxane Gay
Copyright © 2019 by Editora Globo S.A.

Todos os direitos reservados. Nenhuma parte desta edição pode ser utilizada ou reproduzida — em qualquer meio ou forma, seja mecânico ou eletrônico, fotocópia, gravação, etc. — nem apropriada ou estocada em sistema de banco de dados sem a expressa autorização da editora.

Texto fixado conforme as regras do Acordo Ortográfico da Língua Portuguesa
(Decreto Legislativo nº 54, de 1995).

Título original: *Difficult Women*

Editor responsável: Amanda Orlando
Assistente editorial: Lara Berruezo
Preparação de texto: Jane Pessoa
Revisão: Alessandra Volkert
Diagramação: Crayon Editorial
Capa: Estúdio Insólito
Imagem de capa: © g_tech/Shutterstock

1ª edição, 2019

CIP-BRASIL. CATALOGAÇÃO NA PUBLICAÇÃO
SINDICATO NACIONAL DOS EDITORES DE LIVROS, RJ

G247m

Gay, Roxane, 1974-
Mulheres difíceis / Roxane Gay ; tradução Ana Guadalupe. - 1. ed. - Rio de Janeiro : Globo Livros, 2019.
240 p. ; 23 cm.

Tradução de: Difficult women
ISBN 9788525064707

1. Conto americano. I. Guadalupe, Ana. II. Título.

18-47616
CDD: 813
CDU: 821.111(73)-3

Meri Gleice Rodrigues de Souza - Bibliotecária CRB-7/6439

Direitos de edição em língua portuguesa para o Brasil
adquiridos por Editora Globo S. A.
Rua Marquês de Pombal, 25 — 20230-240 — Rio de Janeiro-RJ
www.globolivros.com.br

Às mulheres difíceis, que devem ser celebradas por serem quem são.

Sumário

Eu vou seguir você 9
Água, todo seu peso 29
A marca de Caim 35
Mulheres difíceis 41
Flórida 49
La negra blanca 63
Braço de bebê 77
Região Norte 83
Como 101
Réquiem para um coração de vidro 115
Na ocasião da morte do meu pai 121
Quebrar por inteiro 125
Padre malvado 143
Relacionamento aberto 151
Um tapinha 153
Melhores características 155
Densidade óssea 159
Eu sou a faca 167
O sacrifício da escuridão 177
Coisas nobres 199
Outros deuses 217

Agradecimentos 235
Créditos 237

Eu vou seguir você

Minha irmã decidiu que precisávamos visitar seu marido que morava em Reno. Quando me contou, eu estava de mau humor.
— E o que tenho a ver com isso? — perguntei.
Carolina se casou aos dezenove anos. Darryl, o marido, era uma década mais velho mas tinha uma cabeleira cheia, e ela achou que isso queria dizer alguma coisa. Eles moraram na nossa casa durante o primeiro ano. Minha mãe chamou essa fase de "enquanto eles se ajeitam", mas os dois ficavam o tempo todo na cama, então achei que "enquanto eles se ajeitam" fosse um eufemismo para o sexo. Quando finalmente se mudaram, Carolina e Darryl foram morar num apartamento capenga com papel de parede cor de ervilha e uma sacada com a grade solta que parecia um dente podre. Eu ia visitá-los depois da aula na universidade. Muitas vezes ela ainda não tinha voltado do trabalho voluntário, então eu a esperava vendo televisão e bebendo cerveja quente, e Darryl, que aparentemente nunca arrumava emprego, ficava me olhando e dizia que eu era bonita. Quando contei à minha irmã, ela riu e balançou a cabeça, e disse:
— Não dá para fazer muita coisa com os homens, mas ele não vai te perturbar, eu prometo.
Ela tinha razão.
Darryl decidiu se mudar para Nevada, falava que lá tinha mais oportunidades, e disse a Carolina que ela era sua mulher, devia ir com ele. Sendo casado com minha irmã, Darryl não precisava trabalhar, mas cismava em ser

antiquado nas coisas mais estranhas. Carolina não é de obedecer aos outros, e não ia me deixar para trás. Eu não queria ir para Nevada, então ela ficou, e eles continuaram casados, mas morando separados.

Eu estava dormindo, o braço quente e forte do meu namorado Spencer atravessando meu peito, quando Carolina bateu à porta. Minha relação com Spencer deixava a desejar por muitos motivos, com menção honrosa à sua mania de se comunicar só por meio de falas de filmes, já que ele achava que isso o tornava um cinéfilo mais verossímil. Ele me chacoalhou, mas dei um grunhido e virei para o outro lado. Ninguém atendeu, então Carolina abriu a porta, entrou cambaleando no nosso quarto e engatinhou para perto de mim. Sua pele estava úmida e estranhamente gelada, como se tivesse praticado corrida no inverno. Ela cheirava a spray de cabelo e perfume.

Carolina deu um beijinho na minha nuca.

— Tá na hora de ir, Savvie — sussurrou.

— Não quero, sério.

Spencer cobriu a cabeça com um travesseiro e resmungou alguma coisa incompreensível.

— Não me obrigue a ir sozinha — Carolina disse, a voz trêmula. — Não me obrigue a ficar aqui, de novo, não.

Uma hora depois estávamos na rodovia interestadual, direção leste. Fiquei curvada na porta, espremendo a bochecha no vidro. Assim que atravessamos a divisa com a Califórnia, me ajeitei no banco e disse "te odeio", mas agarrei o braço da minha irmã, também.

O Blue Desert Inn parecia abandonado, esquecido. Marcas de mofo cobriam as paredes de argamassa em arranjos pretos e verdes. A placa de neon HÁ V G S crepitava no esforço de continuar iluminada. Só havia dois ou três carros no estacionamento.

— Era bem neste tipo de lugar que eu imaginava que seu marido acabaria — disse enquanto estacionávamos o carro. — Se você dormir com ele aqui, vou ficar muito decepcionada.

Darryl abriu a porta usando uma cueca *boxer* esgarçada e uma camiseta dos tempos de escola. O cabelo cobria os olhos e os lábios estavam rachados.

Ele coçou o queixo.

— Sabia que você ia voltar para mim.

Carolina esfregou o polegar em sua barba por fazer.

— Seja uma pessoa legal.

Ela passou por ele e eu a segui, andando devagar. O quarto era pequeno e mais limpo do que eu esperava. A cama *queen size*, capenga, se esparramava no meio do quarto. Uma mesinha e duas cadeiras ficavam perto da cama. Do outro lado, havia uma cômoda de madeira cheia daqueles copos de café feitos de isopor, um deles ostentando uma marca de batom.

Apontei para a TV de tubo.

— Não sabia que ainda faziam dessas.

O lábio superior de Darryl se crispou. Ele acenou com a cabeça em direção à porta que dava no quarto ao lado.

— Você devia ver se o outro quarto está livre. — Deu uma palmadinha na cama e se jogou no colchão, que soltou um ronco quando ele caiu. — Eu e sua irmã vamos ficar ocupados.

Na recepção, um homem mais velho com um barrigão e um emaranhado de cabelo ruivo se apoiava no balcão, batendo num mapa do hotel e explicando as vantagens de cada quarto disponível. Apontei para o quarto ao lado do de Darryl.

— Quero saber deste quarto.

O balconista coçou a barriga e estalou os dedos.

— Esse aí é um quarto bacana. Tem uma infiltração de nada no teto do banheiro, mas no chuveiro você já vai se molhar de qualquer jeito.

Engoli em seco.

— Vou ficar com esse.

Ele me olhou de cima a baixo.

— Vai precisar de uma chave extra ou de companhia?

Deslizei três notas de vinte pelo balcão.

— Nenhum dos dois.

— Fique à vontade — o balconista falou. — Fique à vontade.

O ar no meu quarto era úmido e carregado. A cama tinha uma depressão familiar, como se a mesma pessoa tivesse pulado de quarto em quarto e deixado para trás o peso da memória. Depois de fazer uma inspeção cuidadosa, encostei o ouvido na porta que separava meu quarto do quarto de Darryl. Carolina e o marido estavam surpreendentemente quietos. Fechei os olhos. Comecei a respirar mais devagar. Não sei por quanto tempo fiquei ali, até uma pancada alta me pegar de surpresa.

— Sei que você está escutando, Savvie.

Abri a porta e encarei minha irmã, que estava em pé na entrada do quarto, as mãos na cintura. Darryl continuava deitado na cama, ainda vestido, de pernas cruzadas. Ele acenou e abriu um sorriso.

— Que beleza, irmãzinha.

Antes que eu pudesse falar qualquer coisa, Carolina cobriu minha boca.

— Darryl vai levar a gente para jantar fora, num cassino e tudo mais.

Olhei para minha roupa — um jeans desbotado com um buraco desfiado onde deveria ser o joelho e uma regatinha branca.

— Não vou me trocar.

O Paradise Deluxe era escandaloso de todos os ângulos possíveis. Os carpetes eram uma infeliz explosão de vermelho e laranja e verde e roxo; o rock clássico retumbava pelos alto-falantes do teto. O andar inteiro era um lugar entupido de caça-níqueis luminosos, cada um emitindo uma série de sons agudos que nunca passariam por uma melodia, e na maioria das máquinas, figuras bêbadas relinchavam e apertavam o botão GIRAR repetidamente. Enquanto atravessávamos o cassino juntos, um trio — Darryl, Carolina e eu —, a cada poucos passos, ele acenava como se fosse dono do lugar.

O restaurante estava escuro e vazio. Nosso garçom, um menino alto e magro cujo cabelo era uma massa oleosa na frente do rosto, nos entregou cardápios revestidos de plástico sujo e nos ignorou pelos próximos vinte minutos.

Darryl jogou o corpo para trás, esticando os braços e envolvendo os ombros de Carolina.

— Aqui — ele falou — é o paraíso. Eles servem o melhor filé de Reno neste lugar. A carne fica tão macia e suculenta que a faca corta como se fosse manteiga.

Fingi estar profundamente interessada no cardápio e em sua vasta gama de carnes de segunda e fritura.

Darryl me chutou por baixo da mesa.

Fechei o cardápio.

— Precisa disso?

Ele bateu na mesa.

— A turminha se encontrou de novo.

Enquanto esperávamos, Carolina roçava a mão na coxa de Darryl de forma mecânica. Ele fez movimentos estranhos com o rosto e começou a fumar, batendo as cinzas na mesa.

— Acho que você não pode fazer isso — eu disse.

Darryl deu de ombros.

— Sou influente por aqui. Não vão dizer nada.

Fiquei olhando para o montinho de cinzas que ele estava fazendo.

— A gente vai comer nesta mesa.

Ele soltou uma argola perfeita de fumaça.

Carolina tocou de leve meu cotovelo e olhou para o outro lado da mesa.

— Deixa ela — disse.

Darryl e minha irmã se casaram no cartório. Fiquei ao lado dela, com meu melhor vestido — amarelo, sem mangas, acinturado — e All Stars pink de cano alto nos pés. O irmão de Darryl, Dennis, ficou ao lado dele. Dennis não fez nem o favor de usar calças e flutuou entre seu irmão e minha irmã usando shorts cáqui. O juiz de paz tagarelava sobre amor e obediência, e eu só conseguia olhar para os joelhos de Dennis, o jeito como eram saltados. Nossos pais e irmãos faziam uma fila desajeitada ao lado da mãe de Darryl, que mascava chiclete fazendo barulho. Ela precisa ter um cigarro na boca o tempo todo. Depois de dez minutos sem um cigarro, já era sofrimento demais.

Após os votos, fomos parar num corredor lotado de gente que estava indo ao Departamento de Trânsito renovar a carteira de motorista e procurar justiça. Também estivemos naquele lugar três anos antes buscando alguma coisa, mas não falamos disso nesse dia. Fingimos que tínhamos todos os motivos para comemorar. Dennis pegou uma mochila e tirou de dentro duas cervejas quentes. Ele e Darryl abriram as latinhas lá mesmo. Carolina riu. Um policial com a barriga caindo por cima da calça os observou com olhos cansados, depois olhou para os próprios sapatos. Todo mundo começou a se arrastar em direção ao estacionamento, mas Carolina e eu ficamos.

Ela encostou a testa na minha.
Uma coisa molhada e pesada ficou presa na minha garganta.
— Por que ele?
— Eu não daria certo com um homem bom de verdade, e Darryl não é um homem ruim de verdade.
Eu sabia bem o que ela queria dizer.

Darryl trabalhava à noite administrando um pequeno aeródromo nos limites de Reno, um daqueles frequentados por apostadores e outros canalhas cheios da grana que prezam pela discrição no que diz respeito a suas viagens. Como tinha caído de paraquedas nesse emprego era um mistério. Não sabia quase nada de administração, aviação ou trabalho. Ele nos convidou para acompanhá-lo até lá, como se tivesse medo de que, longe dele, Carolina desaparecesse num piscar de olhos. Um amigo dele, Cooper, ia trazer cerveja e um pouco de maconha. No caminho, fiquei no banco de trás do carro olhando para as sardas no pescoço de Darryl, que apontavam da nuca em direção à coluna e formavam um V bem grande. Quando Carolina se apoiou nele, como se nunca tivessem se separado, virei o rosto.
— Você não tem trabalho?
Ele se virou e sorriu para mim.
— Com as duas moças aqui para me ajudar, nem tanto.
— Você podia só me levar de volta para o hotel.
Carolina olhou para trás.
— Se você voltar, também volto — ela disse, direta. — Você sabe como é.
— Vocês duas ainda são grudadas tipo aquelas gêmeas bizarras, como é o nome mesmo, sabe, igual aos gatos?
Cutuquei o buraco que havia na parte detrás do banco do motorista.
— Siamesas?
Darryl bateu no volante e gritou:
— É, siamesas, isso aí.
Balancei a cabeça e Carolina se virou de novo.
— Somos mais ou menos isso.

Já fomos jovens.

Aonde Carolina ia, eu a seguia. Temos só um ano de diferença, quase nada. Nossos pais se mudaram de Los Angeles depois que eu nasci. Com duas filhas, parecia mais adequado morar num lugar mais calmo, mais seguro. Acabamos perto de Carmel, num aglomerado de *casitas* espanholas rodeadas de árvores bem altas.

Eu tinha dez anos e Carolina, onze. Estávamos no pequeno estacionamento que ficava ao lado do parque mais próximo à nossa vizinhança. Lá tinha uma van com uma pintura de céu estrelado na lateral — um azul reluzente cheio de pontinhos perfeitos de luz branca, tão lindo. Eu queria encostar naquelas estrelas brilhantes que iam da frente da van até a parte de trás. Jessie Schachter, uma amiga de Carolina, se aproximou e as duas começaram a conversar. Eu sentia com a palma da mão que a van estava quente, bem quente. Sempre pensei que as estrelas fossem geladas. As estrelas começaram a se mexer, e a porta se abriu num movimento brusco. Um homem, velho como meu pai, se agachou na abertura, me encarando, um sorriso estranho pendurado nos lábios.

Ele agarrou as alças do meu macacão e me puxou para dentro da van. Tentei gritar, mas ele cobriu minha boca. Sua mão estava suada, tinha gosto de óleo de motor. Carolina conseguiu me ouvir tentando engolir o ar. Em vez de fugir, ela correu em direção à van e se jogou com o corpinho ao nosso lado, o rosto contorcido pela concentração. O nome do homem era sr. Peter. Ele fechou a porta bem rápido e amarrou nossos pulsos e tornozelos.

— Vocês calem a boca — ele disse — ou eu mato seus pais e todos os seus amigos.

Ele pontuava cada palavra com o dedo.

O sr. Peter nos deixou num hospital perto de casa seis semanas depois. Ficamos em pé perto da entrada da sala de emergência e o vimos indo embora, as estrelas cintilantes da van desaparecendo. Apertei a mão de Carolina e andamos até um balcão com uma placa que dizia REGISTRO. Quase não alcançávamos a altura do balcão para ver do outro lado. Eu fiquei em silêncio, ficaria por muito tempo. Carolina disse nossos nomes à atendente, a voz fraca. Ela sabia quem éramos, e até mostrou um panfleto com fotos nossas e nossos nomes e a cor dos nossos olhos e cabelos, o que estávamos vestindo quando fomos vistas pela última vez. Tonta, eu cambaleei e vomitei no balcão inteiro. Carolina me puxou para perto.

— Precisamos de atendimento médico — ela disse.

Mais tarde, nossos pais entraram correndo na sala de emergência, repetindo nossos nomes desesperadamente. Tentaram nos abraçar e nós nos retraímos. Disseram que estávamos muito magras. Ficaram sentados entre nossas camas, de forma que pudessem ficar perto das duas. Nossos pais perguntaram a Carolina por que ela tinha pulado para dentro da van em vez de pedir ajuda. Ela disse:

— Eu não podia deixar minha irmã sozinha.

Quando recebemos alta, os detetives nos levaram a uma sala com mesinhas, cadeirinhas, livros de colorir e giz de cera, como se precisássemos de coisas de criança.

No dia em que voltamos para a escola, três meses haviam se passado. Fiquei na minha sala e esperei a sra. Sewell fazer a chamada. Assim que terminou, saí da sala, com a sra. Sewell gritando por mim. Fui até a sala de Carolina e sentei no chão ao lado de sua carteira, descansando a cabeça em sua perna. A professora parou por um momento, depois continuou falando. Não importava o que qualquer um falasse ou fizesse, eu ia para a aula com ela. Os professores não sabiam o que fazer, então a escola me deixou pular um ano. Minha irmã era o único lugar que fazia sentido.

No aeródromo, seguimos Darryl até o terminal minúsculo. Uma janela comprida dava de frente para o asfalto. Ele apontou para uma área de descanso bem pequena: três bancos em forma de U.

— Aquela é a área VIP — falou, rindo.

Ele nos mostrou um escritório apertado, cheio de papéis cobertos de poeira, cones de trânsito laranja, uma espécie de fone de ouvido e uma pilha inacreditável de entulho. Carolina e eu ficamos sentadas nos bancos enquanto Darryl fazia sabe-se lá o quê. Depois de alguns minutos ele disse:

— Vão para a janela. Vou mostrar um negócio para vocês.

Ficamos em pé e me debrucei na janela. De repente, fileiras enormes de luzes azuis apareceram na pista. Fiquei sem fôlego. Foi bom me sentir parte de uma beleza tão inesperada.

Darryl apareceu por trás de nós duas e nos puxou para um abraço.

— Não é uma vista incrível, meninas?

Um pouco depois, um caminhão pesado estacionou em frente à janela. Darryl começou a pular para cima e para baixo, balançando os braços.

— Meu amigão Cooper chegou. Agora vamos nos divertir.

Ele correu para receber o amigo. Eles se abraçaram socando as costas um do outro do jeito violento que os homens demonstram carinho. Subiram no capô do caminhão e abriram latas de cerveja.

Virei para minha irmã.

— Que merda estamos fazendo aqui, Carolina?

Ela contornou as formas de Darryl através do vidro.

— Eu sei quem ele é. Sei exatamente quem ele é. Preciso estar com alguém que eu entenda completamente. — E tirou o cabelo do rosto.

Carolina estava mentindo, mas não ia me falar a verdade até que estivesse pronta.

Ela correu até o caminhão, e os caras se separaram para que Carolina pudesse se sentar entre eles. Fiquei olhando enquanto ela abria uma cerveja e ficava com espuma no rosto. Ela jogava a cabeça para trás e dava risada. Eu a invejava. Não entendia Spencer nem um pouco, nem depois de dois anos. Quis saber o que ele pensava sobre isso. Ele respondeu na primeira ligação.

— Não te entendo — eu disse. — Preciso estar com um homem que eu entenda.

Spencer limpou a garganta.

— Preste muita atenção no que vou falar, pois escolho minhas palavras com cuidado e nunca as repito. Eu lhe disse meu nome: esse é o quem.

Eu não podia suportar seu déficit cognitivo por nem mais um minuto.

— Sabe de uma coisa, Spencer? Tchau.

Desliguei antes que precisasse ouvir mais alguma bobagem.

Fui me juntar à minha irmã e Darryl e seu amigo na pista. Carolina sorriu e me jogou uma cerveja.

— Como anda o balconista da locadora?

— A gente terminou.

Carolina ergueu os braços e soltou um grito. De repente, estava subindo no para-brisa e ficando em pé lá em cima e gritando para que eu fosse com ela. Cooper entrou na cabine e aumentou o volume do rádio. Bebemos e dançamos em cima daquele caminhão enquanto os meninos dividiram um baseado na parte de baixo. A noite foi escurecendo, mas não paramos de dançar. Depois de um tempo, acabamos ficando cansadas e descemos para a carroceria. Olhamos para as estrelas no céu, a noite ainda estava quente. Fiquei com vontade de chorar.

Carolina se aproximou.

— Não chore — ela disse.

— Não vamos mais voltar para casa, né?

Ela colocou as mãos no meu rosto.

Acordei. Meus olhos estavam secos e minha boca estava seca. Minha cara estava seca, a pele esticada. O deserto tinha entrado em mim. Sentei na cama num movimento vagaroso e olhei ao redor. Estava de novo no quarto de hotel — o cheiro de mofo era insuportável. Levei a mão ao peito. Ainda estava de roupa. A porta que dava para o quarto de Darryl estava aberta, e o próprio dormia esparramado, de bruços, uma de suas longas pernas pendurada para fora da cama. Carolina estava encostada na cabeceira fazendo palavras cruzadas, os óculos na ponta do nariz.

— Você não dormiu muito.

— Há quanto tempo estamos aqui?

Ela olhou para o relógio no criado-mudo.

— Umas horas.

Carolina deixou as palavras cruzadas de lado e me levou de volta para o meu quarto. Me ajudou a tirar a calça jeans e passou uma camiseta limpa por cima da minha cabeça. Limpou meu rosto com uma toalhinha gelada e se deitou na cama comigo.

Virei de frente para ela.

— Você devia dormir.

Ela concordou, e puxei o edredom para nos cobrir.

— Você fica de guarda — ela sussurrou.
Senti um aperto no peito.
— Shhh — eu disse. — Shhh.
Fiquei olhando o teto escurecido pelo tempo e pela umidade. Carolina começou a roncar baixinho. Quando fiquei entediada, liguei a televisão e vi um documentário sobre os peixes-boi do litoral da Flórida, dizia que eles têm quase três metros de comprimento e que grande parte das mortes da espécie tem a ver com a ação do homem. Quando o cientista disse isso, o entrevistador fez uma pausa. "O homem sempre se intromete", ponderou.

Já fomos jovens e de repente não éramos mais.
O sr. Peter dirigiu por um bom tempo. Éramos tão pequenas e estávamos tão assustadas. Foi o bastante para nos manter quietas. Quando paramos, não estávamos em nenhum lugar conhecido. Ele não falou muita coisa, as mãos esmagando nossos pescoços para nos guiar da van a casa. Levou-nos para um quarto com duas camas iguais. O papel de parede tinha ursinhos de gravata-borboleta e uma borda de cor azul brilhante. Não tinha janela. Não tinha nada naquele quarto exceto as camas e as paredes, nossos corpos e nosso medo. Carolina e eu nos sentamos no canto da cama mais afastada da porta. Ficamos em silêncio, nossas pernas finas encostadas uma na outra, tremendo. Quando o sr. Peter voltou, jogou um pedaço de corda em minha direção.
— Amarre-a — ele disse.
Eu hesitei, e ele apertou meu ombro com força.
— Não me faça esperar.
— Desculpe — sussurrei, dando voltas frouxas com a corda nos pulsos de Carolina.
O sr. Peter me cutucou com o pé.
— Mais apertado.
Carolina começou a balbuciar qualquer coisa, a voz cada vez mais aguda à medida que eu apertava a corda. Os lábios molhados de choro, cuspe, cólera.
— Faça comigo — ela implorava. — Faça comigo.

Ele recusou. Quando terminei, segurou a corda com força. Satisfeito, me puxou pela camiseta. Carolina ficou de pé e segurou minhas mãos. As pontas de seus dedos estavam vermelhas; as juntas, brancas. Enquanto o sr. Peter me arrastava para fora do quarto, Carolina apertava minhas mãos com mais força, até que ele a empurrou para longe. Meus olhos se arregalaram enquanto a porta se fechava. Minha irmã enlouqueceu. Gritava e jogava todo o peso de seu corpo na porta, várias vezes seguidas.

Sr. Peter me levou para outro quarto com uma cama tão grande quanto a dos meus pais. Tinha uma cômoda, vazia, nenhum porta-retratos, nada. Carolina ainda gritava e batia na porta, o som de um lugar distante.

— Podemos ser amigos ou podemos ser inimigos — disse o sr. Peter.

Não entendi e ao mesmo tempo entendi; ele tinha um jeito de me olhar, lambia os lábios o tempo todo.

— Você vai machucar minha irmã?

Ele sorriu.

— Não se ficarmos amigos.

Ele me puxou em sua direção, esfregando o polegar nos meus lábios. Eu quis desviar o olhar. Os olhos dele não eram normais, não pareciam olhos. Não desviei o olhar. Ele enfiou o polegar na minha boca à força. Pensei em dar uma mordida. Pensei em gritar. Pensei na minha irmã, sozinha num quarto distante, os pulsos amarrados, e no que aquele homem ia fazer com ela, comigo, com a gente. Não entendia por que seu dedo estava dentro da minha boca. Meu maxilar tremia. Não mordi.

O sr. Peter arqueou uma das sobrancelhas.

— Amigos — ele disse.

Me puxou para ele. Meu corpo tornou-se um nada.

Um tempo depois me levou de volta ao outro quarto. Carolina estava esparramada na parede que ficava longe da porta. Quando nos viu, avançou nele, se jogando em seus joelhos.

Ele riu e se desvencilhou.

— Não me dê dor de cabeça. Eu e sua irmã vamos ficar amiguinhos.

— Nunca — Carolina disse, pulando em cima dele novamente.

Ele a afastou e jogou um pacote de balas de iogurte no chão e nos deixou em paz. Depois que o ouvimos andando pela casa, Carolina me pediu para desamarrá-la. Fiquei no canto do quarto, queria usar as paredes para nos cobrir.

Minha irmã me analisou por um bom tempo.

— O que ele fez?

Olhei para os meus sapatos.

— Ah, não... — ela disse com a voz baixa, tão baixa.

Virou rotina — explorávamos Reno de dia e à noite íamos para o trabalho com Darryl. Às vezes, ele nos deixava brincar com equipamentos que não eram para o nosso bico. Quando os aviões pousavam, ficávamos na beira da pista, os braços lá no alto, como se quiséssemos agarrar a asa. Depois que os aviões aterrissavam, corríamos atrás deles como se pudéssemos alcançar o ar.

Spencer nunca ligou, não tomou nenhuma atitude grandiosa para me reconquistar. Não me importei. Nossos pais já estavam acostumados a ver as filhas correndo atrás uma da outra. Assim que tiveram certeza de que estávamos em segurança, nos mandaram várias mensagens de texto dizendo que nos amavam e que podíamos ligar se precisássemos de alguma coisa. Eles não nos entendiam. Não conheciam as meninas que voltaram para casa depois do sr. Peter.

Certa manhã, eu não conseguia pegar no sono e dei de cara com Darryl, na cama, olhando para Carolina, que estava dormindo. Deitei ao lado dela, e ele me olhou por cima do corpo franzino da minha irmã.

Parecia saber exatamente o que pensava.

— Não sou mais daquele jeito — ele disse. — Virei homem e quero ser fiel.

Ele beijou o ombro da minha irmã. Eu assenti e fechei os olhos.

Todos os dias, o sr. Peter vinha e me fazia amarrar minha irmã. Me levava para o outro quarto. Fazia o que queria do meu corpo. Carolina ficava louca, sempre tentando se aproximar de mim, sempre procurando me convencer a contar o que acontecia. Eu não conseguia.

Foi pior para ela até o dia em que o sr. Peter fez com que Carolina me amarrasse. Gritei até a garganta sangrar. Cuspi sangue nos pés dele.

— Você disse que éramos amigos — eu disse. — Você prometeu.

Ele soltou uma gargalhada.

— Sua irmã vai ser minha amiga também, menininha.

Quando ela se foi, me joguei contra a porta, me machucando de tanta raiva, gritando o seu nome. Eu sabia demais. Quando ele a trouxe de volta, Carolina mancou em minha direção e desamarrou meus pulsos. Sentamos no chão. Ela disse:

— É melhor assim, é mais justo.

Mas ela estava chorando e eu estava chorando, e não sabíamos o que fazer para parar.

Depois disso, o sr. Peter veio todos os dias atrás das duas, às vezes, mais de uma vez por dia. Em algumas ocasiões, havia outros homens. Às vezes, ficávamos lado a lado na cama de casal e olhávamos uma para outra, e nunca desviávamos o olhar, não importava o que fizessem conosco. Mexíamos a boca para dizer coisas que só nós podíamos ouvir. Ele nos dava banho num banheiro apertado, numa banheira verde-água em que nos sentávamos de frente uma para outra, os joelhos encostados no peito. Não nos deixava sozinhas nem para tomar banho. Ele fez com que nosso mundo inteiro coubesse nos cômodos sem janelas daquela casa, sempre preenchidos por ele.

O cheiro do Blue Desert Inn estava me enlouquecendo. O ar era bolorento e carregado. Cobria minha pele e minha roupa e meus dentes. Um dia, de manhã, vi uma barata passeando preguiçosamente pela tela da TV e surtei. Fui batendo o pé ao quarto de Darryl e encontrei minha irmã aninhada em seus braços, enquanto ele lhe fazia cafuné. Desviei o olhar, o rosto queimando. Não imaginava que aquela intimidade fosse possível entre eles.

— Não aguento ficar aqui nem mais um dia.

Carolina sentou na cama.

— Não quero ir para casa.

O tremor em sua voz deixou meu coração apertado.

Eu estava pronta para brigar, mas ela parecia tão cansada.

— Podemos ficar num lugar mais ajeitado. — Eu apontava para o quarto. — Mas não vamos viver desse jeito.

Ela cutucou o peito de Darryl.

— E ele?

— Vocês dois não estão brincando de casinha?

Carolina sorriu meio constrangida. Darryl fez um sinal de joia com a mão. Quando saímos do estacionamento do Blue Desert Inn, a placa dizia HÁ V G S.

A polícia prendeu o sr. Peter quando estávamos com quinze e dezesseis anos. Seu nome era Peter James Iversen. Sua esposa e seus dois filhos moravam numa residência que fica em frente à casa em que ele nos mantinha. As autoridades encontraram fitas de vídeo. Não sabíamos disso. Dois detetives vieram à nossa casa. Carolina e eu ficamos sentadas no sofá. Os detetives falaram. Não piscamos o olho. Contaram sobre as fitas, as tinham assistido. Me debrucei, a testa grudada nos joelhos. Carolina pôs as mãos nas minhas costas. Nossos pais ficaram num canto, balançando a cabeça lentamente. Quando me ergui, não conseguia escutar mais nada. Os detetives continuaram falando, mas tudo o que ouvia era "pessoas assistiram às fitas". Me levantei e saí da sala. Saí da casa. Carolina foi atrás. Parei na entrada da garagem. Ficamos olhando o trânsito.

— Bom — ela disse —, que merda.

Um conversível passou correndo. Tinha uma mulher no banco do passageiro, e seu cabelo vermelho preenchia o vazio em volta do rosto. Ela sorria, os dentes brancos.

— Aquele desgraçado — eu disse.

Voltamos para dentro e falamos que queríamos ver as fitas. No começo, os detetives e nossos pais foram contra, mas acabamos dando um jeito. Alguns dias depois, eu e minha irmã estávamos sentadas lado a lado numa salinha sem janelas com uma TV e um videocassete apoiados num carrinho. Adultos preocupados andavam de um lado para outro — um detetive, uma espécie de assistente social, um advogado.

— Nossos pais nunca podem ver isso — Carolina disse. — Nunca mesmo.

O detetive concordou.

Assistimos a horas de vídeos em preto e branco das meninas que éramos e daquilo em que fomos transformadas. Passei o tempo todo com a mão na boca para impedir que qualquer barulho escapasse. Depois de uma cena especialmente perturbadora, o detetive falou:

— Acho que já basta.

Carolina disse:

— Viver essas coisas foi pior.

Assim que terminamos, perguntei se as fitas podiam ser destruídas. Era a única coisa que queríamos. Ninguém nos olhava nos olhos. *Provas*, eles disseram. Quando saímos da delegacia de polícia, minhas pernas quase fraquejaram. Carolina não me deixou cair.

O julgamento criminal foi rápido. Eram *provas* demais. O sr. Peter foi condenado à prisão perpétua. Houve um julgamento civil porque ele tinha dinheiro, e meus pais decidiram que o dinheiro dele deveria ser nosso. Nós duas testemunhamos. Eu fui primeiro. Tentei não olhar para ele, sentado ao lado de seus advogados, os dois de terno azul e penteado chique. Minhas palavras apodreceram na boca. Carolina testemunhou. Juntas, contamos o máximo que contaríamos da história. Logo que terminou, ela olhou para mim, os olhos piscando, preocupados. Carolina olhou para as próprias mãos, inquieta. O tribunal estava em silêncio, só se ouvia folhas de papel ou alguém se mexendo no corredor. O juiz dispensou Carolina, mas ela não saiu da bancada. Balançou a cabeça e agarrou o corrimão. Seus lábios tremiam, e eu me levantei. O juiz se debruçou, olhou para baixo, tossiu e encerrou a sessão. Fui ver minha irmã. Senti um cheiro forte, de medo, talvez de mais alguma coisa. Olhei para baixo, vi uma mancha em sua saia, se espalhando pela coxa. Ela tinha feito xixi. Estava tremendo.

Peguei sua mão, apertei-a.

— Não tem problema. A gente dá um jeito nisso.

— Venham aqui — o juiz falou.

Ficamos paralisadas. Fiquei parada na frente da minha irmã, e ela enterrou o rosto nas minhas costas, os braços trêmulos em volta da minha cintura. Não deixei que caísse. O rosto do juiz ficou vermelho.

— Não dessa maneira — ele gaguejou. — Tem um banheiro na minha sala.

Fomos atrás, desconfiadas. No banheiro, ela não se mexia, não falava. Ajudei Carolina a tirar a saia e a calcinha. Fiz o melhor que pude para limpá-la com sabonete líquido e toalha de papel.

Um tempo depois, uma batida na porta, nossa mãe, sussurrando.

— Meninas — ela disse. — Trouxe roupa limpa.

Abri a porta, só um pouco. Minha mãe estava lá com seus trajes de domingo, um cordão de pérolas em volta do pescoço. Estendi o braço para pegar a sacola de plástico, e ela segurou meu pulso com cuidado.

— Posso ajudar?

Balancei a cabeça e me afastei. Fechei a porta. Vesti minha irmã. Lavei seu rosto. Nossas testas se encostaram e eu murmurei as coisas gentis que falo quando ela se fecha.

Na volta para casa, sentamos no banco de trás. Nossos pais olharam para a frente o tempo todo. Quando chegamos à nossa rua, nosso pai limpou a garganta e tentou demonstrar felicidade.

— Pelo menos acabou.

Um som desagradável saiu da boca de Carolina.

Meu pai segurou o volante com mais força.

O novo hotel era bem melhor. Tinha serviço de quarto e faxineira e muitas *amenidades*. Enquanto Darryl desfilava pelo quarto deles, Carolina e eu ficamos na minha cama, estudando o livro de couro que detalhava os serviços do hotel. Tinha piscina, Jacuzzi e sauna.

Analisamos o cardápio do serviço de quarto, e bati de leve no braço de Carolina.

— O que está acontecendo? Chega de bobagem.

— Um dia eu acordei e percebi que nunca tínhamos saído daquela cidade, e a troco de quê?

— Tem rabanada. — Apontei para a foto brilhosa de uma rabanada bem grossa, coberta de açúcar.

Carolina pegou a bolsa e tirou de dentro um envelope, as palavras DEPARTAMENTO DE CORREÇÕES na parte de cima. Ela alisou o papel.

— Não — eu disse, mas pareceram três palavras.

Suas mãos tremiam, até fechar os dedos em punhos apertados. Comecei a ler, e então agarrei a carta e saltei da cama, continuei lendo, virando a carta.

— Não se desespere — disse Carolina.

Dei um chute no ar. Deixei a carta no criado-mudo e comecei a bater a cabeça na parede, até que uma pulsação surda atravessou meu crânio.

Carolina se aproximou e me segurou pelos ombros.

— Olhe para mim. — Mordi o lábio. Ela me chacoalhou com força. — Olhe para mim.

Finalmente levantei a cabeça. Tinha passado os melhores e piores momentos da minha vida olhando minha irmã nos olhos.

— Você quis vir aqui para se esconder — eu disse. — Devia ter me falado a verdade.

Carolina se inclinou e enxugou minhas lágrimas com o cabelo. Sentou do meu lado e a vi com onze anos, se jogando nas presas de uma coisa terrível só para que eu não ficasse sozinha.

— É isso. Ele sabe meu endereço e me mandou essa carta, e isso quer dizer que pode encontrar a gente. Nunca mais quero voltar lá — ela sussurrou. — Não quero que ele nos encontre de novo.

O júri nos concedeu muito dinheiro, tanto dinheiro que nunca mais precisaríamos trabalhar ou querer. Por um bom tempo nos recusamos a gastar um centavo sequer. Toda noite eu entrava na internet e conferia meu saldo e pensava: "É isso que valeu minha vida".

Minha irmã e eu fomos para o trabalho com Darryl. Ficamos no banco de trás e ele dirigiu.

— Vocês duas estão quietas demais — ele disse, estacionando no aeródromo.

Encarei Darryl pelo retrovisor. Quis dizer alguma coisa, mas minha voz ficou presa. Carolina lhe entregou a carta do sr. Peter. Durante a leitura, Darryl murmurava alguma coisa para si mesmo.

Quando terminou, ele se virou para nos olhar.

— Posso não parecer um homem sério, mas aquele FDP não vai machucar vocês aqui, não vai nem encontrar vocês.

Dobrou a carta com cuidado e a devolveu para Carolina. Naquele momento, eu soube por que ela tinha dado um jeito de voltar para ele.

Enquanto Darryl trabalhava, eu e minha irmã ficamos deitadas na pista, entre duas linhas paralelas de luzes azuis. O chão ainda estava quente e a terra nos mantinha firmes. Nossos corpos quase brilhavam.

O sr. Peter se candidatou à liberdade condicional e o sr. Peter era um novo homem. O sr. Peter precisava provar que era um novo homem e para isso o sr. Peter precisava de nossa ajuda. O sr. Peter encontrou Deus. O sr. Peter queria nosso perdão. O sr. Peter precisava do nosso perdão para conseguir a liberdade condicional. O sr. Peter pediu desculpa por cada maldade que nos fez. O sr. Peter não tinha conseguido resistir a duas menininhas bonitas. O sr. Peter nos desejava tanto que não conseguiu se segurar. O sr. Peter estava velho agora, não seria capaz de machucar outra menininha. O sr. Peter implorou por nosso perdão.

Nós já fomos jovens.

Eu tinha dez e Carolina tinha onze anos. Implorávamos ao sr. Peter por qualquer coisa — comida, um pouco de ar, só um minuto sozinhas com a água quente. Implorávamos por piedade, por uma pausa antes que nossos corpos se quebrassem completamente. Ele nos ignorava. Aprendemos a parar de implorar. Ele aprenderia, também, ou não. Não importava.

Carolina tirou a carta do bolso e encostou a ponta do papel na chama de um isqueiro, depois jogou a carta em chamas pelo ar. Ficamos deitadas na pista de mãos dadas. A chama ficou branca, depois apagou. As cinzas foram caindo no chão devagar, flutuando nas nossas roupas, nos nossos rostos, nos nossos ouvidos surdos, nas nossas línguas mudas.

ÁGUA, TODO SEU PESO

A ÁGUA E SUA DESTRUIÇÃO PERSEGUIAM Bianca. Toda vez que ela olhava para cima. Em qualquer canto que olhasse para cima. Manchas úmidas, em espirais escurecidas, em ondulações pela parede de *drywall* ou fibra de vidro, preenchendo tudo com podridão e mofo. Gotinhas gordas de água caíam em seu antebraço, pescoço, testa, lábio inferior.

    Na academia, um dos painéis de fibra de vidro que ficavam acima dos halteres tinha finalmente se partido. A massa dissolvida formou uma pilha exata no chão. Havia uma escada embaixo do espaço vazio, uma caixa de ferramentas aberta. Nenhum técnico à vista. Ela subiu na esteira, começou a correr. Os músculos de Bianca se alongaram, descolando-se dos ossos, e ela entrou num ritmo confortável. Uma gotícula de água na nuca, depois outra. Ela olhou para cima, segurou o passo. Uma nova mancha se espalhou lentamente pelo painel. Ela continuou correndo.

    Mais tarde, no trabalho, Bianca sentou-se à mesa e comeu um almoço equilibrado — um sanduíche de peru com mostarda, alface e tomate. Acima dela, fazia tempo que os painéis do teto tinham se transformado numa coisa escura e irreconhecível. Seu pequeno escritório estava tomado por um cheiro de umidade que impregnava suas roupas por horas depois de ela sair do trabalho, todas as noites. Felizmente, Bianca era boa no que fazia. Trabalhava com eficiência. Trabalhava com agilidade. Era bonita, dava conta do *look* molhado. Quando terminou o sanduíche, limpou os farelos das mãos e se virou de volta para o computador. Bianca digitou e digitou e digitou, os dedos trabalhando rápido. Ignorou a foto do ex-marido no canto da mesa. Devia ter tirado dali meses atrás, mas não ia deixar aquele rostinho escapar tão fácil.

Eles tinham ido ao deserto do Saara para a lua de mel, para fazer algo bacana, como disse Bianca quando Dean, agora seu ex-marido, perguntou por que precisavam ir até o fim do mundo. A cada vilarejo crianças dançantes corriam para cumprimentá-los, se agarravam a seus dedos sob a chuva que começava de repente. Pessoas de pele escura com dentes brancos brilhantes formavam pequenos círculos ao redor de Bianca. Pintavam sua pele, a erguiam nos ombros. Diziam que ela era um deus. Quando ela foi embora, ouviam-se lamentos agudos de tristeza. Aí a chuva parou e Dean e Bianca começaram sua vida como casados.

No caminho para casa, Bianca abriu o teto solar, olhou para o pôr do sol. Por um bom tempo depois de estacionar em sua vaga, ficou sentada no carro olhando para o alto com raiva das nuvens que se formavam, se enfileiravam. No jantar, comeu macarrão com um pouco de manteiga e queijo, bebeu três taças de vinho tinto. Sobre sua cabeça, o forro roncava, inchado pelo peso da água. Tinha noites em que ela ficava deitada no sofá e olhava para o teto, analisando as sequências de manchas de umidade, as novas formas que seu teto assumia, o jeito que os painéis se ondulavam quando os vizinhos de cima iam de um cômodo para outro. Quando se cansava, se arrastava até a cama vazia, deitava de lado, procurava a parte levemente afundada em que seu ex-marido um dia dormiu.

— Esta é a minha vida — ela disse para o quarto vazio. — E eu sou grata.

Então tentou dominar a fé.

Dean não conseguia lidar com a podridão aquosa que acompanhava Bianca. Era muito para sua cabeça, a água caindo, a ruína por todo lado. Na última noite, enquanto transavam, Dean, de barriga para cima, segurando a bunda de Bianca com as mãos, curtindo o jeito como o corpo dela se curvava sobre ele enquanto ela se mexia e gemia baixinho, enquanto ele dizia o último eu te amo que diria, de repente abriu os olhos e só conseguiu enxergar para além de sua amada esposa, para além de sua barriga lisa e do volume delicado dos seus seios e do seu cabelo preto brilhante que lhe emoldurava o rosto, para a escuridão decomposta acima deles. O pau amoleceu imediatamente. Ele sentiu toda a força que já tivera escoando pelos poros. Bianca gemeu mais alto, parou de se mexer, apoiou as mãos em seu peito.

— O que aconteceu? — perguntou.

Ela beijou seu queixo, mordiscou seu lábio inferior, fez cócegas em seu pescoço. Ele a empurrou. Mesmo sem forças, foi bruto. Ela caiu no chão úmido. Na manhã seguinte, Dean tinha ido embora. Não levou nada, a não ser as colônias de mofo que cresciam em seus pulmões. Se fosse adepta de sentimentalismos, Bianca admitiria que ele também levou seu coração.

Quando Bianca tinha três dias de vida, sua mãe notou uma manchinha de umidade no canto do quarto, bem em cima do berço. Ela não ligou. Pegou no colo sua bebê tão bonita com a cabeça cheia de cabelo preto e olhos azul-claros e balançou-a para lá e para cá, cantarolando cantigas bobas. Beijou a cabeça da filha e respirou aquela doçura. Quanto mais velha Bianca ficava, mais a mancha crescia, até que consumiu o teto inteiro num mural de mofo preto. Chamaram um profissional. Seus pais explicaram que havia uma infiltração, que tinha alguma coisa escondida ali. Conduziram uma busca exaustiva atrás da fonte do problema. Não encontraram nada. O teto foi reformado.

Bianca continuou crescendo, e novas manchas apareceram, viajando pelo teto do quarto durante a noite em arcos profundos. Depois da terceira reforma no teto, seus pais desistiram. Era ou a filha ou a sanidade, o casamento. Levaram Bianca para o orfanato nos limites da cidade, a deixaram nos degraus de concreto com um bilhete guardado dentro do casaquinho. Bianca chorou por quatro dias depois que eles foram embora; nenhuma vivalma podia consolá-la. A única foto que Bianca tem da infância é uma que as freiras tiraram em seu segundo dia no orfanato. Na foto, ela aparece com três anos. A irmã Mary Angelica a segura no colo. Os braços gorduchos esticados e angulosos, os dedinhos minúsculos firmemente fechados. As bochechas estão brilhantes de raiva, escorregadias de lágrima. Os olhos e a boca são vermelhos, bem abertos.

Bianca aceitou ir a um encontro com Dean, que trabalhava na firma de advocacia que ficava alguns andares abaixo de seu escritório, só depois que ele começou a deixar bilhetes escritos à mão em sua mesa todas as manhãs. Ele escrevia coisas bonitas, imaginativas. Tinha a caligrafia perfeita. Falava de todas as coisas que amava nela e usava essa palavra — *amor* — sem constrangimento nenhum. Quando ela finalmente cedeu a suas investidas, sugeriu um café com mesas na rua. À medida que comeram e sorriram um para o outro, nuvens escuras rodearam a mesa. Ela sentia os pingos de chuva nos ombros. Não muito longe dali, a luz do sol brilhava.

— Essa é a coisa mais gozada que já vi — Dean falou.

No fim da refeição, já estavam fazendo gracinhas com os pés debaixo da mesa. Ele delineava com os dedos as juntas delicadas da mão dela e sorria, nunca desviava o olhar. Perguntou se podiam ir à casa dela para um drinque de fim de noite. Bianca empalideceu, e Dean se enrolou com uma desculpa por ser tão atirado.

— Não — disse Bianca. — Não é isso. Minha casa está uma bagunça.

No caminho, passaram por um parque.

Ela apertou o ombro dele.

— Pare aqui.

Dean sorriu e encostou o carro no estacionamento vazio. Bianca tirou os sapatos e correu pelo gramado amplo até chegar ao gira-gira.

Tinha um playground no orfanato. Ela costumava brincar lá, sozinha. As outras crianças tinham medo dela, assim como a maioria das freiras que tentavam amá-la como uma das crianças de Deus, mas falhavam. Padres eram trazidos de muito longe para examiná-la, para ungi-la com água benta. Todos diziam a mesma coisa. O que fosse que a afligia era serviço do diabo e seus demônios. O que fosse que a possuía era mais poderoso que seu Deus. Sermões eram proferidos sobre ela, sobre aquela criança que era acompanhada pela água e pela decadência. Bianca ainda deu um jeito de crescer feliz. Segurava uma das barras de metal do gira-gira e corria o mais rápido que podia. Corria até que o chão se movesse junto e o vento começasse a sacudir as nuvens. Quando os pingos começavam a cair, ela subia no gira-gira e dava um jeito de ficar bem no meio. Ficava sentada lá e jogava os braços para trás, o rosto aberto para receber o céu molhado.

— Não subo num desses há anos — Bianca disse, andando devagar pela engenhoca, tocando cada uma das barras.

Com cuidado, subiu, sentando-se no centro. Dean começou a girá-la. Ela fechou os olhos, sentiu a brisa fresca. Quando os braços começaram a doer, Dean parou de girar e subiu na plataforma de metal, que ainda se movia devagar. Ajoelhou-se entre as pernas de Bianca, que começou a desabotoar sua camisa. Quando ficaram pelados, Bianca se deitou, sentindo as ranhuras do metal na pele. Dean beijou sua testa e suas pálpebras e seus lábios. Ele tinha gosto de vinho e sal e cheiro de limpo. Ficou maravilhado com a umidade da pele dela e lambeu gotículas d'água de suas saboneteiras. De repente, estava dentro dela, e era o primeiro, e sua boca queimava ao pé do ouvido, sussurrando todas aquelas coisas bonitas que tinha escrito nas cartas. Ele disse eu te amo pela primeira vez. Ela disse também. Uma chuva morna começou a cair nos dois, pelados. Dean segurou o rosto de Bianca com as duas mãos, afastou com cuidado as mechas de cabelo. Olhando nos olhos dele, o corpo todo se abrindo, ela teve esperança.

A marca de Caim

Meu marido não é um homem bom, e com ele eu não sou uma boa pessoa.

Às vezes, acordo no meio da noite, e ele, Caleb, está de joelhos em cima de mim, os dedos procurando meu pescoço. Coloco minha mão na dele, a pele áspera, as juntas inchadas. Eu a aperto.

Uso um delineador pesado no olho e batom escuro na boca porque meu marido uma vez disse que sempre quer me ver como eu estava na noite em que nos conhecemos no bar, embriagados e anestesiados, procurando confusão antes que a confusão nos encontrasse. Ele disse que não suporta me ver de outro jeito. Não foi uma demonstração de saudosismo.

Tenho medo do dia em que ele vai me deixar, despedaçada na nossa cama, esperando que ele me reconstrua.

Meu marido tem um gêmeo idêntico, Jacob. Às vezes eles trocam de lugar por uns dias. Eles pensam que eu não sei. Sou o tipo de mulher que consegue se divertir com uma mentira.

Meus maridos tiveram um pai que não era nem um bom pai nem um homem bom. Quando morreu, com um tiro na cabeça dado por uma mulher em quem a última surra foi a gota d'água, Jacob e Caleb, então com quinze anos, imediatamente lhe perdoaram as transgressões — a bebedeira, os punhos parrudos em seus corpinhos, a forma como ele os livrava da mãe. A cada ano que passava, os irmãos reescreviam o passado até que a memória do pai fosse santificada. Os dois têm uma tatuagem da cara do pai nas costas. A tinta, conforme Caleb me contou no primeiro encontro, foi misturada às cinzas do pai para que ele sempre acompanhasse os dois filhos.

É praticamente impossível dizer quem é quem. Caleb e Jacob têm o mesmo tipo físico, o mesmo corte de cabelo, os mesmos cacoetes. Nenhum dos dois ronca. Os dois são canhotos. Têm cabelo escuro, olhos azuis, caras longas e ossudas, maçãs do rosto salientes. Meus maridos trabalham juntos no escritório de arquitetura que fundaram, então, seja Caleb ou Jacob quem volta para casa, eles sempre têm a mesma história para me contar naquele dia. Casei com Caleb, mas prefiro a companhia de Jacob. Quando Jacob e eu transamos, há uma bondade tristonha em seu toque. Não sinto medo de ser despedaçada.

Jacob tem uma namorada, Cassie, que na verdade é namorada de Caleb. Ela não percebe a diferença. Nós quatro vamos jantar. Jacob, fingindo que é Caleb, e eu ficamos de mãos dadas. Caleb, fingindo que é Jacob, e Cassie ficam de mãos dadas. Há um brilho nos olhos dele que não aparece quando olha para mim. Meus maridos completam as frases um do outro, deliciando a mim e a Cassie com histórias sobre um cliente mais difícil que a média. Jacob pede outra garrafa de vinho, e continuamos bebendo e conversando e praticando a normalidade. Seu braço pesa sobre meus ombros, e de vez em quando ele se inclina e roça com a boca molhada a parte do meu pescoço que faz minhas costas arquearem. Em seguida, sorri para o irmão, e o irmão sorri de volta. Esse é o ponto alto deles — quando estão juntos, compartilhando o mesmo momento. Há segurança, para eles, no número dois.

Cassie faz especialização em museologia. Caleb me contou isso na cama logo que ela e Jacob começaram a sair. Me contou que Cassie quer ser curadora de exposições de arte moderna, que tem um visual diferente, que acha que pode ser a pessoa certa para Jacob, mas o que está me dizendo de verdade é que Cassie é a pessoa certa para ele. Fiquei deitada ao lado de Caleb, deixei-o falar, contornei a imagem do pai com as unhas. Falei que estava feliz por Jacob, mas estava mesmo era feliz por ele.

Na hora de pagar a conta, Cassie e eu vamos ao banheiro, e uma vê a outra no espelho enquanto retocamos o batom.

— Deve ser difícil ser casada com um gêmeo — ela diz.

Começo a pensar que ela é mais esperta do que pensei. Eu digo:

— É tipo ser casada com dois homens.

Jacob me leva para casa e Caleb leva Cassie para a casa de Jacob, cinco casas para lá da nossa. No meio da noite, eles vão trocar de lugar, e eu vou perceber porque Caleb vai chegar com o cheiro de outra mulher. Cassie não vai notar porque ela é o tipo de mulher que não presta atenção nos detalhes ou decide não prestar atenção nos detalhes. No carro, indo para casa, observo as mãos de Jacob e as cicatrizes minúsculas em seus dedos, todas da faculdade de arquitetura, quando transformava ideias grandiosas em modelos em miniatura com um estilete afiado. Falo como eu gostaria que toda noite fosse assim. Ele concorda e diz:

— Vamos dar uma volta.

Me encosto no assento, jogo longe os sapatos de salto. Jacob me leva à obra de um projeto em que está trabalhando e pegamos o elevador até o último andar, seus braços firmes em volta de mim enquanto o elevador barulhento vai subindo devagar. O último andar ainda não tem teto, então saímos do elevador e ficamos meio zonzos, vendo a cidade espalhada por todo lado e nada para nos proteger da queda.

Seguro Jacob para me apoiar e dou risada e o puxo para uma valsinha lenta, olhando para o céu escuro no alto. Quando paramos, o mundo continua girando, então nos jogamos no chão de concreto e ficamos sentados com os joelhos no peito. Sinto vontade de dizer que sei quem ele é e que eu o escolheria, o escolheria para sempre, mas também sei que seu primeiro amor é o irmão, então não digo nada. Tiro a blusa por cima da cabeça e deslizo a saia pelas pernas e deito no chão frio, suja de poeira e serragem. Me aproximo de Jacob e respiro fundo quando ele deita em cima de mim. Damos um beijinho carinhoso e ele fecha os olhos, soltando o ar no meu pescoço, nos meus ombros. Então arranco sua camisa, puxando-o para mais perto e me abrindo do jeito que ele gosta. Digo a única verdade possível.

— Eu te amo.

Sempre que Caleb bebe demais, sendo que demais é qualquer coisa além de um drinque, esquece a nova história que ele e o irmão remendaram das lembranças do pai. Depois que ele e Jacob trocam de lugar, Caleb vem para a cama fedendo a vinho e cigarro. Ele esbraveja para me acordar. Cubro a cabeça com o lençol porque estou pensando em Jacob e na liberdade dos prédios altos e em cair entre as estrelas com o marido que mais amo se mexendo comigo e dentro de mim. Caleb arranca o lençol, acende as luzes. Sento na cama, trêmula, sozinha com o marido que não é o que mais amo.

Começa a me contar a história do dia em que ele e o irmão ficaram no banco de trás do Cadillac do pai enquanto o velho recebia um boquete de uma mulher que não era a mãe deles, e o pai obrigou que a mesma mulher também fizesse um boquete nos filhos. Ao longo da história, sua voz vai ficando mais grosseira. Sua aparência vai ficando difícil de reconhecer. Caleb me pega pela cintura, monta em mim e me bate na cara.

— Nunca faça esse tipo de coisa — ele diz. — Não seja uma puta.

Depois me vira de bruços, sua mão cruel pressionando meu crânio, me prendendo na cama, me tratando como a puta que não quer que eu seja. Penso no pau de Caleb molhado com o sêmen de Jacob. Penso no quanto odeio e portanto amo o marido com quem estou porque tenho pena dele e porque talvez tenha pena de mim. Gozo de forma descontrolada. Caleb cai no sono em cima de mim. Tem um corpo pesado e úmido, um cheiro que não é familiar.

De manhã, Caleb e eu evitamos fazer contato visual. Ele toma banho, finge que vai ao trabalho, vai para a casa do irmão, manda Jacob para mim. Estou sentada na penteadeira tentando disfarçar o hematoma arroxeado que se espalha furioso pelo rosto. Jacob fica encostado na porta e sorri com tanta doçura que sinto náuseas.

— O que está fazendo? — ele pergunta.

Nesse momento, ele nota o arco de vasos estourados embaixo do meu olho. Vai chegando perto de mim e fechando os punhos. Quando deposita beijinhos delicados nos cantos do machucado, meu rosto começa a doer mais do que jamais doeu sob os punhos de Caleb.

— Sinto muito — Jacob diz, assumindo o fardo dos pecados do irmão.

Minha menstruação atrasa pela segunda vez seguida, e é Jacob quem me encontra no banheiro, sentada na borda da banheira, enrolada numa toalha, segurando o teste de gravidez. Ele se ajoelha, coloca as mãos nas minhas pernas. Sorri, tira minha toalha, me deixa pelada e encosta o rosto nos meus seios. Passo os dedos pelo seu cabelo, massageando o couro cabeludo. Penso em nós dois fazendo uma malinha, comprando um carro usado, dirigindo na direção oeste pela rodovia I-80 até encontrar alguma coisa melhor. Eu digo:

— Será que seu irmão vai ficar feliz?

Ele diz:

— Não dou a mínima para o que meu irmão pensa.

Me dou ao luxo de acreditar nisso só por um minuto.

Estou grávida de seis meses quando Caleb vai comigo a uma consulta. Está mal-humorado, quase indiferente, só compareceu porque Jacob teve uma reunião. Só tenho visto Caleb tarde da noite, quando volta escondido para a própria casa, quando está nervoso e precisa de uma coisa que só eu dou. Ele fica sentado na cadeira de plástico grosso ao lado da mesa de exames, os braços cruzados com força. A médica desliza o aparelho de ultrassom pela barriga e aperta um botão da máquina.

— Estão ouvindo? — ela pergunta.

A sala estaria em silêncio, não fosse pelas palpitações idênticas de dois corações.

Mulheres difíceis

Mulheres rodadas

Quem uma mulher rodada admira
Jamais sua mãe. Ela está tentando matar sua mãe ou pelo menos as partes da mãe que se escondem debaixo da pele. Quando abre as pernas, torce para que o espaço que a separa da mãe fique ainda mais largo. Ela se comporta assim porque lembra de muita coisa; viu muita coisa — a mãe pálida e frágil, intimidada pela carne do pai, o corpo carnudo, as exigências carnais.

Onde uma mulher rodada mora
O apartamento é limpo e iluminado e equipado, mas parece um lugar onde ninguém vive. As insinuações de uma vida estão lá, mas não passa disso. É que ela nunca fica por muito tempo num só lugar. Nem precisa. Quando um homem de bem faz uma visita, a voz grave ecoa pelo espaço limpo e iluminado e vazio. Há uma pintura em preto e branco no hall de entrada. Às vezes, a caminho da porta, um cavalheiro para e analisa a pintura, tenta captar seu sentido. Ela o observa, em pé, não muito longe dali, o corpo enrolado num robe macio. Ele diz:

— Isso aqui é bonito, mas o que significa?

Ela sorri e só isso.

COMO UMA MULHER RODADA DESEJA QUE A TOQUEM
Uma vez, houve um menino que ela conheceu. Ela tinha vinte e três anos e ele era da mesma idade. Ele era verdadeiro e ela não sabia o que fazer com isso. Já havia descoberto os perigos da sinceridade. Ele dizia exatamente o que sentia. Perguntava o que ela queria. A tocava com seriedade, as mãos macias, mas fortes. Quando se deitava debaixo dele, ela se aproximava de seu peito por vontade própria, adorava o calor dos lugares em que os corpos se encontravam. Era coisa demais. Ela não ousou confiar. Partiu o coração dele. Quando fecha os olhos, ainda lembra de seus dedos delineando os ossos de sua coluna.

COMO UMA MULHER RODADA SENTA NO BAR
Dizem que um lugar como esse é bacana — a profusão de sofás de couro, luzes baixas, drinques superfaturados. A música eletrônica explode das caixas de som num volume desconfortável, e há um *dress code*, principalmente para homens, que sempre usam seus melhores casacos, às vezes uma gravata. Os sapatos são elegantes e lustrosos, iguaizinhos ao cabelo. Eles têm cargos cujos nomes terminam com as letras *–or*. Às vezes, ela vai ao lounge com pessoas que podem ser chamadas de amigas, embora saibam muito pouco sobre ela. Fica sentada num lugar em que possam vê-la, mas demonstra certa indiferença a respeito de quem de fato a vê. Cruza as pernas, sempre encostando as panturrilhas. Não pisca. Tenta fazer parecer que não se importa com nenhuma dessas coisas.

O QUE UMA MULHER RODADA VÊ NO ESPELHO
Nada. Ela não se olha. Não precisa. Sabe exatamente quem é.

MULHERES FRÍGIDAS

COMO ELA FICOU ASSIM
Na segunda série, ralou o joelho voltando da escola com uma saia xadrez e sapato boneca. Sentada no balcão da cozinha, olhando a mãe limpar a ferida

com álcool, segundo ela para desinfetar, tudo o que queria era cutucar o machucado, descobrir quanta dor poderia causar a si mesma.

QUEM ELA QUER POR PERTO
Ela tem marido e filho e ama os dois do seu jeito, embora se unam contra ela e digam que é fria. É ela contra eles. Fica furiosa, mas não diz nada. Sorri friamente. À noite, o marido sempre tenta se aproximar, mas ela vira para o outro lado ou lhe crava as unhas no pulso para empurrá-lo. Ele não consegue compreender suas motivações, e quando vai jogar golfe com os amigos, fuma cigarros, e bebe cervejas, odores que vai levar para casa depois, gosta de falar que a patroa nunca deixa faltar. Ele não trai, principalmente porque é um cara ocupado, e gosta o suficiente do filho, mas frequenta casas de *striptease* e também leva para casa o fedor desses lugares. À noite, ela sente um incêndio no peito quando tenta prender a respiração.

O QUE UMA MULHER FRÍGIDA VESTE
Todo dia, ela acorda às cinco da manhã e corre até sentir que o corpo vai se despedaçar. Todo mundo lhe fala que devia correr maratonas, mas ela não vê sentido. Não precisa de um número no peito para se sentir validada. Ela mora longe da cidade. Pode correr o quanto quiser. Consegue correr mais de quatrocentos quilômetros. Não tem nada que não possa fazer. Ela corre porque gosta. Corre porque ama seu corpo, o poder de seu corpo, o corpo que sempre a salvou quando mais precisava. Gosta de usar roupas justas que mostrem a musculatura — a magreza das pernas, as curvas das panturrilhas, a definição do abdômen. Quando se sente observada, pensa na liberdade da corrida e sente que, um dia, vai continuar correndo, e só.

O QUE ACONTECEU QUANDO A MÃE MORREU
Estava grávida do próprio filho, que nasceria a qualquer momento, o corpo inchado e estranho. Foi um telefonema, e depois ela ficou ali, ouvindo a linha, sem conseguir se mexer. A água saía quente da pia da cozinha, e ela se perguntou distraída se o problema só seria resolvido com intervenção humana. Foi dirigindo devagar até o hospital, a barriga dolorida apoiada no volante.

Não atendeu o telefone quando o marido ligou. Viu o corpo da mãe, rígido e solitário, coberto com um lençol azul, tão imóvel. Ignorou a enfermeira e chegou perto da mãe, a barriga pulsando em contato com a pele cada vez mais fria da mãe. Muita gente veio e ficou olhando, tentou tirá-la dali, mas ela não deixou a mãe sozinha.

AONDE UMA MULHER FRÍGIDA VAI À NOITE
Há lugares para pessoas com segredos e ela tem segredos, tantos segredos que às vezes parece que vai morrer sufocada. Ela vai aos lugares para pessoas com segredos e fica esperando.

MULHERES MALUCAS

POR QUE UMA MULHER MALUCA É INCOMPREENDIDA
Tudo começou com uma ligação depois de um certo terceiro encontro em que ela foi à casa dele e fizeram sexo, nada memorável, mas até que tudo bem. Tomaram café da manhã na lanchonete vizinha. Ele pediu ovo mexido. Ela pediu panqueca coberta com manteiga e mel.
— Não acredito que você é uma mulher que come — ele disse. — Você é um puta sonho.
Ela sorriu olhando para ele, o cheiro forte de mel invadindo o nariz. Na hora de se despedir, deram um beijo demorado, daqueles que machucam a boca. Foi só depois de algumas horas, já em casa, que ela percebeu que tinha deixado a bolsa no sofá do cara. Ela ligou e ele não atendeu, e lá tinha papéis importantes, um iPad; não dava para simplesmente desapegar. Continuou ligando e ele continuou não atendendo. Ele ligou para o melhor amigo e disse:
— Essa vadia maluca vai explodir meu telefone.
Ela foi até a casa dele, e quando atendeu à porta, ele disse:
— Eu mando bem demais.
Ela revirou os olhos e falou:
— Não foi essa coisa toda.

E apontou para a bolsa, que continuava exatamente onde tinha deixado. O rosto dele ficou vermelho e ela deslizou pela sala, pegou a bolsa e saiu pela porta, de cabeça erguida.

O QUE UMA MULHER MALUCA FALA NA TERAPIA
A sala do analista é tão minúscula que poderia levar uma mulher à loucura. Quando ela e o analista sentam de frente um para o outro em duas poltroninhas, os joelhos ficam praticamente colados. Ela fica sem graça, mas não há nada que se possa fazer. Ela precisa de alguém para conversar. Precisa de alguém que a ouça, que a entenda. Ela precisava de ajuda. Foi a muitos terapeutas. Um disse que era ela bonita demais para ter problemas de verdade. Outro disse que devia arranjar um homem. Ela sabia que o novo analista não ia durar muito tempo. No final da primeira sessão, logo após a declamação de todas aquelas coisas que deixariam qualquer um maluco, ele entregou quatro papéis grampeados — exercícios de autocuidado, isso depois que ela tinha dito de forma explícita que não acreditava em terapias de afirmação. Na segunda visita, ele perguntou se tinha feito os exercícios. Ela disse:
— Respondi um em tudo.
Ele se inclinou para a frente. Ela conseguia ver a pele ressecada da careca do analista.
— Quer dizer que se alimentar com frequência nunca passa pela sua cabeça? — Ele a encarou, erguendo uma sobrancelha.
Ela nunca mais olhou para trás.

NO QUE UMA MULHER MALUCA PENSA ENQUANTO ANDA PELA RUA
Tenta andar nem muito rápido nem muito devagar. Não quer chamar atenção. Finge que não escuta os assobios e cantadas e comentários obscenos. Às vezes, ela esquece e sai de casa de saia ou de blusa sem manga porque é um dia quente e ela quer sentir o ar quente na pele. Não demora muito para que ela se lembre. Fica com as chaves na mão, três chaves presas entre os dedos, uma garra improvisada. Olha nos olhos só quando necessário, e se um homem por acaso aparece no seu campo de visão, ela projeta o queixo, faz questão de evidenciar o maxilar. Nas noites em que sai mais tarde do trabalho ou do bar, chama um serviço de carona, e quando o carro estaciona,

examina a rua bem rápido para ter certeza de que não há perigo na curta distância entre a calçada e a porta. Uma vez ela falou sobre esses cuidados para um novo namorado, e ele disse:

— Você é completamente louca.

Quando contou para uma nova amiga do trabalho, ela disse:

— Querida, você não é louca. Você é mulher.

DE QUE SE ALIMENTA UMA MULHER MALUCA

É difícil se lembrar do gosto de leite, manteiga, sal. Na cozinha, ela tem uma prateleira de livros de culinária — *Breve comida leve*, *Couve com criatividade*, *Mordidas magras* e um exemplar surrado de *A arte da culinária francesa* que ela só abre quando a fome é tão corrosiva que a única coisa que pode saciá-la são as descrições de *velouté* e *bouillabaisse*. Aos domingos, ela planeja as refeições da semana usando os livros. É um processo sombrio que deixa a boca seca. Ao lado do fogão fica uma pequena balança que ela usa para pesar todas as coisas. Ela sabe a importância das medidas exatas.

O QUE ACONTECE QUANDO UMA MULHER MALUCA TEM UM TRECO

Ela está na mesa, trabalhando até tarde, quando o chefe entra tropeçando em sua sala, senta perto demais, no canto da mesa, ocupando espaço do jeito que os homens fazem. Ele olha fixamente para sua blusa, e é a presunção de nem tentar esconder o interesse que a faz segurar o abridor de cartas afiado na palma da mão fria.

MÃES

O QUE ELA VÊ NO ROSTO DO FILHO

Desde o momento em que nasceu, o menino era a imagem cuspida do pai.

— Esculpido direto do cu daquele homem — sua mãe, propensa a vulgaridades, disse no quarto do hospital assim que segurou o primeiro neto no colo.

Quando finalmente ficou sozinha, o marido tinha ido à lanchonete procurar alguma coisa para comer, ela segurou o primogênito e ficou olhando para ele, ansiosa para encontrar alguma marca de si mesma, ansiosa para ver que os nove meses carregando aquele bebê, o isolamento, o jeito que a rasgou inteira para sair, tinham valido a pena. Nunca encontrou o que procurava.

O QUE ELA DIZ ÀS OUTRAS MÃES NA ESCOLINHA DO FILHO
Uma quarta-feira por mês, ela precisa levar um lanche saudável à escola do filho e participar como ajudante. Seu marido vai às quintas. Ela se ausenta do trabalho para essa atividade e compensa as horas à noite, depois de levar o filho para a cama. Chamam esse esquema de horário flexível, mas está mais para horário esticado — ela nunca tinha trabalhado tanto quanto depois que teve o filho. Ficou difícil saber o que saudável significa. É isso que pensa toda semana. Uma vez ela levou manteiga de amendoim e biscoito água e sal, mas uma das mães franziu a testa, os lábios numa linha retesada.

— Alergia a amendoim — outra mãe cochichou.

Foi tudo muito confuso. Por meses ela só levou fatias de laranja, até que outra mãe a puxou de lado e disse que crianças precisam de variedade para se desenvolver. Ela disse:

— Mas elas já não ganham variedade nos outros dias da semana?

Não demorou muito para que ouvisse que ela não seria mais necessária como ajudante da sala, e na quarta-feira, em seu escritório, bem longe da sala do filho, se sentiu vitoriosa.

O QUE ELA PENSA SOBRE A CRIAÇÃO DE UM MENINO
Durante toda a gravidez, ela acreditou que teria uma menina. Estava pronta. Estava pronta para amar alguém com quem teria algo essencial em comum. Quando o médico depositou em seu peito um filho choroso e cheio de sangue, quando percebeu que ele não era ela, foi um choque tão grande que não conseguia falar. Ela se afeiçoou a ele porque era um bebezão gordo. Pneuzinhos pelo corpo todo. Adorava procurar os pneus e colocar talco nas dobrinhas de pele para que ele ficasse sequinho e cheiroso. Até os pulsos tinham dobras e ela as beijava sempre que podia. O marido não concordava, dizia

que carinho demais deixava os meninos frouxos, mas ela ignorava porque já tinha espiado várias vezes enquanto ele fazia a mesmíssima coisa ao trocar uma fralda ou colocar o menino para dormir.

Aonde ela foi quando descobriu que estava grávida de novo

Depois do trabalho, enjoada e irascível, foi ao bar onde ela e os colegas gostavam de se reunir porque lá os martínis eram fortes e feitos com gim, do jeito que martínis devem ser. Sentou-se sozinha, apesar de os amigos terem implorado para que se juntasse a eles. Bebeu um martíni depois do outro até que ficou tão bêbada que precisou ligar para o marido ir buscá-la, e ele foi. Ele a levou para o andar de cima e tirou sua roupa. Pegou água e duas aspirinas e a abraçou apertado, tentando entender o que tinha acontecido. Quase adormecendo, ela murmurou:

— De novo, eu não consigo.

Ele daria tudo para saber o que ela quis dizer.

Como uma mãe ama

Ela e seu filho gostam de ver documentários sobre animais selvagens. Mães costumam ser brutais quando protegem os filhotes, os dentes afiados à mostra, molhados. Ela gostaria de sentir isso por sua cria, de quem ela gosta como pode. Ela sabe que as pessoas nunca serão tão genuínas quanto os animais.

Meninas mortas

Mortas elas ficam mais interessantes. Mortas elas ficam mais bonitas. Tem a ver com o corpo em exibição no repouso final — olhos bem abertos, lábios azuis, membros rijos, pele fria. Finalmente, pode-se dizer, elas estão em paz.

Flórida

Rotatória Palmetto, 3333
A adaptação foi difícil. Marcy tinha passado a vida inteira no Centro-Oeste, com gente que comia carne vermelha e amido, que deixava o corpo se espalhar sem medo. E aí seu marido foi transferido para Naples. A mãe de Marcy perguntou:
— Nápoles, na Itália?
E Marcy disse:
— Não, Naples na Flórida.
E sua mãe disse:
— Ah, meu bem.
As mulheres de Naples eram todas iguais — magras e muito bronzeadas, o rosto chupado graças a uma disciplina esfaimada e esculpido pelo mesmo cirurgião plástico. Elas olhavam para as formas relativamente generosas de Marcy com nojo ou inveja ou uma mistura dos dois. À noite, Marcy ficava preocupada com a bunda e as coxas. Seu marido sempre dizia:
— Amor, você é perfeita.
Ela ruborizava de raiva. Os elogios que ele fazia eram tão mecânicos que acabavam sendo ofensivos.
Em Omaha, eles faziam parte de uma vizinhança. Em Naples, se mudaram para um condomínio fechado, Palmetto Landing, em que cada propriedade era tediosamente única e se esparramava — fachadas altas, muito vidro e balaustradas nas janelas, telhas espanholas nos telhados — pelas ruas

de paralelepípedos. Da primeira vez que foram até a portaria, operada por um homem de cabelo branco que vestia poliéster, Marcy se debruçou para observar o paisagismo: enormes ciprestes rodeados por lírios peruanos se impunham sobre a guarita. Ela suspirou e disse:

— É um pouco exagerado.

Seu marido disse:

— Amor, as pessoas adoram a ilusão de segurança e o espetáculo do isolamento.

Receberam adesivos com códigos de barra para colar nos carros.

O condomínio tinha um clube. Eles viraram membros porque a transferência incluía uma promoção e um aumento. O marido de Marcy disse que era importante viver à altura da nova posição. O que queria de verdade era jogar golfe com homens mais barrigudos que ele. Em Palmetto Landing, o corpo dos homens se expandia em proporção inversa ao corpo das esposas.

Toda manhã havia uma aula de ginástica em grupo na sede do clube — *spinning*, Zumba, boxe, sempre alguma coisa diferente. A instrutora era uma mulher jovem, agressivamente malhada, chamada Caridad. As outras esposas adoravam dizer seu nome, vibrando os erres para mostrar a Caridad que *ellas hablan español*. Marcy ficou no fundo do salão com uma calça de moletom e uma camiseta velha do marido enquanto as mulheres à sua volta transpiravam em suas roupas perfeitamente combinadas e mais chiques que a maior parte do armário de Marcy.

Marcy sentia aquela dor agradável no corpo enquanto dirigia por cinco quarteirões até sua casa depois de cada aula. Gostava de ter, por uma hora, aquela lista precisa de instruções a seguir, um senso nítido de direção.

As outras esposas estavam secretamente fascinadas por Marcy porque ela era uma espécie rara no enclave da riqueza — a primeira esposa de um homem. Ellen Katz, que vivia três casas para baixo, costumava apertar o ombro de Marcy com a mão fria e ossuda. Ela dizia:

— Estamos torcendo por você. — E oferecia frases otimistas enquanto o corpo de Marcy murchava.

Marcy nunca soube o que dizer nesses momentos, mas sorria educadamente porque entendia aquelas pessoas e sua maneira de existir apenas em comparação às outras.

Estrada Ridgewood, 1217, unidade 11

Eu e minha esposa assistimos a documentários sobre a vida de pessoas absurdamente gordas para nos sentirmos melhor com nossas próprias vidas, porque trabalhamos em subempregos e moramos num apartamento feioso cercado de mansões genéricas por causa de uma "iniciativa de diversidade econômica" criada pelo nosso condomínio fechado. Os geds* não nos levaram tão longe quanto gostaríamos, mas nos trouxeram a Palmetto Landing, e às vezes nos convencemos de que é o bastante. Fomos atrás dos geds porque queríamos nos casar. Queríamos casar para poder fazer sexo, porque naquela época acreditávamos no que nossos pais falavam sobre ir para o inferno caso fornicássemos, e àquela altura tínhamos feito tudo, menos sexo, e sabíamos que a situação da nossa alma estaria gravemente ameaçada caso não tomássemos uma atitude drástica. Nossos pais disseram que não podíamos nos casar sem o diploma do ensino médio porque éramos muito jovens e precisávamos de uma educação sólida antes de tomar decisões adultas, e pensamos que eles estavam caducos, pois íamos para a escola todo santo dia e sabíamos que lá não ensinavam porcaria nenhuma. Demonstramos essa impressão na prática atravessando a fronteira do estado para casar, mas aí o sexo não era tão bom assim, e aí não conseguíamos nenhum emprego que não fosse de serviço ao consumidor, e hoje em dia aceitamos que não vai ficar muito melhor do que isso. Vemos as pessoas absurdamente gordas explicando com lágrimas nos olhos como chegaram aos quatrocentos quilos, que foi uma bola de neve, que tinham feito todas as dietas, que agora estão presas em camas imundas e precisam ser arrancadas de casa e levadas para o hospital especial para gordos para a cirurgia de emergência com a ajuda dos times especiais para gordos da Polícia Militar, com suas costas fortes, luvas de látex e expressões sérias.

A melhor parte desses documentários é quando os profissionais da classe médica falam sobre as pessoas gordas como se entendessem, como se tivessem empatia, como se isso tudo fosse normal, sendo que todo mundo sabe que, quando esses médicos e enfermeiros chegam em casa, eles sentam na

---

* Nos Estados Unidos, o exame General Educational Development (ged) testa a proficiência de pessoas que não concluíram o ensino médio. (N. T.)

cama e choram comendo um balde de sorvete, perguntando a si mesmos como é que essas tragédias acontecem. Eu e a esposa damos risadinhas quando os médicos usam a palavra *chocante* ou quando o gordo diz *eu deixo as coisas saírem do controle*. Ao longo da semana, repetiremos essa frase sempre que for possível e vamos rir de forma descontrolada. Por exemplo, vou chegar tarde do trabalho e a esposa estará na mesa da cozinha me esperando, e pode ser que esteja legal ou irritada porque se deu ao trabalho de colocar uma lasanha industrializada no forno e uns brócolis congelados no micro-ondas, então vou dizer *eu deixo as coisas saírem do controle*. Ela vai tentar segurar o riso, e aí as bochechas vão se contrair e ela vai começar a se chacoalhar, e aí nós dois vamos rir tanto que vai sair ranho do nosso nariz e vamos chorar de rir, e ela já vai ter se esquecido que cheguei atrasado e não vai passar uma hora me interrogando sobre minha camisa que cheira a cigarro, mesmo que nós dois saibamos que cheguei tarde porque encontrei meu melhor amigo, que ela odeia principalmente porque ele de fato terminou o ensino médio e não é casado, para beber algumas cervejas no bar cujo dono é ele.

    O sexo melhorou de forma significativa para mim e a esposa nos últimos sete anos. Acho que começamos a remoer menos o fato de termos nos casado aos dezessete. Depois que assistimos aos documentários sobre pessoas absurdamente gordas, minha esposa trepa comigo como se estivesse numa audição para virar atriz pornô, e fala que fica feliz pra caralho por sermos magros e por termos famílias que nos amam o bastante para não matar a gente de tanto comer, e eu falo que *sou eu* que fico feliz pra caralho por sermos magros, e chupo seus mamilos e solto a imaginação e nós dois gememos e arfamos e quero prolongar o momento, então penso no filho da puta desgraçado que precisa de uma equipe de fisioterapeutas para poder tomar banho e no jeito que ele resmunga de dor quando é içado e seus depósitos estranhos de gordura são remexidos, tudo para que eu demore mais um pouquinho para gozar. Nas manhãs depois do Sexo Graças a Deus Não Somos Gordos, eu e a esposa acabamos nos odiando um pouquinho, então não conversamos e fazemos o mínimo possível de contato visual. Seguimos nossa rotina matinal sem fazer barulho e tentamos avaliar os estragos que talvez tenhamos causado. Ela escova os dentes e toma banho e raspa as pernas e usa toda a água quente e deixa pelinhos no ralo e enrola o cabelo e passa maquiagem e esquece de fechar o rímel, e durante todo esse tempo fico sentado na privada fingindo ler uma revista, mas na verdade só estou olhando para o seu corpo porque ela é mais gostosa que eu. Ela começa a fazer café, deixa forte demais do jeito que eu odeio, enche a garrafa térmica para viagem, vai para seu emprego de recepcionista num salão de beleza, e eu ganho mais ou menos uma hora sozinho no nosso apartamento vendo Home Shopping Network antes de ir para o meu trabalho numa copiadora, onde passo o dia na frente de uma máquina Xerox apertando botões, flertando com universitárias que precisam de fotocópias e *não conseguem lidar com impressoras* enquanto fico meio louco com os vapores do tôner.

Invariavelmente, em algum ponto desses documentários sobre pessoas absurdamente gordas, chega a hora em que um cirurgião plástico tem que cortar fora pedaços de barriga ou de coxa e a pessoa gorda aparece na mesa de operação, vulnerável e arreganhada, inconsciente por todo o tempo em que o médico usa instrumentos especiais para abrir e puxar e dissecar. Aí o médico ergue a parte do corpo desmembrada e sangrenta e berra que aquilo pesa muito, e as pessoas na sala perdem o fôlego e entram numa espécie de frenesi. É ridiculamente óbvio que estão todos excitados, e depois que terminam de costurar e recompor o paciente como se fossem Dr. Frankenstein, você fica com a impressão de que um daqueles médicos vai puxar uma ou mais enfermeiras para um depósito de equipamentos para que também possam fazer o Sexo Graças a Deus Não Somos Gordos. A esposa não gosta de ver as cirurgias — ela chama de açougue humano e fica enjoada com o sangue. Ela não gosta nem de trocar os próprios absorventes, então quando vemos as cirurgias a esposa cobre os olhos e encosta a cabeça no meu ombro, e eu vou narrando de forma explícita que a gordura é amarela e ondulada e carnuda e melequenta e que as partes retiradas vão parar em sacos de lixo hospitalar, e aí especulamos sobre o destino da gordura morta das pessoas absurdamente gordas e pensamos que seria legal se fizessem cerimônias de enterro no quintal do jeito que as crianças fazem para os animais mortos.

Uma noite, quando assistíamos a um desses documentários, minha esposa vira e diz:

— Essas histórias nunca têm final feliz. — E bebe mais ou menos metade da minha cerveja.

Ela parece estar quase chorando, e aí sinto que estou quase chorando só de pensar nessas pessoas enormes levando vidas tão pequenas e impossíveis, então eu digo:

— O final feliz acontece quando elas saem carregadas do hospital pesando só duzentos quilos e podem voltar a usar a cadeira especial em casa, e seus entes queridos vão alimentá-las do mesmo jeito de sempre, então em três anos elas vão pesar uma tonelada de novo e nós teremos mais um documentário para assistir.

Com lágrimas nos olhos, minha esposa senta no meu colo, monta em mim, segura meu rosto com as mãos e diz:

— Te amo pra caralho.

Círculo Palmetto, 2945

Jean-Richard e Elsie Moreau moravam em Palmetto Landing havia quase sete anos quando souberam, por meio de Ellen Katz, que outra família haitiana estava se mudando para o condomínio — médicos, três filhos, dois deles ainda morando em casa, novos-ricos e bota ricos nisso. Ellen ficou agitada quando deu a notícia. Encarava como compromisso pessoal a tarefa de manter os vizinhos a par desse tipo de acontecimento.

Ficaram sentados na varanda de estilo havaiano bebendo vinho, suando em silêncio.

Ellen apontou para Elsie.

— Imagino que você queira receber a nova família, de repente para um jantar, alguma coisa da terra de vocês.

Elsie bebeu um gole cuidadoso do vinho, depois girou o diamante maciço que carregava no dedo, afundando na cadeira.

— Por que imaginaria isso? — murmurou.

Algumas semanas depois, Elsie dirigia seu carrinho de golfe para ir ao Golfe das Mulheres no clube, balançando vagarosamente pela rua de paralelepípedos, quando viu uma mulher de pele morena em pé na entrada de uma das garagens, uma das mãos protegendo os olhos do sol. Elsie soube no mesmo instante que se tratava da nova médica haitiana. Elsie reconhecia seu povo em qualquer lugar — era uma questão de honra. Olhou para a frente e continuou dirigindo, o motor elétrico do carrinho de golfe roncando baixo.

Jean-Richard era o mais sociável dos dois, sempre disposto a ir além de sua cota na manutenção de suas posições na comunidade, sempre gregário e extrovertido nas várias atividades, tantas atividades — churrascos e noites temáticas e jogos de cartas e essas coisas todas. Se dependesse dele, os dois passariam todas as noites com os amigos no clube.

Elsie preferia ter mais controle sobre os limites de seu mundo. Tinha quarenta e tantos anos, não precisava de novos amigos.

Durante o jantar, Elsie comentou que tinha visto a médica haitiana em pé na garagem.

— Devíamos recebê-los aqui, dar boas-vindas — Jean-Richard disse, esfregando as mãos grandes.

Elsie franziu as sobrancelhas, tentou disfarçar um suspiro.

— Saímos daquela ilha por um motivo. E você sabe o que os vizinhos pensariam.

Jean-Richard se inclinou, mas achou melhor não dizer nada. Em vez disso, sorriu e falou:

— *Oui, ma chère.*

Fazia vinte e cinco anos que Elsie havia chegado como imigrante aos Estados Unidos. De sua terra, se lembrava da promiscuidade — sempre as pessoas, por todo lado, ardentes e barulhentas. Elsie raramente pensava nas palmeiras frondosas ou na água transparente ou nas viagens pelo campo para visitar a avó ou no quanto adorava seu uniforme escolar azul ou em quando via os pais dançando no quintalzinho no fundo de casa. Suas memórias mais vívidas eram dos oito irmãos e irmãs sempre se amontoando em qualquer espaço que ela encontrasse para si mesma. Lembrava de cômodos apertados e do ar pesado e das paredes de concreto quentes e da pele e dos membros escorregadios, se esticando desesperados por um lugar fresco, seco.

Estrada Ridgewood, 1217, unidade 8

Caridad amava seu corpo, sua força e sua forma. Não amava tanto assim o jeito como os outros amavam seu corpo. Eles entendiam errado.

Era instrutora de ginástica no clube de um condomínio fechado em Naples. Era um bom emprego. Mais do que qualquer coisa, ela ajudava gente velha a esquecer o pouco tempo que lhe restava e ajudava gente não tão velha a envelhecer sob controle. Não era difícil entender a vaidade. Durante as aulas de ginástica em grupo, Caridad observava as mulheres do condomínio com suas roupas que custavam mais do que seu salário semanal, a maquiagem reluzindo cada vez mais com o suor, o perfume se espalhando pela sala, obstruindo o ar. Uma sempre tentava superar a outra, dominando os movimentos complexos que Caridad demonstrava. Tinha um carinho especial pelas mulheres do fundo da sala, muitas vezes jovens, do tipo nova--rica com marido mais velho, que ainda não sabiam onde se encaixavam no ecossistema da vizinhança, aquelas de quem ela seria amiga se a situação fosse outra. Às vezes, depois da aula, Caridad tentava falar com as mulheres do fundo da sala, mas elas pareciam não querer perturbar o equilíbrio delicado que sua situação exigia, as regras não ditas da associação com *as pessoas certas*.

Tinha sido um dia difícil. Na aula da manhã, as mulheres estavam aéreas, não conseguiam fazer movimentos simples, reclamando a cada vez que Caridad tentava aumentar a intensidade.

— Por favor, Caridad — elas diziam. — *No mas*.

As alunas adoravam falar com Caridad num espanhol tosco para mostrar que se sentiam confortáveis com sua raça, apesar da brancura de suas peles e da riqueza de seus maridos. Toda manhã, antes do trabalho, Caridad ficava encarando o próprio reflexo no espelho e treinava formas de evitar que os olhos revirassem e de continuar sorrindo educadamente para as senhoras da turma. Uma das novas moradoras do condomínio continuou na sala depois da aula de Zumba. Era jovem e a única que não usava roupas de marca combinando. Caridad não lembrava seu nome. A mulher era casada com um homem adequado para sua idade, e nunca seria vista como alguém que dança bem, mas não tinha medo de suar ou de ficar feia.

Caridad atravessou a sala, recolhendo garrafas d'água vazias.

— Está gostando da vizinhança? — ela perguntou.

A mulher esboçou um meio sorriso, fazendo um gesto com as mãos.

— Demora um pouco para se acostumar com tudo isso.

Caridad arqueou uma sobrancelha.

— Imagino.

— Meu nome é Marcy — ela disse, chegando mais perto e lhe apertando a mão. — Nós não somos assim, eu e meu marido. Não sei o que estamos fazendo aqui.

— Meu palpite é que ele joga golfe.

Marcy riu.

— Principalmente na imaginação dele.

Seria legal beber alguma coisa depois do trabalho, Caridad pensou. Ela não ia achar ruim ter alguém legal para conversar. Caridad estava prestes a convidar Marcy para beber quando uma das loirinhas que compartilhava a expressão facial de várias de suas amigas surgiu na sala.

— Psiu, Marcy, estamos prontas para o almoço — ela disse.

Marcy encolheu os ombros como quem pede desculpas e se arrastou para fora. Caridad suspirou.

Mais tarde, depois de uma sessão individual, houve um problema com Sal, que não conseguia entender por que Caridad não estava interessada em acompanhá-lo numa viagem de uma noite para South Beach. Ele segurou seu cotovelo com força demais, os dentes para fora, úmidos. Ele adorava deitar nos aparelhos de musculação, abrindo bem as pernas. Sempre usava shorts largos sem cueca nas sessões, deixando o pau mole preguiçosamente encostado na coxa esquerda. Independentemente do peso que levantasse, sempre grunhia de forma extravagante. Caridad fingia que não notava. Agora ele estava perto demais, uma toalha branca felpuda enrolada no pescoço. Sal apertou com um polegar gordo a base de sua garganta, fazendo Caridad se sentir sufocada.

— Você será generosamente recompensada. Vamos dançar, talvez algo mais — ele disse.

O rosto de Caridad queimava, mas ela segurou a língua.

Apesar de tudo, o emprego era bom.

Ela afastou Sal, negociando a tarefa complexa de provar seu ponto sem acabar demitida.

— Estou aqui para cuidar do corpo das pessoas. Meu corpo não está à venda.

— Vamos ver — Sal disse, bufando, quando saiu da sala.

Caridad morava com o namorado, Manny, num complexo de apartamentos barulhento e modesto em Bonita Springs. Namoravam havia quatro anos e o relacionamento não era exatamente emocionante. Ela era esperta o bastante para querer mais do que aquilo, mas estava cansada o suficiente para aceitar a situação.

Quando Caridad chegou em casa, Manny estava se alongando no chão da sala, sem camisa, de shorts de treino, meias até o joelho, chuteira no pé. Ele jogava numa liga de futebol local e seu time, Los Toreadors, treinava todas as noites. Era o time mais agressivo da região — às vezes, até viajavam pelo estado enfrentando times de outras ligas. Havia boatos, por exemplo, de que representantes de times profissionais espionavam suas atividades, mas nunca davam em nada. Isso não impedia os homens do time de sonharem com uma camisa do Los Angeles Galaxy ou talvez as cores de um time europeu — Manchester United, Real Madrid. Quando Caridad dizia alguma coisa, Manny desconversava e falava:

— Eu sou assim, linda. Sou jogador de futebol.

Caridad se ajoelhou entre as pernas torneadas de Manny e fez com que se deitasse no chão. Ela se apoiou em seu peito e respirou fundo.

— Tive um dia terrível — ela disse. Manny lhe massageou os ombros e Caridad se encolheu. — Só me deixe ficar deitada aqui — murmurou.

Manny a afastou com cuidado, beijou sua testa e disse:

— Preciso ir.

Quando ele se levantou, Caridad ficou olhando uma mancha arredondada de mofo no texto. Olhou por um bom tempo.

Depois do treino, Manny parecia arrependido, o cabelo escuro úmido grudando no rosto. Sua camisa estava encharcada. Beijou sua testa de novo, tentou perguntar a Caridad sobre seu dia, mas ela tinha perdido a vontade de contar.

A entrada do prédio onde moravam era contornada por três palmeiras. À noite, elas ganhavam luzes cor-de-rosa e amarelas e azuis e verdes. Caridad adorava ficar sentada embaixo das luzes, achava aquilo de uma beleza indescritível. Caridad pegou a mão de Manny e o levou para fora. Ficaram sentados em silêncio debaixo das palmeiras por um tempo, então Manny se apoiou em Caridad, agarrou seus seios, tentou dar um jeito de enfiar a mão sob sua saia jeans.

Ela riu, a voz melodiosa ficando mais alta à medida que afastava as mãos dele, dizendo:

— Ainda não, meu bem. Ainda não. Só fique comigo. Seja legal comigo.

Mas Manny não ouviu ou não quis ouvir.

Caridad estava cansada demais para lutar por muito tempo. Apoiou a cabeça nos braços e Manny se deitou sobre ela, lhe erguendo a saia até o quadril magro. Ele beijou sua coxa esquerda, disse algo irrelevante. A luz cor-de-rosa era especial. Caridad sorriu e saboreou aquela emoção sem ruído.

Caminho dos Pinheiros Palmetto, 4411

De início, o prostíbulo era só um boato. Homens entravam e saíam do spa de Palmetto Landing a qualquer hora do dia, muitas vezes com uma expressão atormentada na ida e relaxada na volta, mas não tínhamos provas. Até que Evelyn Marshall pegou o marido recebendo um boquete. Ela estava numa sessão de massagem com pedras quentes e ouviu um gemido familiar vindo da outra sala. A notícia se espalhou rapidamente por nossa pequena comunidade, mas ninguém levou às autoridades. Nos sentimos importantes por ter um caso desse teor em nosso meio.

À tarde, as *terapeutas* ficam sentadas na varanda espaçosa dos fundos do spa usando robes e camisolas e maquiagem carregada, fumando e bebendo drinques de fruta supercoloridos, esperando os próximos clientes. Minha sacada dá de frente para essa varanda em que as moças descansam. Não são tão bonitas quanto se imaginaria, mas são interessantes e falam alto. Têm a voz rouca e aveludada das mulheres que sabem das coisas. Fico sentada na sacada usando óculos escuros quase todas as tardes. Seguro um livro. Finjo que estou lendo.

Uma das mulheres que trabalha no spa é muito alta, alta de um jeito que chama atenção na rua. Tem o cabelo escuro e comprido e sempre usa o cabelo solto. Ela é linda e adoro observar seu jeito de andar, o ódio que tem nos olhos. Uma vez ela me pegou olhando, ficou em pé, o robe entreaberto. Levantou uma das pernas e a apoiou no parapeito e apontou para o meio das coxas, aí ergueu as mãos. Eu não parei de olhar. Ela não fechou as pernas.

Fui vê-la. A mulher da recepção me analisou longamente. Ela disse:

— Nadia é uma das nossas terapeutas especiais, ela cobra caro.

— Eu sei — disse.

A recepcionista deu de ombros. Logo depois, me acompanharam até a parte dos fundos. Ouvi ruídos interessantes. Nadia tinha um sotaque russo bem forte, mas falava inglês com facilidade.

— Quer a massagem? Velas? O quê? — ela perguntou.

— Quero trepar. — As palavras pareceram pesadas e estranhas saindo da minha boca.

Nadia inclinou a cabeça para o lado.

— Você é diferente — ela disse.

Depois, senti sua língua fresca e macia no meio das minhas coxas. Enrolava os dedos no seu cabelo, apoiando meu salto alto em suas costas. Queria me explicar. Demorei para gozar, sempre demoro, mas Nadia teve paciência. Retribuí suas gentilezas. Não fiquei com medo.

Saindo de lá, esbarrei com minha vizinha de porta. Ela segurou a bolsa mais perto do corpo e olhou para o outro lado. Coloquei a mão no ombro da minha vizinha. Ela se recusou a olhar mesmo assim, mas correspondeu ao toque. Agora Nadia olha para mim quando está na varanda e eu estou na sacada. Retribuo o olhar.

Meu marido me chama de tigresa. Depois que transamos, ele sempre dá um assobio ofegante e bate na minha coxa, dizendo:

— Meu Deus, mulher. Você vai me matar.

No dia do nosso casamento, minha mãe me puxou de lado na capela. Eu ainda não estava vestida e perambulava de meia-calça branca, espartilho e sapatos de salto de couro branco envernizado. Meu vestido era uma monstruosidade de cetim e chiffon, e eu queria usá-lo o mínimo de tempo possível. Ficamos em pé num vestíbulo escuro e minha mãe começou a alisar meus cachos, tirando os fios da frente do rosto, desarrumando a tiara de pérolas que segurava meu penteado. Ela disse:

— Para segurar um homem, não tem segredo. — Ela tirou o excesso do meu batom com um lenço que estava segurando dobrado na mão. — Faça qualquer coisa doentia que ele quiser, quando ele quiser, e nunca vai ter problema.

Esse foi o único conselho que ela me deu na vida. Ela e meu pai se divorciaram quando eu tinha nove anos.

Estrada Ridgewood, 1217, unidade 23
Tricia fazia faxina e era boa nisso, sabia se embrenhar na casa dos outros para lidar com a sujeira pela qual ninguém queria se responsabilizar. Tricia adorava conversar com os clientes. Era assim que julgava as pessoas. Se a ignoravam ou respondiam de forma truncada, ela sabia que não eram boa gente e não se sentia mal por se presentear com algumas de suas posses — coisinhas de que eles nem dariam falta porque já tinham coisa demais. Tricia usava blusinha regata e shorts jeans desfiado para trabalhar, deixando à mostra os braços bronzeados e as pernas compridas. Prendia o cabelo loiro-escuro num rabo alto, algumas mechas soltas caindo finas no pescoço. O suor se acumulava entre os seios, formando um rastro úmido bem no meio da blusa. Tricia não ligava. Tinha orgulho de trabalhar com tanta energia que ficava marcada pelo esforço. As mulheres para quem Tricia trabalhava não gostavam tanto assim da confiança de Tricia em relação a seu corpo e a seu trabalho, principalmente se os maridos estivessem em casa. Viam isso como uma espécie de ofensa. Uma mulher que fazia faxina tinha o corpo naturalmente bonito, enquanto elas se esticavam daqui e dali com os melhores médicos do sul da Flórida, e o resultado não chegava nem perto. Não era justo. A ideia era que o dinheiro tornaria as coisas justas. Tricia limpava casas enormes — aquelas com cômodos que têm nomes especiais como *sala de mídia* e *espaço fitness* e *biblioteca*. Muitas vezes os pisos eram de mármore e, quando as mulheres que moravam nessas casas andavam, os saltos faziam clique-clique-claque pelo caminho. A maioria das mulheres que faziam faxina nessa região tinha a pele negra e falava espanhol ou crioulo. Tricia era meio que uma raridade, e seus serviços eram muito procurados porque os clientes gostavam de ter uma empregada que falasse inglês numa medida proporcional ao desconforto que sentiam ao ver uma mulher branca fazendo o trabalho de *la gente*. De vez em quando, as esposas perguntavam a Tricia sobre sua origem, e Tricia explicava que seu pessoal era dos Everglades — várias gerações de sua família tinham vivido lá no fundo do pantanal, tão fundo que era preciso pegar um *airboat* para chegar às terras, e lá as casas eram só gesso e mofo e janelas abertas. Do jeito que Tricia falava, parecia que estava falando alguma coisa a mais, mas as mulheres nunca sabiam exatamente o quê.

La negra blanca

Na boate, Sarah atende por Sierra. O gerente lhe deu esse nome no dia em que foi contratada, há quatro anos. Perguntou se tinha alguma preferência, mas ela desconversou, bebeu um gole de refrigerante choco, falou que podia soltar a imaginação. Ele a olhou de cima a baixo.

— Sierra — ele disse. — Assim você vai olhar quando chamarem seu nome.

Às vezes, no momento em que abre a geladeira ou tira um shorts da gaveta, Sarah se pega balançando o quadril e arqueando as costas. Até quando não está fazendo *pole dance*, ela dança em volta da barra. E toma bastante Advil, porque nem em casa deixa de ouvir o tum-tum-tum do baixo.

Candy, sua amiga do trabalho, deu uma olhada em Sarah no primeiro dia e disse que ela devia dançar um batidão de menina negra porque os caras adoram ver as brancas com bundão rebolando. Sarah ficou vermelha e deu uma voltinha para ter uma visão melhor da própria bunda. Ela disse:

— Então eu tenho bundão?

Candy riu e pegou na bunda de Sarah com a mão cheia, mas Sarah já sabia que tinha um bundão e de onde ele vinha. Sua mãe é negra e seu pai é branco, mas por muitos anos as pessoas acharam que ela era branca por causa dos olhos verdes e do cabelo loiro liso. Ela não tem vergonha de ser quem é, mas em Baltimore é mais fácil ser branca com bunda de negra do que ser uma menina negra que parece branca ou qualquer tipo de menina negra, para falar a verdade.

Sua marca registrada consiste em segurar a barra de *pole dance* com as duas mãos, arquear as costas e escorregar até o cabelo comprido encostar no chão do palco, ao mesmo tempo mexendo a pélvis para cima e para baixo de forma frenética. Ela detesta a barra, sempre quente e grudenta, coberta de fluidos corporais, e também porque quando se joga para trás ou cruza as pernas ou fica de ponta-cabeça chacoalhando os peitos na verdade não está fazendo nada de especial.

Sarah detesta o cheiro de um e de cinco, mas até que consegue aguentar o fedor das notas maiores. Faz bronzeamento três vezes por semana, sem roupa para evitar marquinhas. Vai a uma esteticista para fazer uma depilação completa uma ou duas vezes por mês, investe no cabelo com apliques loiros, que troca a cada dois meses. Fica na academia duas horas por dia, sete dias por semana, ingere quatrocentas calorias diárias. É um regime exaustivo, mas faz parte do risco ocupacional. Frequenta a Universidade John Hopkins durante a semana, e os custos são de quase quarenta mil dólares, mas o financiamento estudantil só cobre dois terços desse valor. Sarah paga o resto do próprio bolso. Ainda falta um ano para se formar em estudos internacionais e línguas romanas, fora um curso de árabe. Estamos em 2004. Ela pensa em trabalhar para a CIA, já que se passar por outra pessoa virou uma de suas especialidades.

No começo, Sarah era uma stripper péssima. Não sabia dançar. Não gostava de ser observada. Não *queria* que a tocassem. Detestava a afetação dos vestidos que logo iam parar no chão, fosse no palco ou numa *lap dance*. Detestava os sapatos questionáveis e as calcinhas fio-dental enfiadas na bunda e o cheiro de fumaça que grudava no corpo depois de uma noite longa e a necessidade de sempre olhar por cima do ombro no caminho para o carro no final de cada turno. Ainda assim, ela também não tinha lá muita vontade de usar uniforme de poliéster e boné, e não conseguiria viver com o que esses empregos pagam. Sarah seguiu o conselho de Candy e começou a ver a Black Entertainment Television* para aprender o que precisava. Na privacidade de seu apartamento em Towson, tentou balançar a bunda e mexer e

---

* Conhecido como BET, esse é o maior canal de TV norte-americano dedicado à audiência negra. (N. T.)

chacoalhar o corpo como as meninas do vídeo e as meninas com quem cresceu na zona oeste de Baltimore, que se moviam tão rápido e com uma precisão tão elegante.

William Livingston III praticamente vive para ver Sierra dançando "Get Low" do Lil Jon, já que essa música ainda faz muito sucesso em estabelecimentos desse tipo. Está disposto a pagar pelo privilégio de ver Sierra dançando. Ele gosta da coreografia de Sierra — o jeito que ela vira para a janela e para o paredão e imita o suor pingando de seu famoso colhão. Vai visitá-la na boate três vezes por semana, quartas, sextas e sábados. Fica lá por duas horas. Dá gorjetas que variam entre cem e quinhentos dólares. Depois de dançar "Get Low", Sierra faz um show só para ele, tirando o vestido sumário com uma dancinha e cobrindo com ele os ombros de William. Ela senta em seu colo e tira o sutiã de um jeito sexy, enrola a peça em sua cabeça quase careca e depois a gira como se fosse uma coleira no pescoço. Aperta os próprios seios, passa a língua nos mamilos, sente o pau de William endurecer entre as coxas abertas. Ela se aproxima do peito dele, mas se afasta antes de chegar perto demais.

Quanto mais dinheiro ele desliza por baixo do elástico estreito da calcinha fio-dental, mais ousadia e intensidade ela imprime ao rebolado. Se olha para baixo e vê uma guirlanda de dinheiro grudada à cintura, Sierra deixa que William ponha a mão em sua bunda, mesmo que ele sempre lhe faça pequenos hematomas. Ele faz propostas sexuais com frequência. Quer comer Sierra num banheiro de restaurante. Quer levá-la a um hotel chique e bebericar champanhe direto de seu corpo, lhe dar uvas geladas na boca. Quer enfiar a língua em seu umbigo, cobri-la de presentes e trepar de quatro. William ainda não descobriu qual é seu preço. Estava quase conseguindo emplacar a ideia de ver Sierra fora da boate — ela não fazia mais uma cara tão feia ao vê-lo —, até que um dia disse:

— Quero te arrebentar de tanto foder porque minha mulher é uma santinha de merda.

Sierra empurrou William e falou:

— Não acredito que você disse isso.

A cara feia voltou, talvez ainda pior, então ele passou a frequentar a boate quatro noites por semana, disse à mulher que tinha entrado num novo grupo de baralho.

Sierra tenta deixar Sarah em casa, mas nem sempre consegue. Fica atormentada pela culpa quando pensa em todos os homens casados hipnotizados em frente ao palco ou sentados nas cabines escuras com as pernas bem abertas, se queixando das sacanagens que as esposas não querem fazer. Sarah acha esse tipo de conversa um desrespeito e, depois de ver tanta coisa desses homens tantas vezes, não tem mais nem um pingo de compaixão por suas mulheres.

Depois de seu turno, Sarah vai à lanchonete que fica a algumas casas abaixo da boate, a cara lavada. Veste jeans e camiseta, o cabelo preso num rabo de cavalo arrumadinho. Fica sentada numa mesa vazia e organiza com cuidado o dinheiro que acumulou, separando as notas de acordo com o valor. Às vezes, um garçom chamado Alvarez se junta a ela na mesa para contar as próprias gorjetas. Ela está desesperadamente apaixonada por Alvarez porque ele não a chama para sair, porque suas mãos são delicadas e limpas, porque ele não fala nenhuma maldade sobre seu trabalho, mesmo sentindo os rastros em seu cheiro. Ele não deixa o café esfriar e traz saladas enormes com molho à parte, e em seguida alguns lencinhos de papel em embalagens individuais para que ela limpe as mãos depois de calcular seu valor daquela noite.

Alvarez se apaixonou por Sarah com o mesmo fervor, mas é um cidadão ilegal, *sin papeles*, e tem medo do que aconteceria se uma coisa levasse à outra. Alvarez está sempre preocupado. Quando era bebê, em Honduras, sua mãe costumava encontrar seu menininho lindo no berço, sem chorar, mas em desespero, mastigando as pontinhas de suas unhas de bebê. Nas noites em que fica cansado demais ou louco demais para se preocupar, ele costuma sentar no mesmo lado da mesa e segurar a mão de Sarah. Sussurra coisas em espanhol. Às vezes, canta sua música preferida, "Volver", de Estrella Morente. Enquanto canta, ele batuca na mesa, e Sarah balança para lá e para cá e às vezes canta junto. Ele adora essa música porque adora o nome Estrella, que significa estrela. Batizou a filha imaginária dos dois de Estrella. Quando acompanha Sarah até o carro, aponta para o céu e diz:

— *Mira las estrellas.*

E Sarah olha para o alto e seu coração bate com violência, com ternura.

William adora negras, mas é rico e sua riqueza vem de longe. Não tem coragem de cruzar essa linha. Homens como ele não podem cruzá-la. Seu pai, William Livingston II, uma vez disse que os Livingston tinham sido tocados por esse desejo selvagem havia muito tempo, mas que homens de sua estirpe não sucumbiam a vontades tão mesquinhas. Quando William e seu pai viam as empregadas negras vestindo um uniforme branco e cinza bem apertado, agachando para tirar pó e arrumar seus objetos, pai e filho arregalavam os olhos e não disfarçavam o sorriso. William II pegava William III pelo ombro e dizia:

— Pode olhar, menino, mas não pode tocar. A família não sobreviveria a esse escândalo.

William sublima seu desejo escutando rap. Quando não dá mais para aguentar, quando fica com água na boca de tanta vontade de sentir o gosto da pele negra, ele dirige devagar pela zona oeste de Baltimore encarando sem disfarçar as jovens negras de jeans apertado, com seus cabelos esticados com gel rente à cabeça e seus brincos de argola balançantes, seus lábios pintados de cor viva. Fica olhando até que elas devolvam olhares furiosos e o chamem de velho nojento ou pior. Nos momentos em que essas meninas olham direto em seus olhos com aquela raiva justificável, o pau dele incha e enche sua calça elegante de lã.

— Olhe, mas não toque — murmura para si mesmo até a boca ficar cheia e seca.

Ele mora em Guilford com a esposa e o filho adolescente numa mansão antiga, mas imponente, que o pai lhe deixou junto com um valor significativo em dinheiro. Quando William trouxe pela primeira vez sua esposa, Estelle, uma loirinha sem sobrenome de Connecticut, ela apertou as pérolas em volta do pescoço e disse:

— Nem parece que estamos em Baltimore. Ainda bem.

Ela tinha ouvido as coisas sobre Baltimore que chegavam até Greenwich. Os amigos disseram que sua mudança para Baltimore seria como uma mudança para a selva. Estelle não sabe do interesse de William pelas frutas escuras, mesmo achando seu gosto musical um pouco curioso. À noite, antes de se deitar, ele fica na sala de mídia, de pé no meio das caixas de som de última geração, ouvindo DMX e Method Man e Soulja Boy no volume máximo. Vê vídeos de rap e adora as imagens provocantes das gostosas televisionadas deslizando num mastro e rastejando pelo chão e deixando que os rappers passem cartões de crédito entre suas nádegas enormes. Ele se perde em fantasias nas quais trepa com uma dessas mulheres de ébano ali mesmo, no meio das caixas de som, o grave tão intenso que os comprime como um espírito santo.

Carmen, uma jovem negra, é a empregada de William e Estelle. Mora na área de serviço em cima da garagem. Tem a pele marrom-avermelhada, boca carnuda, seios fartos, cintura fina, a bunda negra perfeita. Quando William a descreveu para os amigos do clube, ele disse:

— Ela tem o tipo de bunda em que eles carregam os bebês lá na África.
— E aí riu e bebeu um gole de conhaque.

Carmen fala baixo, com a musicalidade do Sul. Tem cheiro de manteiga de cacau. Quando apareceu no casarão dos Livingston, foi contratada na hora. William imediatamente instalou toda sorte de câmeras de segurança e microfones pelo apartamento dela, e as gravações iam para um disco rígido que ele podia acessar de qualquer lugar. No passado, ele pensou que sua riqueza fosse um fardo, mas logo percebeu que podia se safar de muita coisa.

William aluga um escritório para ter motivo para sair de casa. Fora o monitoramento de seus investimentos on-line, ele não trabalha. Vê vídeos de Carmen dormindo e tomando banho, falando com a mãe na Carolina do Sul, assistindo à TV, lendo.

Uma vez, ele quase comeu a empregada. Era tarde da noite e ele foi ao seu quarto, o roupão bem fechado. Quando Carmen abriu a porta, ficou claro que ele a acordara. Ela cruzou os braços sobre o peito, ficou se mexendo com nervosismo.

William a pegou pelos ombros, respirando fundo pelo nariz.

— Sou dono de tudo nesta casa — ele disse, e em seguida riu a mesma risada que deu no leito de morte do pai, quando percebeu quão rico estava prestes a ficar.

Carmen vestia só uma camisola branca de tecido leve com alcinhas finas e flores bordadas na gola. Ele esticou o braço para colocar a mão entre suas coxas e a olhou bem nos olhos. Carmen não desviou o olhar. Segurou seu pulso, o empurrou para longe. Ela disse:

— Preciso desse emprego.

William sorriu, olhou para o chão. Carmen não falava muito, mas era uma menina esperta.

Quando ela agachou devagar até ficar de joelhos, William apoiou a mão pesada no alto de sua cabeça, encaixando o polegar no limite entre a testa e o cabelo.

— Já ouviu aquela música do Twista, "Wetter"? — Não esperou que houvesse resposta. — Na letra, a menina diz que precisa de um papai. Você precisa de um papai, Carmen?

Carmen abriu o cinto que fechava seu roupão, suspirou e se inclinou. Enquanto a empregada lhe fazia sexo oral, William Livingston III se convenceu de que aquilo não era igual a trepar com uma mulher branca. Ele tinha conseguido o que queria, algo que homens de sua categoria vinham fazendo por mais de cem anos. Fechou os olhos, segurando mais firme a cabeça flutuante de Carmen, e imaginou que os dois trepavam numa praia em Ibiza ou em cima da escrivaninha de seu escritório. Pouco antes de gozar, mandou Carmen tirar a camisola. Ela obedeceu. Ele ejaculou em seus seios, mandou-lhe esfregar seus fluidos na pele. Foi embora na mesma velocidade com que chegou ao orgasmo, depois assistiu ao vídeo de Carmen se esfregando no chuveiro no conforto silencioso da sala de leitura. Nunca mais a importunou. Já tinha conseguido o que queria.

Quando não está de olho na empregada, William ouve suas músicas e decora as letras que falam de esporrar e loira burra e empinar a bunda e levar a vida de *gangsta*. Tem um pequeno closet no escritório onde guarda roupas que pede para sua assistente comprar na zona oeste de Baltimore — jeans Sean John e agasalhos Phat Farm e botas Timberland. Sua concepção do que a galera veste está datada. Às vezes, ele faz poses na frente do espelho de corpo inteiro, põe a mão no saco revestido de jeans e vira o queixo para o lado, tentando fazer sinais de gangue com os dedos. Depois de um dia cheio de nada para fazer, William se refugia no clube para jantar com a esposa e o filho ou comparece a um evento beneficente ou vai visitar Sierra, a menina branca com bunda de negra.

William está cada vez mais possessivo e fica furioso quando vê Sierra rindo ou dançando para outros clientes. Suas mãos, mais perigosas e pegajosas do que nunca. Sierra não gosta, não gosta do jeito como ele a interroga sobre a dança que estava fazendo para dois universitários no momento em que chegou à boate. Ela diz que seu ciúme a incomoda. Ele franze as sobrancelhas. Uma música dos Ying Yang Twins, "The Whisper Song", estoura as caixas de som. É uma das favoritas de William.

Ela faz uma careta.

— Você só paga pelo meu tempo quando está aqui, William. Pensei que soubesse disso.

Ele lambe os lábios, tenta agarrar seus seios antes de se contentar com a bunda, sentindo como a carne abundante salta pelos espaços entre os dedos. Sierra permite a demonstração de afeto porque há um arranjo de no mínimo trezentos dólares em volta de sua cintura.

— Prefiro comprar todo o seu tempo. Por que você não vira minha dançarina particular?

Sierra dá uma risada.

— Igual à música?

O pau lateja. William adora Tina Turner. Aquelas pernas. Aquela voz. Aquela boca. Ele sorri.

— Igualzinha à música.

Sierra vira a bunda para William. Rebola sensualmente para que as nádegas balancem e chacoalhem na cara dele. Olha para ele por cima do ombro, jogando o cabelo comprido para o lado. Passa a língua nos lábios bem devagar. William geme, desliza na cadeira, puxa Sierra, e eles se encostam. Ele fecha os olhos e pensa nas meninas da zona oeste de Baltimore. Presta atenção na letra. Acredita na letra. Quer que uma vadia veja seu pau. Quer arrombar aquela boceta. Ele ejacula na calça, uma mancha úmida crescendo devagar até a costura. Quando Sierra tenta ficar de pé, ele a segura. Ela tenta tirar sua mão à força, mas ele é mais forte. Ela olha fixamente para o segurança, que está vendo tudo, e levanta a mão. O segurança dá de ombros, continua olhando. William sempre dá gorjetas generosas, então o segurança não intervém quando William quebra as regras da boate, coisa que faz com frequência. Sierra mostra o dedo do meio para o segurança, o calor da raiva se espalhando aos poucos.

Depois do trabalho, Sarah está num péssimo humor. Vai à lanchonete e fica perto da entrada andando de um lado para outro. Alvarez está enchendo os saleiros e pimenteiros. Ele olha e sorri, mas faz uma careta logo que percebe sua postura rígida, a raiva emanando em ondas. Ele limpa as mãos no avental, diz ao chefe que precisa sair mais cedo. Alvarez leva Sarah para casa no carro dela. Pergunta o que houve, mas ela fica em silêncio. Nem a música nem as estrelas servem de consolo. No apartamento de Sarah, Alvarez entra com ela e senta nervoso no sofá. Sarah pega uma foto numa estante encostada na parede e entrega para Alvarez. Mostra uma mulher alta e bonita com a pele cor de caramelo e um sorriso triste. Ela se senta.

— Essa é a minha mãe — ela diz.

Os olhos de Alvarez ficam mais abertos e ele chega mais perto de Sarah, e diz:

— *Tu madre es bonita. Eres mi negra blanca.*

Ele tira o avental, enrola as mangas e prepara um banho para Sarah. Ela tira a roupa na frente dele, mas não se importa. Entra na água morna, um pé de cada vez, e suspira. Alvarez pega a esponja, apoiada com zelo numa prateleira de toalhas, e lava Sarah com cuidado, limpando os óleos humanos e as impressões digitais e a fumaça de cigarro e os comportamentos impróprios. Sarah conta a Alvarez sobre sua noite de trabalho terrível. Fala sobre homens que não aceitam não como resposta e outros homens que permitem que essas coisas aconteçam. Está cansada, tão cansada.

— *Voy a matarlos* — ele resmunga.

Sarah coloca a mão molhada na bochecha dele. Ela diz:

— *No es necesario.* É o risco ocupacional.

Alvarez concorda com a cabeça, mas, enquanto Sarah fica deitada na banheira, a pele limpa e rosada, os olhos fechados, sussurrando uma musiquinha desconhecida, ele aperta o punho até as juntas ficarem brancas. Depois beija sua testa.

William Livingston III está sentado em sua BMW sedã na frente do apartamento de Sierra. Está enfurecido. Não consegue entender o que a stripper quer com um garçom chicano se tem um homem como ele. Ouve uma música nervosa do DMX, fumando um charuto adocicado de quinta categoria que roubou do quarto do filho. Olha para si mesmo no espelho retrovisor e tenta gritar com a agressividade do rapper. Liga para a esposa, Estelle, dizendo que vai se atrasar. Consegue perceber o gim na voz da mulher, sabe que a hora em que vai chegar em casa não importa.

Quando o garçom vai embora, William joga a bituca do charuto na rua, tenta ajeitar o cabelo por cima da parte careca. Ele já seguiu Sierra várias vezes. Bate na porta, contorna o número sete com o dedo. Sarah atende só com uma toalha enrolada no corpo magro. Está rindo, mas fica sem ar quando reconhece William da boate. Tenta fechar a porta, mas ele enfia o pé no batente.

Sarah analisou muitas vezes as piores situações que o risco ocupacional envolvia, mas um cliente vindo do outro lado da cidade até sua casa nunca tinha passado por sua cabeça. Ela tenta fechar a porta de novo, mas dessa vez William a empurra e entra no apartamento.

Sarah sente um calafrio sinuoso em torno da espinha. Pensa no trabalho de ciência política que precisa terminar, no texto do Sartre que precisa ler, no horário do personal trainer, tudo isso antes do próximo turno na boate. Pensa em Alvarez, que batizou a filha deles de Estrella. Pensa na comida que ele foi buscar e em sua voz doce quando canta "Volver". Ela não tem tempo para isso.

— Se você não for embora, vou chamar a polícia. E se meu namorado encontrar você aqui, vai te matar.

William não reage à sua raiva. Tira a gravata e joga Sarah no chão. Ela bate a cabeça na mesa de canto e cai. Procura a própria voz e grita tão alto que as janelas tremem, mas tudo que William ouve é um zumbido.

O punho de William encontra o maxilar de Sarah e uma dor aguda lhe perpassa até o osso. Lágrimas mornas escorrem pelo rosto, mas ela tenta se segurar. Tenta se concentrar para além do corpo rechonchudo de William. Tenta não desmaiar para depois poder ser testemunha.

William se ajoelha entre as coxas de Sarah. Coloca uma camisinha. Não sabe por onde a stripper andou. Pratica um pouco do dialeto que aprendeu em todos esses anos ouvindo rap.

— Quero enfiar até as bolas desde o dia em que te conheci, Sierra. Adoro esse seu rabo.

Sarah chora e se agita, tenta alcançar o celular na mesinha. Não consegue por muito pouco. William a vira de barriga para baixo e a penetra, respirando quente em seu ouvido, dizendo que trepar com ela é igual a trepar com uma negra, mas sem precisar trepar com uma negra. Dá um tapa em sua coxa e diz que ela precisa seguir as instruções de Lil Jon e balançar, balançar, balançar essa bunda.

Sarah se concentra no próprio ódio. Deixa que tranque seu peito e seu coração. Deixa que cubra a pele. Consegue senti-lo no sangue. O ódio cobre seus lábios.

Ele não demora muito. Numa estocada final, William geme em seu ouvido. Aperta a boca fina em seu ombro, uma pequena demonstração de carinho. Sarah se encolhe com nojo. Ele fica deitado em cima dela, o peso suarento mantendo seu corpo ainda mais pressionado contra o chão. Ela tenta rastejar para longe, mas ele está muito pesado de bebida e comida e gordura. Finalmente ele fica em pé, admira a bunda perfeita de Sarah mais uma vez. Põe a roupa e se senta no sofá. Coloca dez notas imaculadas de cem dólares na mesinha e diz:

— Podíamos ter feito tudo isso do jeito mais fácil, Sierra. — Antes de ir embora, ele olha a foto da mãe de Sarah e para por um instante. — Essa mulher negra é muito parecida com você — ele comenta.

Sarah pega a toalha, se protege. Consegue se acalmar, respira fundo.

— Você precisa ir embora — ela diz, procurando uma voz firme.

William ergue a foto, apontando-a com raiva.

— Por que essa mulher é parecida com você?

Na porta, Alvarez ouve o nervosismo na voz de Sarah, entra no apartamento. Olha para William, identifica a desordem, entende tudo. Coloca seu casaco com cuidado nos ombros de Sarah e fica na frente dela. Sarah apoia a bochecha em suas costas. Envolve sua cintura com o braço. Respira.

A cara de William fica extremamente vermelha e a foto cai no chão. Ele sai do apartamento balançando a cabeça. Alvarez quer ir atrás dele, mas Sarah o segura mais forte.

— Precisamos procurar a polícia — ele diz, mas Sarah balança a cabeça.

— Risco ocupacional — ela sussurra, forçando uma imitação de sorriso. — Estou cansada demais.

Na verdade, ela não está só cansada. Está esvaziada e precisa de silêncio. Precisa de silêncio.

Alvarez se vira para encará-la, olha os hematomas no rosto, nos braços. Fica preocupado com os hematomas que não consegue ver. Prepara outro banho para ela. Sarah entra na banheira e fica sentada, os braços em volta dos joelhos. Permanece em silêncio enquanto ele tenta limpá-la mais uma vez. Depois, eles se deitam juntos na cama, respirando baixinho, sem mexer um músculo. Não encostam um no outro, mas Alvarez fica de guarda. Ele passa por cima de suas preocupações e diz a Sarah que a ama. Menciona Estrella e, no escuro, ela finalmente sorri. Sarah sente vontade de dizer a Alvarez que o ama também, mas não diz, não ainda carregando no corpo o peso de William Livingston III. Em vez disso, ela cruza a pequena distância entre eles.

Em vez disso, segura sua mão e torce para que seja o suficiente.

William se aconchega no couro da BMW e se sente instantaneamente reconfortado pela engenharia alemã. Acelera, mas para o carro assim que cria uma distância entre si mesmo e o apartamento da stripper. Inclina o corpo para fora e vomita, o ácido lhe queimando a garganta e a boca. Há uma garrafa de uísque no porta-luvas. Dá um longo gole, limpa a boca com as costas da mão. Despeja um pouco na calça. Tenta se limpar. A pele queima. Penitência, ele pensa. E perdão.

Enquanto dirige, ignora o azedo dos lábios, dentes, língua. Está horrorizado. Está realizado. Ele se depara com o próprio reflexo no espelho retrovisor, ignora a reprovação do pai o encarando de volta.

William fica sentado na entrada da garagem com a testa encostada no volante de couro por bastante tempo. Tenta aceitar que acabou de fazer algo que gerações de Livingston tiveram a disciplina de evitar.

Ele ouve passos e levanta a cabeça. William Livingston IV assobia voltando da garagem para a casa principal. O Livingston mais velho se sente livre de um peso enorme ao ver seu menino despreocupado. Sai do carro e acena. O Livingston mais novo para, sorri, espera o pai.

— É um admirável mundo novo — William diz ao filho, batendo nas costas do menino com as mãos perigosas e pegajosas logo antes de segurar o filho pelos ombros e levá-lo para dentro.

Braço de bebê

ESTOU SAINDO COM UM CARA QUE trabalha como vendedor numa grande loja de departamento, e uma de suas tarefas é cuidar das vitrines. Ele fala sobre isso em nosso terceiro encontro. Já transamos, duas vezes. Não me faço de difícil. Quando me fala do trabalho, estamos num bar sujo, bebendo chope em canecas meio congeladas. Encosto meu pé no dele. Digo:

— Estou a fim de voltar para sua casa quando você estiver a fim.

As conversas "para se conhecer melhor" têm me deixado ansiosa. Nunca gostei de ver os trailers antes do filme. Sempre parece perda de tempo. Ele me conta que cuida das janelas e tem acesso a um depósito cheio de manequins e partes de manequins. Eu falo:

— Tipo naquele filme *Manequim*.

Mas ele não entende a referência — que decepção. Conto sobre Andrew McCarthy e Meshach Taylor e Kim Cattrall saltitando de madrugada numa loja de departamento graças a um colar do Antigo Egito, tudo com uma trilha sonora sintetizada dos anos 1980. No caminho para a casa dele, paramos na Redbox e alugamos o filme, e ele gosta muito e pela primeira vez penso que o cara não é um completo idiota. Alguns meses depois, ele aparece no meu apartamento no meio da noite, já que faz tempo que abandonamos qualquer tentativa de interesse mútuo que vá além do sexo selvagem, e traz na mão um braço de bebê de fibra de vidro pintado da cor da pele. Me entrega e diz:

— Achei que você ia gostar disso aqui.

Pego o braço de bebê e falo que vou acabar me apaixonando se ele não tomar cuidado, e ele diz que não ia achar ruim.

Levamos uma garrafa de vinho barato e o presente para o meu quarto e faço carinho no braço de bebê enquanto matamos o vinho. Minha boca fica com gosto de fruta e ao mesmo tempo de azedo, de coisa ruim. Não ligo. Estou ficando apaixonada pela barba desigual e desgrenhada que cobre o rosto dele e pelos lábios finos e por seu jeito de massagear minhas costas em círculos descoordenados porque não sabe tomar a iniciativa, ainda não entendeu que só precisa me empurrar e me falar para abrir as pernas. Vejo o braço de bebê no criado-mudo e lhe ofereço uma breve instrução de sedução. Ele segue instruções muito bem, então fico deitada e imagino um pouquinho mais de pelo no peito, um pouquinho mais de músculo nos ossos. Ele dá um sorriso e penso na minha melhor amiga Tate. Tate e eu trabalhamos juntas na assessoria de imprensa de uma gravadora e sempre reclamamos que já vendemos nossas almas. Não temos motivação para tentar mudar nossa situação profissional. Precisamos ficar lindas e fazer com que as pessoas acreditem em falsos ídolos, evitando exagerar na bebida. Somos generosamente remuneradas por tudo isso. Não precisamos pagar mensalidade na academia ou na depilação. Nossas salas ficam lado a lado, mas passamos a maior parte do tempo no telefone falando do nosso clube da luta só para meninas, proibido para meninos. Meninos não sabem machucar meninas de verdade.

— Ei — ele diz. — Você está aqui?

Abro os olhos e o procuro. Tem uma gota de suor lhe caindo da testa. Dou um sorriso. Digo que ele precisa me odiar um pouco mais. Ele obedece, e uma dor prazerosa começa a se espalhar pelo meio das minhas pernas e minha cabeça começa a bater na cabeceira da cama. Agora estou aqui.

Depois continuo acordada porque não sou muito boa nisso de dormir, e estou sentindo dor, então sinto carinho por ele. Em vez de acordá-lo com um cutucão e dizer que precisa ir embora, fico olhando enquanto ele dorme. Seguro o braço de bebê e me encanto com sua pequeneza e perfeição, com cada dedo exatamente no lugar certo, ligeiramente curvado em direção ao pulso. Uso o braço de bebê para contornar o braço do meu quase namorado.

O nome dele é Gus. Agora que tenho certeza do nome não o chamo mais de Ei Você ou me refiro a ele como "o cara com quem estou trepando" quando falo com os amigos. Encosto o braço de bebê no peito e adormeço. De fato subestimei Gus.

Na manhã seguinte, no trabalho, ligo para Tate e conto que Gus segue instruções muito bem. Ela diz:

— Da próxima vez que vocês treparem, me ligue para que eu possa escutar, e quando você gozar, diga o meu nome.

Digo que vou ligar. Amigas servem para isso. Falamos do braço de bebê, de como ele é quase articulado. Conto que o limpei carinhosamente com lenços umedecidos de bebê e beijei cada dedinho. Ela diz:

— Quero um menino que me dê um braço de bebê.

Ela me pergunta como dei tanta sorte, e não sei explicar até pensar na série de eventos que trouxeram Gus à minha vida. Esclareço que dei sorte por conta de décadas de dedicação a comportamentos impróprios e putaria e da minha habilidade de beber tequila pura. Ela devolve um sussurro de aprovação. Quero dizer que é o destino, mas ela é *hardcore* e daria risada. Digo que vou perguntar a Gus se ele tem amigos vendedores héteros. Ela diz:

— Isso merece uma comemoração. Hoje à noite vai rolar clube da luta.

— E cita um endereço que eu não reconheço.

— Como vamos fazer uma cantora pop de treze anos estourar? — pergunto, voltando ao assunto do trabalho por um instante.

Tate fica quieta por um tempo. Finalmente diz:

— Chamando velhas brancas com permanente no cabelo.

A gente arrasa nesse trabalho.

Quando chega a hora do clube da luta, vou a uma galeria duvidosa, do tipo que tem uma casa de culto deprimente, coberta de pôsteres do Jesus negro e cadeiras dobráveis; uma barraca de frango com duas mesas e um balcão infecto que promete uma pitada de salmonela; uma lojinha dedicada a strippers e seus amigos; e uma clínica de pronto-socorro. Essa galeria é o lugar mais legal do mundo. Tate me falou antes de eu sair do trabalho para ir à lojinha das strippers e pedir que me acompanhassem ao porão, mencionando um sapato de salto transparente de acrílico que ficaria ótimo em mim. Tate já está no porão, o cabelo loiro-escuro bem preso num rabo de cavalo ousado. Ela está de jeans e regata branca e jaqueta de couro, e eu também. Assim como todas as meninas que convidamos, dez meninas lindas e meio malucas que escondem a feiura debaixo da pele conforme a sociedade pede, mesmo que às vezes seja difícil. Todas são muito sexy. Eu digo:

— Este lugar é um sonho erótico.

E todo mundo ri de um jeito meio nervoso, e Tate diz:

— Vamos começar, porra.

Ela corre em direção a uma ruiva magra que é modelo e mais ou menos conhecida e espreita do canto do cômodo. Tate dá um soco na barriga da modelo e eu sinto um arrepio pelo corpo todo, e de repente os dedos de alguém atingem meu rosto e sinto gosto de sangue no fundo da garganta. Fico com tanta raiva que começo a balançar o corpo. Não me importo com o que vou machucar. Não perdemos tempo criando regras ou discorrendo sobre o significado do nosso clube da luta. Não fazemos nenhuma daquelas bobagens de mulher brigando. Não tem puxão de cabelo e tapa na cara e joelho no estômago. Apertamos gargantas até que mãos desesperadas agarrem nossos pulsos. Lutamos no chão grudento e nos xingamos das piores coisas até o lugar ficar sujo de suor e porrada. Brigamos até nossos braços ficarem tão pesados e doloridos que não levantam mais, e uma menina, imobilizada por uma sapatão forte e meio assustadora, de repente grita:

— Sai de cima de mim, sua gorda!

Suas palavras são tão duras que todas nós as ouvimos atravessando os punhos que atingem a carne e os urros e os suspiros. Todas ficam chocadas porque a sapatão é grande, mas não é *gorda*.

Tate para de socar a cabeça de uma moderninha de cabelo pink no chão e olha para mim do outro lado da sala. Ela fala "eu te amo" com os lábios, e eu sorrio mesmo que seja dolorido, e outra mão atinge meu rosto, estragando o momento — vadias sempre estragam tudo. Sinto a mandíbula fora do lugar e hematomas horríveis se formando nas têmporas. Tenho quase certeza de que algumas das minhas costelas estão quebradas. Me arrasto até a parede mais próxima e sento com os joelhos encostados no peito. Tate agacha devagar perto de mim. Segura minha mão, beija cada um dos meus dedos, meus pulsos. Ela diz:

— Tá vendo? Só meninas sabem machucar assim.

Estamos todas tombadas num amontoado de destruição. Tentamos nos reerguer e ao mesmo tempo contemplamos estratégias cosméticas para ir trabalhar no dia seguinte. Compro o salto de acrílico e outras necessidades na saída, e eu e Tate decidimos viver perigosamente e comer na barraca de frango. Arrancamos com os dentes a carne frita e oleosa dos ossos quentes. Nossas mãos estão raladas, mas ficaram brilhantes e gordurosas. Sorrimos uma para a outra. Nunca vou amar ninguém mais do que isso.

Quando Gus aparece algumas noites depois, tem nas mãos uma coxa gordinha de bebê. Ele fez a barba. Falo que, se continuar assim, talvez eu queira me casar. Ele diz:

— Acho que consigo aguentar.

Gus me entrega a coxa de bebê, que tem uma covinha perto do joelho, e beija minha bochecha. Viro e aperto os lábios nos dele mesmo que não tenha um centímetro do meu corpo que não esteja dolorido. Não perdemos tempo com vinho. Somos só dentes e línguas. Arrancamos as roupas um do outro e no meu quarto ele me joga na cama. Fico impressionada. É um aluno dedicado. Gus contorna os hematomas espalhados pela minha caixa torácica e pelo meu rosto, aperta-os até que eu estremeça. Peço mais forte. Ele obedece. Levanto minha mão e digo:

— Segura aí. — E ligo para Tate. Entrego o telefone. — Ela quer falar com você — eu digo.

Ele sorri com o sorriso mais safado do mundo e diz:

— Duas minas. Acho sexy.

E eu digo para ele não falar muito para que a gente ainda possa se apaixonar e se casar e ele possa continuar me cortejando com partes de bebê de fibra de vidro. Gus põe Tate no viva voz e ela fala todas as coisas terríveis que quer que ele faça comigo. Fico abismada com sua criatividade e sua crueldade e com o tanto que ela me ama. Gus faz o que ela pediu. É um bom menino. Me come igual a um cara malvado, bem malvado, e quando eu gozo, e não é pouco, os dedos dele ainda pulsam em volta da minha garganta. Mal consigo respirar, fico sem ar. Falo o nome de Tate até sentir que os músculos da minha garganta vão se desfazer. Sinto o gosto dela. Da próxima vez que falar com Tate, vou contar que ela é o homem dos meus sonhos.

Enquanto Gus dorme, seguro o braço de bebê e a coxa de bebê, tão duros e lisos e lindos. Penso que quanto mais tempo eu passar namorando Gus, mais partes de bebê ele vai me trazer, e talvez, um dia, tenhamos uma pequena família de partes de crianças de fibra de vidro que nunca vão se transformar em nada além disso.

Região Norte

Me mudei para o fim do mundo por dois anos. Se não prestar atenção, posso despencar. Depois da primeira reunião do departamento, meus novos colegas insistem que devo acompanhá-los num cruzeiro panorâmico para conhecer outros moradores da região. O *Peninsula Star* vai atravessar o Portage Canal até Copper Harbor e depois seguir pelo lago Superior. Recebo um livreto chique com fotos brilhosas de céus azuis e lagos de águas calmas.

— Você vai curtir a natureza — eles dizem, vibrando de entusiasmo pela Península Superior. — Você sabe nadar? — eles perguntam.

Preparo um arsenal que contém uma garrafa de uísque de bolso, um casaco bem quente e um livro. Na doca, há uma enorme fila de moradores de Michigan de rosto corado, papeando amigavelmente sobre suas apostas para o primeiro dia de neve. Estamos em agosto. Acabo de me mudar para a Península Superior para começar um pós-doutorado no Michigan Institute of Technology. Meus colegas, todos da engenharia civil, acenam para mim.

— Você veio! — gritam.

Eles já começaram a beber. Bebo um golinho da minha garrafa. Não posso ficar para trás.

— Você vai amar esse cruzeiro — eles dizem. — Você está solteira? — perguntam.

Ficamos sentados numa cabine apertada bebendo cerveja. De tempos em tempos, um dos meus colegas oferece uma incrível curiosidade sobre a

Península Superior, como o alto número de cachoeiras da região ou os setecentos centímetros de neve que o lugar recebe todos os anos. Bebo um gole longo e corajoso da minha garrafa. Do lado direito, sou esmagada por um engenheiro de túneis obeso e careca, e, do lado esquerdo, por um hidrologista indiano de pele escura. O hidrologista é magro e quieto, e seu joelho empurra o meu de um jeito desconfortável. Ele me conta que tem uma esposa em Chennai, mas em Michigan está aberto às possibilidades. Sou a única mulher do departamento e por isso sou novidade em dobro. Meus novos colegas continuam me comprando bebidas e eu continuo aceitando, até que meus ouvidos começam a zumbir e minhas bochechas ficam vermelhas. O suor escorre pelas minhas costas.

— Preciso de um pouco de ar — murmuro, pedindo licença para sair.

Eu me dirijo lentamente ao deque superior, ignorando os olhares e as pausas nas conversas.

Do lado de fora, encontro o ar puro e fresco, o deque pouco frequentado. Perto da proa, um jovem casal se beija de um jeito ardente, ruidoso. A alguns metros deles um grupo de adolescentes forma um amontoado, dando risadinhas. Sento num banco vermelho de plástico e coloco as mãos na cabeça. Minha garrafa se encaixa confortável e reconfortantemente na minha costela.

— Vi você lá embaixo — diz um homem com voz grave.

O sol vai se pondo, criando aquele efeito estranho em que a luz deixa tudo branco, quase invisível. Aperto os olhos e levanto a cabeça devagar para ver um homem alto com as orelhas cobertas pelo cabelo desgrenhado. Balanço a cabeça.

— Você é de Detroit?

Já me fizeram essa pergunta trinta e três vezes desde que me mudei para cá. Dentro de um mês, vou parar de contar, o número beirando os quatro dígitos. Não muito depois, vou começar a dizer que acabei de chegar da África. As pessoas vão balançar a cabeça e respirar fundo de tanta emoção e perguntar sobre minha tribo. Ainda não sei essa resposta, então não há muita esperança. Eu concordo.

— Você sabe falar?

— Sei — eu digo. — *Você é de Detroit?*

Ele dá um sorriso lento e preguiçoso. É bonito do seu jeito — a pele é bronzeada e envelhecida e os olhos têm quase o mesmo tom de azul-acinzentado do lago que estamos atravessando. Ele se senta. Fico olhando seus dedos, os maiores dedos que já vi. A garrafa de cerveja suada que ele segura na mão parece uma miniatura.

— Então de onde você é?

Eu enfio as mãos nos bolsos e deslizo para longe dele.

— Nebraska.

— Nunca conheci ninguém de Nebraska — ele diz.

— Sempre me dizem isso — eu digo.

Agora o barco saiu de Portage Canal e estamos tão longe no lago que não consigo mais ver a terra. Eu me sinto pequena. O mundo parece grande demais.

— É melhor eu procurar meus colegas — digo e fico de pé.

Enquanto me afasto, ele grita:

— Meu nome é Magnus!

Aceno com uma das mãos, sem olhar para trás.

No meu laboratório, as coisas fazem sentido. Como engenheira estrutural, projeto misturas de concreto, testo novos agregados, como cinzas volantes e outros subprodutos da energia elétrica, partículas artificiais, tipos de água que podem tornar o concreto não apenas mais forte como também inquebrável, permanente, perfeito. Ministro parte da disciplina de Estruturas de Concreto e parte de Dinâmicas das Estruturas. Não tenho alunas mulheres em nenhuma das duas turmas. Os meninos ficam me olhando, e depois da aula, permanecem no corredor do lado de fora da sala. Tentam flertar. Tento lembrá-los de que vou lançar suas notas finais. Eles fazem comentários impróprios sobre atividades extras.

À noite, fico em casa vendo TV e procuro vagas em universidades e outras oportunidades de trabalho um pouco mais próximas do centro do mundo. Tem uma pizzaria do outro lado da rua e, em cima da pizzaria, um apartamento cheio de meninas brancas escandalosas que ouvem rap bem alto no meio da noite e entram em brigas barulhentas com os namorados que jogam basquete na universidade. Uma das meninas fez um aborto e a outra parou de falar com o pai, e a terceira *roommate* faz sexo exibicionista com o namorado mesmo quando as outras duas estão acordadas; ela tem um filho, mas o filho mora com seu pai. Não quero saber disso tudo.

Várias caixas fechadas continuam plantadas no meu novo apartamento. Desfazer essas caixas significa que vou ficar. Ficar significa que estarei presa neste lugar abandonado por dois anos, sozinha. Aluguei a nova casa pelo telefone — era uma lavanderia que foi transformada em apartamento. Não há janelas, tirando uma que fica na porta da frente. O apartamento, pensei, andando pelos cômodos no dia da mudança, é igual a uma cela. Fui condenada à prisão. A proprietária, uma italiana octogenária que foi dona da lavanderia por mais de trinta anos, ficou chocada quando me conheceu.

— Você não parecia uma mulher de cor pelo telefone — ela disse.

— Sempre me dizem isso — respondi.

Os legumes estão sempre podres na mercearia mais próxima — estamos muito ao norte para receber os alimentos a tempo. Fico de pé na frente de uma prateleira de tomates murchos, de pele enrugada, alguns cobertos por crateras brancas e moles rodeadas por alguma espécie de mofo preto. Avalio qual seria o prejuízo à minha dignidade caso me mudasse para a casa dos meus pais e esperasse até sentir a mão do destino nos ombros. Estou andando em círculos, mantendo o equilíbrio com dificuldade, quando reconheço Magnus. Agarro seu pulso com dois dedos e depois me afasto.

— Você sempre encosta em desconhecidos?

— Não somos desconhecidos.

Escolho os tomates decompostos o mais rápido que posso e sigo para a alface. Magnus vem atrás. Eu digo:

— Temos concepções diferentes da palavra *desconhecido*. Você nem sabe o meu nome.

— Gosto do seu jeito de falar — ele diz.

— O que é que isso quer dizer?

Magnus fica vermelho.

— Exatamente o que eu disse. A não ser que tenhamos concepções diferentes das palavras *gosto*, *do*, *seu*, *jeito*, *de* e *falar*.

Mordo a parte de dentro da bochecha para não rir. Tenho uma queda por homens charmosos que dão respostas espirituosas.

— Posso te oferecer uma bebida?

Olho para os tomates patéticos na minha cesta, e talvez seja o brilho opressor das luzes fluorescentes ou a música de elevador que ecoa pelas caixas de som da mercearia, mas concordo. Eu digo:

— Meu nome é Kate.

Magnus diz:

— Me encontre no Thirsty Fish, Kate.

No caminho para o lugar, olho meu reflexo no espelho retrovisor do carro e ajeito as sobrancelhas. As compras estão numa sacola ecológica no banco de trás. Faz frio lá fora, digo a mim mesma. As compras podem esperar, e eu não posso. No bar, Magnus me entretém com as coisas bobas que meninas gostam de levar a sério. Compra várias bebidas e bebo todas. Usa palavras lisonjeiras para falar dos meus olhos bonitos. Diz que consegue perceber que sou inteligente. Não transo há mais de dois meses. Não converso de verdade com ninguém há mais de dois meses. Não estou no meu melhor momento.

No estacionamento, fico do lado do carro, me apoiando na porta, tentando me equilibrar. Magnus diz:

— Não posso deixar você dirigir assim.

Murmuro alguma coisa sobre o efeito da altitude na minha tolerância. Ele diz:

— Não estamos nas montanhas.

Ele chega muito perto. O calor de seu peito preenche o espaço. Magnus pega minhas chaves e, quando tento recuperá-las, caio em seus braços. Ele ergue meu queixo com um dos dedos enormes e eu digo:

— Porra.

Eu o beijo de leve. Nossos lábios quase não se mexem, mas não nos afastamos. Uma mão firme segura a parte de baixo das minhas costas enquanto ele me aperta contra o carro.

Quando acordo, sinto a saliva grossa e azeda. Resmungo e levanto e bato a cabeça em alguma coisa que não conheço. Estremeço. Tudo na minha cabeça parece frouxo, fraco.

— Cuidado. Aqui é apertado.

Esfrego os olhos, tentando engolir o pânico que borbulha no fundo da minha garganta. Levo as mãos ao peito.

— Relaxa. Eu não sabia onde você morava, então te trouxe para o meu canto.

Respiro fundo, olho ao redor. Estou numa cama estreita. Por uma porta estreita vejo Magnus perto de um fogão de duas bocas. Estou sem sapato. Um gato pula no meu colo. Dou um grito.

Magnus mora num trailer, e não num daqueles trailers duplos chiques apoiados numa base com um jardim bem cuidado na frente, mas num trailer velho e enferrujado que pode ser conectado a um caminhão e levado para qualquer parte. É o tipo de trailer que você vê em lugares tristes e esquecidos que sucumbiram à ferrugem e às ervas daninhas e aos carros e aos pedaços de carvão e aos varais de roupa meio frouxos. Visto de fora, o trailer é só abandono, mas a parte de dentro é imaculada. Cada coisa tem seu lugar. Gosto disso.

— Você devia comer alguma coisa — ele diz.

Eu me livro do gato e vou até a cabine. Magnus me fala para sentar à mesa e coloca na minha frente um prato de ovos mexidos e ressecados e uma caneca de café. Meu estômago ronca sem parar. Ponho as mãos na caneca de café e respiro fundo. Tento recapitular o caminho entre os tomates podres e este trailer. Magnus se ajeita no banco do outro lado da mesa. Explica que mora neste trailer porque é de graça. É de graça porque o trailer fica no limite de um pedaço de terra em que sua irmã Mira e o marido dela, Jonathan, têm uma fazenda. A fazenda fica a vinte minutos da cidade. Não tem sinal de celular. Não vou conseguir abrir meu e-mail, ele me diz quando começo a balançar meu telefone em várias direções, desesperada por uma conexão. Pergunto por que ele vive assim. Ele diz que na casa da irmã tem um quarto que raramente usa. Diz que gosta da privacidade.

— Você tirou meu sapato.

Magnus balança a cabeça.

— Seus pés são bonitos.

— Será que você pode me levar até meu carro?

Magnus suspira, joga o resto do café de uma vez na pequena pia. Ele é um homem tranquilo. Também gosto disso.

No caminho de volta à cidade, fico o mais longe possível de Magnus. Tento rearranjar os fatos entre estar em pé no estacionamento e acordar num trailer com um gato no colo. Me recuso a consultar Magnus para preencher as lacunas. No meu carro, ele segura o volante com firmeza. Agradeço a carona e ele entrega minhas chaves. Ele diz:

— Adoraria ganhar seu número de telefone.

Forço um sorriso. Digo:

— Obrigada por não me deixar dirigir ontem à noite. Não costumo beber muito, mas acabei de me mudar para cá.

Ele diz:

— Sim, a altitude.

E espera que eu saia com o carro antes de voltar ao trailer. Meu pai elogiaria o gesto. Lembro da pressão dos lábios de Magnus nos meus, de sua textura e do cheiro dos lençóis. Estou fodida.

No meu laboratório, as coisas fazem sentido. A neve começa a cair no final de setembro. Vai continuar até maio. Falo para minha mãe que talvez eu não sobreviva. Repito tantas vezes que ela começa a ficar preocupada. Testo variações de cimento. Encho moldes com cilindros de concreto. Crio experiências com água salgada e água mineral e água doce e água da torneira. Faço a cura e o condicionamento das amostras. Registro todos os detalhes. Escrevo um artigo. Recuso três encontros com três colegas diferentes. O hidrologista de Chennai reafirma sua abertura diante das opções dos Estados Unidos. Reafirmo meu desinteresse em suas opções ou em ser uma delas. Aplico um exame que leva meus alunos a me apelidarem de "Trator". Compareço a um encontro de colaboradores solteiros da universidade. São sete mulheres e mais de trinta homens. O hidrologista é um deles. Não usa aliança. Perguntam trinta e quatro vezes se sou de Detroit, um recorde inédito para um só dia. Tento lembrar o endereço de Magnus e tudo que me vem à mente é uma memória borrada em que estou bêbada, encostando a cabeça no braço dele no carro, e ele cantando junto com a música do Counting Crows. Adoro Counting Crows.

Certa vez houve um homem. Sempre há um homem. Ficamos juntos por seis anos. Ele também era engenheiro. Tinha gente que o chamava de meu orientador da dissertação, o que de fato era. Quando nos envolvemos, ele me disse que me ensinaria coisas e me transformaria numa grande estudiosa. Disse que eu era a menina mais inteligente que ele já tinha conhecido. Aí caiu em contradição. Disse que nos casaríamos e pensou que eu acreditava. Alguns anos se passaram e ele disse que nos casaríamos quando fosse promovido a professor pleno, e isso foi quando me graduei. Fiquei grávida e ele disse que nos casaríamos quando o bebê nascesse. O bebê morreu após o parto e ele disse que nos casaríamos quando eu me recuperasse da perda. Eu disse que tinha me recuperado o máximo que era possível. Ele não tinha mais justificativas e eu não me importava mais com o casamento. Enquanto ele dormia profundamente, eu passava as noites em claro, lembrando da sensação de passar as mãos na minha barriga inchada e sentir meu bebê chutando. Ele disse que eu estava fria e distante. Disse que eu não tinha motivo para ficar de luto por uma criança que nunca chegou a viver. Ele se divertia com uma nova assistente de laboratório que usava sapatos chiques e saia curta, mesmo quando passávamos nossos dias trabalhando com areia e cimento e outras coisas sujas. Peguei os dois trepando, a assistente de laboratório inclinada numa pilha de tijolos de concreto, miando como uma atriz pornô estreante, o cara metendo vigorosamente, arrancando literalmente a assistente de laboratório do salto alto, a cara gorda dele toda vermelha e brilhosa. Ele perdeu o ar em arfadas curtas, repulsivas. A cena era tão ordinária que nem consegui ficar brava. Fazia tempo que eu tinha parado de sentir qualquer coisa por ele. Voltei ao meu escritório, aceitei a vaga no pós-doutorado, e nunca olhei para trás. O nome da nossa filha seria Amelia. Ela seria linda apesar do pai. Teria quatro meses quando fui embora.

A neve nunca mais parou. Os moradores estão radiantes. Toda noite ouço o lamento agudo dos *snowmobiles* que passam correndo pelo meu apartamento. Vou precisar de algumas coisas para sobreviver ao inverno — sal, uma pá, um novo assento de privada, corda. Encaro as condições climáticas e vou à loja de ferramentas. Uso botas de cano alto, um casaco, luvas, chapéu e cachecol,

roupas de baixo com revestimento térmico. Só tiro esses itens quando estou em casa. É muito esforço. Me pergunto como essas pessoas conseguem se reproduzir. Vejo Magnus em frente a uma prateleira de serras elétricas. Ele é mais bonito do que eu lembrava. Viro para ir embora, mas paro no meio do caminho. Não me mexo e torço para que ele me veja. Percebo que nem minha família me reconheceria com essa roupa. Cutuco o ombro dele. Eu digo:
— Quando vai ser o massacre?
Ele olha para cima devagar e fica meio constrangido.
— Tava só olhando — ele diz.
— Olhando até achar uma vítima?
— Não está no clima da boa vizinhança?
— Pensei em dar um oi.
Magnus acena de novo.
— Você deu um oi.
Engulo em seco. A irritação tem um gosto amargo. Falo meu telefone bem rápido e vou procurar um tipo mais firme de corda. Quando saio do estacionamento, noto que Magnus me observa de dentro da loja. Dou um sorriso.

No meu laboratório, as coisas fazem sentido. Ensino meus alunos a fazerem cilindros de concreto perfeitos e testes de compressão. Eles esmagam os cilindros perfeitos e urram de alegria toda vez que o concreto se despedaça e o ar se enche de poeira fina. Há muita beleza no processo de quebrar as coisas.
Todas as pessoas que encontro oferecem algum conselho para sobreviver aos invernos "difíceis" — sair ao ar livre, beber, viajar, beber, usar lâmpadas especiais, beber, transar, beber. O hidrologista se oferece para preparar curry apimentado para me aquecer, quer me dar um gostinho de seu curry muito especial. Eu recuso, digo que tenho a constituição delicada. Nils, o chefe do departamento, faz uma parada no meu escritório. Ele pergunta:
— Como você tem passado?
Garanto que está tudo bem. Ele diz:
— O primeiro ano é sempre o mais difícil. Talvez você queira ir a Detroit para ver sua família — ele diz.
Eu agradeço o apoio.

Estou andando pelo laboratório, vendo os alunos trabalharem, quando Magnus telefona. Peço licença e atendo à chamada no corredor, ignorando os alunos que ficam zanzando com uma expressão vazia no rosto.

Meu coração bate forte. Quase não consigo ouvir a voz dele. Eu digo:

— Não precisava demorar tanto para me ligar.

— Isso é uma lição de moral?

— Você gostaria que fosse?

— Posso fazer um jantar para você?

Ignoro meu impulso natural de dizer não. Estou mais animada do que jamais admitiria. Ele me convida para ir ao trailer, onde faz bifes e feijão-verde e batata assada. Conversamos, ou melhor, eu converso, preenchendo o trailer com todas as palavras que guardei para mim mesma desde que me mudei para cá. Reclamo do tempo. Num determinado momento, ele mostra a mão aberta e eu encaixo a minha na dele. Ele contorna minhas juntas com o polegar. É direto e honesto. Tem a voz forte e clara. Um sorriso gentil e um toque gentil. Ele fala de seu emprego de lenhador e de sua banda — ele toca guitarra. Quando finalmente paramos de falar, ele diz:

— Gosto de você.

Aí ele fica em pé e me puxa. Nenhum homem me falou que gostava de mim. Gostar é mais interessante do que amar. Subo em suas botas e coloco os braços ao redor de sua cintura. Ele é forte e sólido. Quando nos beijamos, é delicado, delicado demais. Eu digo:

— Não precisa pegar leve comigo.

E ele solta um grunhido. Aperta meu pescoço com uma das mãos gigantes e me beija com mais força, os lábios forçando os meus a se abrirem. A maciez lisa de sua língua me deixa excitada. Ele esfrega a boca no meu queixo. Enfia os dentes no meu pescoço e eu agarro sua camiseta com os punhos. Tento continuar em pé. Eu digo:

— O pescoço é a minha senha secreta.

Ele morde meu pescoço com mais força e eu esqueço de tudo, e todo o ruído da minha cabeça se silencia.

Tiro minha blusa e a calça jeans, e Magnus me ergue e me senta na beira da mesa da cozinha. Coloca as mãos grandes no meio das minhas pernas e abre minhas coxas. Desafivelo seu cinto rapidamente, alcanço-o, e ele agarra meu pulso. E diz:

— Não pense que você vai mandar em tudo.

Eu rezo baixinho. Fecho os olhos e ele esfrega a mão no meu queixo, vai descendo para o meio do meu peito e para minha barriga. Beija meus ombros, meus seios, meus joelhos. Me faz tremer e choramingar.

— Não precisa pegar leve comigo — eu repito.

Magnus beija a parte de dentro dos meus tornozelos e depois os lábios, a língua bruta e pesada contra a minha. Tento puxá-lo para dentro de mim cruzando minhas pernas em seu quadril. Ele dá uma risada baixa e grave. E diz:

— Diga que você quer.

Mordo meu lábio. Comparo meu orgulho e meu desejo. Quando me come, ele é vagaroso, calculista, bruto de um jeito terrivelmente controlado. Enfio a cabeça em seu ombro. Quando pergunta por que estou chorando, não digo nada. Por alguns minutos, ele preenche todo o vazio.

De manhã, quero ir embora o quanto antes, mesmo ainda sentindo Magnus na pele. Quando me sento na beirada da cama e visto a calça, ele diz:

— Quero te ver de novo.

Digo que sim, mas explico que precisamos levar as coisas de forma casual, que não podemos virar um *lance*, embora não ofereça nenhuma justificativa. Não tenho nenhuma, nem uma que faria sentido. Ele passa os dedos pela minha coluna e eu sinto um calafrio. Ele diz:

— Já temos um lance.

Eu me levanto, balançando a cabeça com raiva.

— Impossível.

Ele diz:

— Às vezes, quando vou para o meio da floresta e procuro um novo pedaço de terra, sinto que sou o primeiro homem a pisar ali. Olho para o alto e as árvores são tão grandes que quase não dá para ver o céu. Fico com medo, mas o mundo de certa forma faz sentido lá. Sinto a mesma coisa com você.

Balanço a cabeça de novo, os dedos tremendo enquanto termino de me vestir. Sinto enjoo e tontura. Eu digo:

— Sou alérgica a gatos.

Eu digo:

— Você não devia falar assim.
Eu digo:
— Também gosto de você.
Recito as palavras dele repetidamente pelo resto do dia, da semana, do mês.

Várias semanas depois, estou no trailer de Magnus. Temos nos encontrado quase todas as noites lá, onde ele cozinha e nós conversamos e transamos. Estamos deitados sem roupa em sua cama estreita. Eu digo:
— Se a gente continuar com isso mais um pouco, precisaremos dormir na minha casa. Tenho uma cama de verdade e quartos de verdade com porta e tudo.
Ele sorri e concorda. Ele diz:
— O que você quiser.
Depois que Magnus adormece, fico olhando para o teto baixo, depois para a janelinha que dá para o céu claro de inverno. Me pergunto o que ele ia pensar de Amelia, se conseguiria amá-la. Tento engolir o vazio. Seguro meu estômago quando as lágrimas quentes começam a cair pelo meu rosto e pingam no pescoço.
Quando estou prestes a dormir, o despertador dele toca. Magnus fica sentado, esfregando os olhos. Mesmo no escuro consigo ver que está arrepiado. Ele diz:
— Quero te mostrar um negócio.
Vestimos as roupas, mas ele diz que posso deixar meu casaco. No lugar, ele me entrega uma manta. Lá fora tem uma camada nova de neve. A lua ainda alta. Tudo parece perfeito e silencioso e quieto. O ar machuca, mas parece limpo. Ele abre caminho até o celeiro e eu sigo seus passos. Enquanto vai andando, Magnus olha para o céu. Eu digo a mim mesma que *não sinto nada*. Mas é mentira. Quando estou com ele, sinto tudo. Dentro do celeiro, fico com muito frio e ando na ponta dos pés para tentar me aquecer. Ele diz:
— Precisamos ordenhar as vacas.
Ele aponta para um banquinho ao lado de uma vaca enorme. Eu digo:
— Sem chance.

Magnus me leva até o banquinho e me faz sentar. Ele se debruça atrás de mim e dá palmadinhas na vaca. Ele não fez a barba, os pelos fazem cócegas. Ele beija meu pescoço delicadamente. Coloca as mãos sobre as minhas e eu aprendo a tirar leite da vaca. Aqui nada faz sentido.

A temporada de caça começa. Magnus me mostra o rifle longo, polido, poderoso. Chama o rifle de "uma" e "ela". Faço piada sobre o rifle e o chamo de sua amante. Ele cerra as sobrancelhas, diz que nunca faria isso comigo. Eu acredito. Conto que meu pai costuma caçar e ele fica animado. Ele diz:
— Quem sabe um dia desses seu pai e eu possamos caçar juntos.

Explico que meu pai caça faisão e que por "caçar" quero dizer que ele fica andando por aí com os amigos num quadriciclo, mas na verdade não mata lá muita coisa e com frequência se envolve em acidentes constrangedores. Eu digo:
— Vocês são caçadores diferentes.
Ele diz:
— Ainda quero conhecer seu pai.
— Só apresento os namorados sérios à minha família — digo.

Magnus segura meu queixo com dois dedos e me encara fixamente. Fico arrepiada. É a primeira vez que vejo raiva de verdade nele. Eu me pergunto até onde posso levá-lo. Ele diz:
— Você não vai me ver por uns dias, mas vou matar um veado para você.

Cinco dias depois, Magnus aparece no meu apartamento ainda usando camuflagem e macacão de caça. A barba está comprida e descuidada. Tem um cheiro rançoso. Está sujo. Só reconheço seus olhos. Magnus entra pela porta e me puxa num abraço musculoso que faz parecer que quer reorganizar minhas vísceras. Respiro fundo. Fico surpresa com a pontada cortante que sinto no meio das pernas. Ele me beija de um jeito possessivo, controlador, salgado. Geme dentro da minha boca e me vira de costas, prendendo meus braços acima da minha cabeça. Ele me come me empurrando contra a porta da frente. Eu sorrio. Depois, afundamos no chão. Ele diz:
— O veado está no carro.
Ele diz:

— Senti sua falta.

Quero dizer alguma coisa, a coisa certa, a coisa mais bonita. Dou um tapa na sua coxa. Empurro-o. Digo:

— Por favor, vá tomar um banho.

Eu fico sem tomar banho, no entanto, por horas.

Vou visitar meus pais na Flórida para o Dia de Ação de Graças, e minha mãe pergunta por que deixei de ligar com tanta frequência. Conto que o trabalho ficou mais corrido. Conto que tem nevado todo santo dia por mais de um mês e que todo mundo pensa que sou de Detroit. Minha mãe diz que estou magra. Diz que estou muito quieta. Não falamos sobre a filha morta ou sobre o pai da filha morta. Há esta vida e aquela vida. Fingimos que aquela vida nunca aconteceu. É um ato de misericórdia. Magnus telefona toda manhã antes de sair para o trabalho e toda noite antes de dormir. Um dia ele liga e minha mãe atende. Ouço sua risada quando ela diz:

— Que nome diferente.

Quando me entrega o telefone, ela pergunta:

— Quem é esse Magnus? Um moço tão bacana.

Eu fujo. Digo que não é ninguém importante, porque não sei explicar quem ele é ou quem eu sou quando estou com ele. Falo um pouco alto demais. Quando coloco o celular no ouvido, ouço só o tom de discagem. Magnus para de telefonar pelo resto da minha viagem. Não nos falamos até o final de janeiro.

No meu laboratório, as coisas fazem sentido, mas não fazem. Não consigo me concentrar. Tenho vontade de ligar para Magnus, mas fico confusa com meu mau comportamento recorrente. O tempo ficou mais frio, mais cortante. O mundo cresce e eu encolho. Meus alunos trabalham nos projetos finais. Um dos meus artigos é selecionado para uma conferência importante. O semestre acaba, eu volto para a Flórida para passar as férias. Minha mãe diz que estou magra. Diz que estou muito quieta. Quando pergunta se quero falar sobre minha filha, balanço a cabeça. Eu digo:

— Por favor, nunca mais fale sobre ela de novo, nunca mais.

Minha mãe encosta a palma de uma das mãos na minha bochecha e a palma da outra no meu coração. Envio a Magnus um cartão e uma carta e um presente e outra carta e outra carta pedindo desculpas, admitindo que somos muito mais que um lance, admitindo que sinto falta dele. Ele me manda uma mensagem de texto que diz: "Ainda estou com raiva". Eu mando mais cartas. Uma vez ele responde e carrego a carta dele para todos os lugares. Tento começar a gostar de carne de caça. O novo semestre começa. Outro artigo meu é selecionado para uma conferência, dessa vez na Europa. Uma nova leva de alunos tenta flertar comigo no processo do aprendizado sobre as maravilhas do concreto. Ganho uma bolsa de pesquisa e o chefe do meu departamento me oferece uma vaga temporária. Diz que posso levar o tempo necessário para pensar na oferta. Diz que o departamento precisa muito de alguém como eu. Ele diz:

— Você mata dois pássaros com uma só pedra, Katie.

Contemplo a possibilidade de colocar a cabeça dele na máquina compressora em que fazemos testes. Eu digo:

— Prefiro que me chamem de Kate.

O hidrologista avança em mim no laboratório tarde da noite e faz uma cantada imprópria que me deixa perturbada. Passo semanas sentindo seus dedos compridos e magros agarrando coisas que não são dele. Mesmo já passando da meia-noite, ligo para Magnus. Estou com a voz trêmula. Ele diz:

— Você me machucou.

E a sinceridade simples dessas palavras me machuca. Eu digo:

— Me desculpe. Eu nunca falo o que sinto de verdade.

E eu choro. Ele pergunta:

— O que aconteceu?

Ele me conhece melhor do que quero aceitar. Falo sobre o hidrologista casado, um homem nojento com a língua rosa brilhante que tentou lamber minha orelha e me chamou de Pérola Negra e ficou violento quando tentei afastá-lo e estou com medo de andar até o carro. Magnus diz:

— Estou a caminho.

Espero por ele na entrada principal, e quando reconheço seu corpo parrudo andando com dificuldade pela neve em minha direção, tudo parece mais suportável. Magnus não diz uma palavra sequer. Só me abraça. Depois de um tempão, dá um soco na parede de tijolo e diz:

— Vou matar esse cara.

Acredito nele. Ele me acompanha até meu laboratório para que eu pegue minhas coisas.

No meu apartamento, coloco um saco de milho congelado nas juntas machucadas de Magnus. Eu digo:

— Eu não devia ter ligado.

Ele diz:

— Sim, você devia.

Ele diz:

— Você precisa ser mais gentil comigo.

Eu digo:

— Preciso.

Sento no colo dele e beijo seus dedos e puxo suas mãos para baixo da minha blusa e olho em seus olhos azul-acinzentados tão bonitos e não digo, mas penso, *eu te amo*.

Magnus começa a me buscar no trabalho toda noite, e se preciso trabalhar até tarde, ele fica sentado comigo, me vendo trabalhar. Há um encontro com o hidrologista. Palavras são trocadas. Magnus reforça meu desinteresse em curry de qualquer tipo. O hidrologista nunca mais me perturba. Enquanto trabalho, Magnus me fala sobre árvores e tudo que um homem pode aprender passando seus dias entre elas. Não poucas vezes, ele cheira a pinheiro e serragem.

Em março, o inverno se prolonga. Magnus faz um iglu para mim e, lá dentro, acende uma fogueirinha. Ele diz:

— Às vezes, sinto que não sei nada sobre você.

Estou sentada entre as pernas dele, minhas costas encostadas em seu peito. Mesmo que estejamos vestindo camadas de roupas, parece que estamos pelados. Eu digo:

— Você sabe que não sou muito legal.

Ele me dá um beijo na bochecha. E diz:

— Isso não é verdade — ele diz. — Me conte alguma coisa que seja verdade.

Conto que me agarro à ideia de Amelia mesmo sabendo que não devo, que ela é tudo em que penso, que ela agora estaria começando a andar ou dizendo as primeiras palavras. Digo que acho que o amo, e amo como ele gosta de mim. Ele leva meus dedos frios aos lábios mornos. Ele preenche todos os espaços vazios.

Como

Como essas coisas acontecem

Hanna tem seus melhores pensamentos de madrugada, quando os usurpadores que moram em sua casa estão dormindo. Quando não é inverno, o que nem sempre acontece, ela sobe no telhado com um maço de cigarros e um isqueiro. Fica fumando e olhando para o céu preto-azulado. Ela mora na região Norte, onde as estrelas fazem sentido. Hanna divide a casa com seu marido desempregado, a irmã gêmea, o marido da irmã, o filho deles e o pai. É a única pessoa que trabalha — de manhã é garçonete no Koivu Café e à noite trabalha no bar do Karpela's Supper Club. Deixa a maior parte da gorjeta na casa de sua melhor amiga Laura. Hanna está planejando sua fuga.

O prato que mais faz sucesso no Koivu é o *pannukakku*, uma panqueca finlandesa. Se o Velho Larsen está de ressaca, Hanna aquece a chapa de ferro no forno e prepara a massa — primeiro os ovos, batendo delicadamente, colocando o mel devagar, sal e leite, no final peneirando a farinha. Ela gosta do barulho metálico que a peneira faz quando puxa o cabo. Balança de um lado para outro e imagina que é dançarina de flamenco. Ela se vê na Espanha, onde faz calor, onde tem sol e beleza. Hanna gosta de fazer as *pannukakku* com bastante manteiga para que as bordas das panquecas fiquem douradas e crocantes. Às vezes, corta as bordas de uma panqueca com cuidado e come desse jeito mesmo. Ainda se vê na Espanha, comendo pão de uma *panadería*, talvez um pouco de vinho. Aí ela ouve alguém gritando "pedido!" e não está mais na Espanha. Está no meio do nada, na frente de um fogão quente e engordurado.

Peter, marido de Hanna, vem tomar café todas as manhãs. Hanna reserva um lugar no balcão para ele e anota seu pedido. Ele fica olhando seu uniforme, babando em seu decote e mexendo as sobrancelhas. Ela finge sentir carinho, dá uma batidinha na cabeça dele com sua caderneta e entrega o pedido dele ao Velho Larsen, que resmunga:

— Não fazemos essas substituições de merda.

Mas depois ele faz para Peter os três ovos com gema mole, batata ralada com cebola e queijo, quatro fatias de queijo, torrada e duas *pannukakku* levemente cruas por dentro. Quando a comida fica pronta, Hanna faz uma pausa, senta ao lado de Peter, o observa comendo. A barba dele está ficando comprida. Um homem sem emprego não precisa fazer a barba, ele diz. Ela odeia ver Peter comendo. Odeia que ele a siga até o trabalho. Odeia a cara dele.

Seu marido pensa que estão tentando ter um bebê. Usa cueca *boxer* em vez de *slip*, mesmo preferindo a segurança da segunda. Uma vez Peter leu numa revista que as cuecas *boxer* aumentam a motilidade do esperma. Ele e Hanna só fazem sexo quando o kit caseiro de ovulação que ele comprou no Walmart indica que é o período fértil. Peter preferiria fazer sexo todos os dias. Hanna preferiria nunca mais fazer sexo com Peter, não porque é frígida, mas porque acha difícil sentir atração por um homem perpetuamente desempregado. Dois anos atrás, Hanna disse que ia viajar para o sul do estado com Laura, mas, em vez disso, foi a Marquette e fez uma laqueadura. Não ia acabar igual à mãe, com muitos filhos numa casa muito pequena com muito pouco para comer. Apesar de todos os esforços, no entanto, ela se viu morando numa casa muito pequena com muita gente e muito pouco para comer. É uma realidade difícil de engolir.

Quando sai do trabalho às três da tarde, Hanna vai para casa, lava a gordura e o sal da pele e veste uma roupa bonitinha, mas um pouco vulgar. Vai à universidade na cidade vizinha. Tem vinte e sete anos, mas parece mais nova, então finge que é uma das alunas. Às vezes, assiste a uma aula num dos grandes salões de conferências. Faz anotações e brinca com o cabelo e pensa em tudo que podia ter feito. Em outros dias, fica sentada na biblioteca e lê livros e aprende coisas para que, quando finalmente der o fora, possa ser mais do que uma garçonete com um decotão numa cidade-fantasma ao norte de Michigan.

Hanna flerta com os meninos porque no Michigan Institute of Technology o que não falta é menino querendo ser notado por uma menina bonita. Ela não finge nada, só inteligência. Não tem mais idade para isso. Às vezes, os meninos a levam ao refeitório ou ao Café do Campus para um lanche. Ela diz que faz engenharia mecânica porque Laura é secretária desse departamento. Às vezes, os meninos a convidam para seus dormitórios bagunçados cobertos de roupa suja e videogames e *roommates* ou para seus apartamentos esquálidos fora do campus. Ela faz sexo oral neles e deita com eles em suas camas de solteiro estreitas com lençóis finos e diz mentiras que eles gostam de ouvir. Depois que os meninos dormem, Hanna volta e atravessa a ponte para ir ao Karpela's, onde trabalha no bar até as duas da manhã.

Peter também visita Hanna no clube, mas precisa pagar pelos drinques, então não visita tanto assim. Don Karpela, o proprietário, sempre está na área agarrando as coisas com seus dedos carnudos. É um homem ganancioso e é amigo de seu pai. Mesmo quase chegando aos sessenta, Don sempre dá uma cafungada no pescoço de Hanna, chega esbarrando nela no espaço apertado atrás do balcão, diz que a faria muito feliz se ela largasse seu velho. Sempre que ele faz isso, Hanna fecha os olhos e respira fundo porque precisa do emprego. Se Peter está por perto quando Don solta suas cantadas, ele ri e ergue o copo no ar.

— Pode ficar com ela — ele resmunga, como se sua opinião valesse alguma coisa.

Depois que o bar fecha, Hanna limpa tudo e lava todos os copos e esvazia os cinzeiros. Ela e Laura, que também trabalha no bar, ficam sentadas no capô do carro de Hanna num beco e dão as mãos. Hanna se apoia no ombro de Laura e respira fundo e se impressiona com a capacidade que a amiga tem de ainda cheirar bem depois de horas num espaço escuro e fumacento onde homens não escutam a palavra *não*. Se a noite estiver vazia o suficiente, elas se beijam por um tempão até que os lábios frios fiquem mornos, até que o mundo fique mudo, até que pareça que o corpo das duas vai quebrar na altura do coração. Ela e Laura nunca falam desses momentos, mas, quando Hanna planeja sua fuga, não pensa em fugir sozinha.

A irmã gêmea de Hanna, Anna, fica esperando sua chegada com certa frequência. Fica preocupada. Sempre ficou. É uma mulher nervosa. Na infância, era uma menininha nervosa. A mãe delas, antes de ir embora, gostava de falar que Hanna ficara com todo o *sisu*, a força poderosa que devia ter sido dividida entre as duas. Hanna e Anna sempre souberam que a mãe não as conhecia nem um pouco. As duas eram fortes e poderosas. O marido de Anna trabalhava na fábrica de papel em Niágara até que uma tal empresa estrangeira comprou e fechou a fábrica, e então a maior parte dos moradores da cidade perdeu suas casas porque todo o trabalho que precisava ser feito já tinha sido feito. Quando Anna ligou, nervosa como sempre, para perguntar se ela e sua família podiam ficar com Hanna, ainda nem tinha acabado a pergunta quando Hanna disse "sim".

Hanna e Anna não demonstram abertamente, mas se amam com violência. No ensino médio, Anna namorava um menino que não a tratava bem. Quando Hanna descobriu, lhe deu uma boa lição. Hanna fingiu ser a irmã e levou o menino malvado para as trilhas depois dos distritos da cidade. Ficou de joelhos e começou um boquete, e falou que *se ele colocasse a mão em sua irmã de novo...*, antes de terminar a frase mordeu o pau dele, e disse a si mesma que não pararia até que os dentes se encontrassem. Sorriu quando sentiu o gosto de sangue. Ele gritou de forma tão delicada que fez os pelos do braço dela se arrepiarem. Hanna ainda vê aquele menino pela cidade de vez em quando. Ele não é mais um menino, mas anda mancando e sempre atravessa a rua quando a vê.

Nas noites em que Hanna e Laura ficam sentadas no capô do carro de Laura e se beijam até que os lábios frios se aqueçam, Anna fica na varanda da frente de casa tremendo, esperando. As bochechas ficam vermelhas. O coração palpita no peito de um jeito esquisito. Anna pergunta para Hanna se está ficando com outro homem, e Hanna conta a verdade à irmã. Ela diz "não" e Anna franze as sobrancelhas. Ela sabe que Hanna está dizendo a verdade. Ela sabe que Hanna está mentindo. Não consegue entender direito como pode fazer as duas coisas ao mesmo tempo. As irmãs fumam um cigarro juntas e, antes de voltarem para dentro, Anna toca o braço de Hanna com uma mão carinhosa. Ela diz:

— Tome cuidado.

Hanna beija a testa da irmã gêmea e pensa "vou tomar", e Anna consegue ouvi-la.

Como Hanna Ikonen sabe que é hora de ficar com a garota e sair da cidade

O pai de Hanna e Anna, Red, mora no porão. Não é permitido a ele subir no segundo andar, onde todo mundo dorme. Quando Peter pergunta o motivo, Hanna só balança a cabeça e diz:

— É assunto pessoal.

Ela não divide assuntos pessoais com o marido. Seu pai trabalhava nas minas. Quando a última mina de cobre foi fechada, ele não fez questão de tentar aprender uma nova profissão. Começou a segurar as costas quando andava por aí, dizendo que estava incapacitado. Colecionou deficiências, e quando as opções acabaram, morou com uma série de namoradas, e cada uma delas o expulsou não muito tempo depois. Por fim, quando nem uma única mulher na cidade se importava com sua existência, Red apareceu na porta de Hanna, fedendo a uísque, com a barba comprida e desgrenhada. Inventou uma desculpa incoerente por ser um pai horrível. Implorou para a filha ter piedade de um velho. Hanna não ficou comovida com o apelo, mas sabia que ele seria seu problema de qualquer jeito. Disse que ele podia se ajeitar no porão, mas se um dia o visse no segundo andar, não teria mais volta. Faz quinze anos que a mina foi fechada, mas Red ainda diz que é mineiro.

O paradeiro da mãe de Hanna e Anna, Ilse, é desconhecido. Sumiu quando as meninas tinham onze anos. Era manhã de quinta-feira. Ilse aprontou as meninas e os irmãos para a escola, deu café da manhã — flocos de aveia com rodelas de banana. Deu um beijo na cabeça loira de todos e falou para se comportarem. Já havia ido embora quando voltaram da escola. Por um tempo, ouviram o boato de que Ilse tinha se arranjado com um vendedor de sapatos em Marquette. Mais tarde, houve notícias de Iron Mountain, onde ela teria virado esposa de um dentista, com uma nova família. Depois as notícias acabaram.

Hanna e Anna têm cinco irmãos espalhados pelo estado. São quase todos amargos, preguiçosos, indiferentes e pouco interessados em colaborar com o bem-estar e a alimentação do pai. Quando Hanna organizou uma conferência telefônica com os irmãos para discutir a situação do pai, os

Meninos, como são conhecidos, disseram que isso era tarefa das mulheres e que, se as Gêmeas não quisessem cuidar disso, podiam deixar o velho apodrecer. Um dos irmãos, Venn, se ofereceu para mandar a Hanna ou Anna, quem quer que fosse que carregasse o fardo de cuidar de Red, a quantia de vinte dólares por mês. As Gêmeas disseram ao mesmo tempo que ele podia enfiar o dinheiro no cu, e depois disseram aos Meninos que podiam se foder. Após desligarem, Hanna ligou para Anna, e Anna se ofereceu para tomar conta de Red até que a bebida o matasse, mas Hanna temeu que a morte por bebida demorasse muito. Anna tem um filho para criar, afinal de contas.

É uma terça-feira corriqueira quando Hanna decide ir para casa depois de trabalhar no café em vez de atravessar a ponte e ir ao instituto brincar de faz de conta com os universitários. Consegue sentir a gordura escorrendo dos poros, e o que mais quer, mais do que tudo, é se enfiar numa banheira limpa numa casa vazia. Quando entra na garagem e vê Anna andando de um lado para outro, Hanna sabe que hoje não vai ter banho nem casa vazia. Estaciona o carro, respira fundo e se junta à irmã, que informa a Hanna que a mãe delas está sentada no sofá de segunda mão na sala, bebendo uma xícara de chá. "Mas é claro", Hanna pensa.

Como Hanna conheceu e se casou com Peter Lahti
Anna se apaixonou quando tinha dezessete anos. O nome dele era Logan, e ele morava na reserva de Baraga. Ela adorava seu cabelo preto comprido e sua pele morena macia e a suavidade de sua voz. Os dois se conheceram num jogo de futebol e, no dia seguinte à formatura, se casaram e se mudaram. Quando Anna foi embora, Hanna ficou feliz pela irmã, mas também desejou com todas as forças que a irmã e seu novo marido a levassem com eles. Ela podia ter falado alguma coisa. Anos depois Hanna percebeu que devia ter falado alguma coisa, mas se tornou a irmã que ficou para trás. Conseguiu um apartamento só dela e começou a matar o tempo na universidade, indo a aulas pelas quais não podia pagar. Peter morava no apartamento ao lado e naquela época trabalhava como caminhoneiro, transportando madeira para o sul do estado, então o namoro era ótimo porque ele não ficava muito tempo por perto.

Depois de uma viagem longa em que Peter passou três semanas fora, ele apareceu na porta de Hanna, o cabelo penteado para trás, a barba feita, vestindo uma camisa abotoada e um jeans bem passado. Numa das mãos, segurava um buquê barato de cravos. Tinha esquecido que Hanna havia contado, no primeiro encontro, que odiava cravos. Enfiou as flores nas mãos de Hanna, se convidou para entrar no apartamento e disse:

— Senti tanta saudade de você. Vamos nos casar.

Hanna, já mergulhada numa garrafa de vinho àquela altura, deu de ombros. Peter, um otimista incorrigível, interpretou o gesto como uma resposta afirmativa. Eles se casaram não muito depois, numa cerimônia com a presença de Anna e seu marido, Red, e três dos Meninos. Ninguém da família de Peter apareceu. Sua mãe ficou chocada por seu filhinho se casar com uma das filhas de Red Ikonen.

Como Red Ikonen conquistou sua reputação
Red Ikonen tinha a mineração correndo no sangue. Seu papai e o papai de seu papai tinham sido mineiros em Calumet quando a mineração fazia diferença e a cidade era rica e todo domingo as igrejas ficavam cheias de pessoas de bem que sentiam gratidão pelas recompensas da terra bruta. Ainda menino, Red adorava as histórias do pai sobre o mundo debaixo do mundo. Quando chegou a vez de Red ir ao subsolo, já não restava tanta mina, e essa era uma cruz difícil de carregar. Ele era um soldado sem guerra. Red começou a beber para anestesiar a decepção. Casou-se com uma menina bonita, teve cinco meninos lindos e duas meninas adoráveis e continuou bebendo para celebrar a sorte que teve. A menina bonita foi embora e ele bebeu para não se sentir tão sozinho. No fim das contas, beber era a única coisa que sabia fazer, então só fazia isso.

Era um homem alto — dois metros — e tinha a voz alta e nenhuma noção de como se comportar direito. Esse tipo de coisa simplesmente não fazia parte dele. Não havia um bar na cidade em que Red não tivesse começado uma briga ou feito alguma coisa imprópria com sua mulher ou com a mulher alheia. As coisas ficaram tão feias que ele precisava dirigir até South Range ou Chassell para beber com os velhos do vfw*, que de fato eram soldados sem guerra, porque ninguém na cidade queria lhe servir um drinque. Quando os

---

* Sigla em inglês para Veteranos de Guerras Estrangeiras. (N. E.)

Meninos ainda moravam lá, os *bartenders* telefonavam e pediam para um deles buscar o pai. Na época em que Red Ikonen começou a beber para não se sentir tão sozinho, já tinha virado um bêbado ruim. Nunca dizia uma palavra positiva para os filhos, que dirigiam quilômetros no meio da noite para trazer o papai bêbado de volta para casa.

Um por um, os Meninos saíram de casa, tentando ficar o mais longe possível do pai, até que só sobraram as Gêmeas, e então ele começou a fazer coisas impróprias com elas, e era uma cidade pequena, então as pessoas falavam, e não demorou muito para que ninguém, ninguém mesmo, quisesse qualquer contato com Red Ikonen.

Como Laura e Hanna viraram melhores amigas
Laura Kappi cresceu na casa ao lado dos Ikonen. Por um tempo, no ensino médio, namorou um dos Meninos, mas depois ele se mudou, foi fazer faculdade e não fez questão de levá-la junto. Laura era, na verdade, amiga tanto de Hanna quanto de Anna durante o ensino médio. Quando Anna e Logan se mudaram para Niágara, Laura viu que Hanna ficou perdida sem a irmã gêmea. Decidiu fazer o que pudesse para ficar no lugar de Anna. Hanna aceitou de bom grado. Viraram melhores amigas e depois viraram mais do que amigas, mas nunca falaram sobre isso porque não havia muita coisa a dizer sobre esse assunto.

Como Hanna reage ao ver a mãe pela primeira vez em dezesseis anos
Antes de entrarem, Anna pega a mão estendida de Hanna. As duas as apertam, com força, as juntas estalando, e então as Gêmeas vão para dentro. Ilse Ikonen está sentada na beirada do sofá. É uma mulher pequena com traços fortes. Sempre foi bonita, e nem o tempo nem a distância mudaram isso. Seu cabelo está grisalho perto da raiz, seus traços, um pouco mais caídos, mas não parece ter mais de quarenta. Red está sentado onde sempre fica sentado durante o dia, na poltrona reclinável do lado do sofá, olhando para sua esposa desaparecida. Pôs a camisa para dentro da calça, mas suas mãos tremem porque está tentando não beber. Quer ficar lúcido, mas a mulher é tão bonita que, com ou sem a bebida, ele não distingue alhos de bugalhos. Peter está sentado perto de Ilse, também a olhando fixamente, porque a semelhança entre sua mulher e a mãe é impressionante. Nunca tinham se visto. O mari-

do de Anna, Logan, está ao lado de Peter, segurando o filho, que está quase dormindo em seu colo. Ele conscientemente evita fazer contato visual com a sogra. É um jeito de ajudar a esposa a carregar o fardo da raiva.

Assim que Hanna e Anna entram na sala, o estômago das duas se revira. Gotas de suor se espalham pela testa. Ilse se inclina, colocando a xícara na mesa de centro. Ela sorri para as filhas. Hanna pensa: "Por que você ofereceu chá?", Anna pensa: "Quis ser educada". Hanna morde o lábio.

— O que veio fazer aqui, Ilse? — ela pergunta.

Ilse Ikonen descruza as pernas e coloca as mãos no colo.

— Faz muito tempo — ela diz.

Hanna olha para todas as pessoas quebradas em sua sala de estar, sentadas em seus móveis quebrados, esperando que ela conserte suas vidas quebradas. Vira e sai pela porta da frente sem titubear. Anna pede licença e corre atrás da irmã. Encontra Hanna se apoiando no capô ainda quente do carro, curvada, vomitando. O estômago de Anna se revira. Quando Hanna se ergue, ela limpa os lábios com as costas da mão e diz:

— Assim... Sério mesmo?

Como Laura finalmente convence Hanna a fugir com ela

Hanna fica sentada em seu carro até que Ilse Ikonen se retire e arranje um quarto no hotel no fim da rua. Depois que a mãe vai embora, Hanna dirige até a universidade e vai para o quarto úmido de um de seus universitários. Fica deitada em sua cama de solteiro estreita e mofada, e olha para a constelação de estrelas que brilham no escuro no teto enquanto o menino mexe desengonçadamente em seus seios com os dedos ossudos. Ela suspira, fecha os olhos, pensa em Laura. Depois, assim que o menino adormece rapidamente, os dedos dobrados e meio moles perto da boca, Hanna escorrega da cama e volta pela ponte para a casa de Laura.

Laura dá um sorriso ao abrir a porta. Hanna se encolhe e fica de pé na entrada, as bochechas adormecidas, ainda com náusea. Enfia as mãos pequenas nos bolsos, tenta ignorar o frio. Laura cruza os braços, se apoia num pé e depois no outro.

— Por que você não entra?

Hanna balança a cabeça.

— Não posso continuar fazendo isso.

Laura ergue uma sobrancelha, e mesmo estando descalça, pisa na varanda cheia de neve. Fica sem ar, se apoia nas botas de Hanna, desliza os braços sob o casaco de Hanna e lhe cinge a cintura. Laura encosta os lábios com delicadeza nos de Hanna. Hanna fecha os olhos. Respira fundo.

Como Hanna se apaixona por Laura mais do que ela julgou possível
Quando Laura não sente mais os dedos do pé, ela diz:

— É melhor a gente entrar antes que meus dedos congelem e eu seja obrigada a passar o resto da vida mancando atrás de você.

Hanna concorda e vai com Laura para dentro da casa. É uma casa familiar, que mantém a mesma aparência dos últimos vinte anos, e há conforto nisso. No hall, entre casacos e botas, uma pá, um cachecol de tricô e um saco de sal, Hanna afunda no chão e se senta com as pernas cruzadas. Laura fica de frente para Hanna, estica as pernas, apoiando os pés frios no colo de Hanna.

— Quer me contar alguma coisa?

Hanna chacoalha a cabeça com raiva.

— Minha mãe voltou — ela diz. — Assim... Sério mesmo?

Hanna não volta para casa. Liga para Anna e assegura à irmã de que está bem. Anna não pergunta onde Hanna está. Ela começou a sacar as coisas. Hanna deixa que Laura a guie pela escada íngreme coberta de livros. Deixa que Laura a leve para tomar banho. Deixa que Laura a lave. Segue Laura até a cama e, pela primeira vez em meses, adormece numa casa quase vazia. Pensa: "Isso é tudo que eu quero".

Enquanto Hanna dorme, Laura pensa em quanto dinheiro juntou, na superfície dos pneus, quão longe vão precisar viajar para que Hanna comece a esquecer a vida que vai deixar para trás. Tudo isso deixa Laura muito cansada, mas então olha para o lábio inferior de Hanna, o jeito como estremece quando ela dorme.

Como sempre foi
Na manhã seguinte, Laura ouve batidas na porta da frente. Se enrola num robe delicado e olha pela última vez para Hanna, ainda dormindo, o lábio ainda tremendo. Laura sempre amou Hanna, mesmo antes de entender por

que todo seu corpo ruborizava quando via Hanna na escola ou correndo pelo quintal ou sentada no telhado do lado de fora da janela do quarto. Namorar um dos Meninos foi um jeito de ficar mais perto de Hanna. Laura beijava o irmão de Hanna e pensava na sua irmã, no sorriso dela, no jeito como ela andava por aí com os músculos dos ombros levantados. Ficar com o irmão não era o que Laura queria, mas ela se convenceu de que era o suficiente. Pela primeira vez Laura sente uma coisa desconhecida na garganta. Dá um pouquinho de enjoo. Ela acha que talvez seja esperança. No andar de baixo, Anna está na varanda, tremendo. Está com enxaqueca. Quando Laura abre a porta, Anna entra voando na casa. Anna aperta as mãos de Laura e sobe as escadas e vai ao quarto de Laura. Anna deita na cama atrás da irmã, envolve a cintura de Hanna com seus braços. Hanna cobre uma das mãos de Anna com sua mão. Não está totalmente acordada.

— Não me faça voltar lá — Hanna diz com a voz rouca.

Anna a abraça mais apertado, beija o ombro da irmã.

— Você precisa ir para se despedir.

Há uma confiança na voz de Anna que tranquiliza Hanna.

Hanna suspira, abre os olhos devagar. Vê que Laura está em pé na entrada do quarto. Hanna sorri.

— Não precisa ficar assim tão longe — diz.

Laura dá um sorriso e se arrasta para a cama com as Gêmeas. Laura diz:

— Lembra quando a gente era criança e nós três ficávamos no telhado à noite no verão para fugir do calor?

Tanto Hanna quanto Anna fazem que sim com a cabeça. As três mulheres viram de barriga para cima e olham para o teto — as rachaduras e infiltrações, a inclinação.

— Já éramos tristes naquela época — Laura diz.

Como Hanna finalmente confronta a mãe

Se Hanna sempre foi a protetora, Anna sempre foi a voz da razão, aquela capaz de fazer a escolha certa entre as alternativas impossíveis. Quando eram meninas e Hanna tramava vingança contra qualquer um que tivesse injustiçado as Gêmeas, era Anna quem impedia que a irmã agisse de forma precipitada. Quando Red Ikonen aparecia bêbado no quarto delas e Hanna tentava acertá-lo com uma faca de cozinha ou lhe arrancar a orelha com uma mordida, era Anna quem agarrava o braço da irmã e dizia:

— É ele ou a Casa Superior.

Era Anna quem cantava para o pai e lhe acariciava a barba e acalmava sua maldade, até que desaparecesse. Nesses momentos, Hanna sentia tanta raiva por dentro que pensava que o coração ia partir ao meio, mas então ela deixava a faca cair no chão ou afrouxava os dentes porque qualquer coisa era melhor que a Casa Superior, a instituição estadual onde as crianças sem mãe eram descartadas até completarem dezoito anos. Elas ouviram histórias ruins o bastante para que acreditassem que havia coisas piores que o fedor do bafo de Red Ikonen nas bochechas quando ele esquecia o que é ser um pai de verdade.

Anna segurou a mão de Hanna no caminho de volta para casa, um vento revigorante empurrando os corpos pela neve. Hanna tentou respirar, mas sentiu o ar fino e frio e o ar lhe machucou os pulmões. Quando subiam as escadas da varanda, Hanna parou, se apoiou no corrimão, o corpo pesado.

— Não estou muito bem — disse.

Anna colocou a palma fresca da mão sobre a testa de Hanna.

— Não precisa ficar muito tempo — ela disse. — Pense nisso.

Hanna ficou olhando para a irmã. Ela disse:

— Venha com a gente. Você e Logan e o bebê.

Anna balançou a cabeça.

— É minha vez de ficar.

— Besteira. Já nos revezamos por muito tempo.

A porta da frente se abriu. Peter fez uma cara feia para as Gêmeas.

— Onde diabos vocês passaram a noite?

Ele agarrou Hanna pelo cotovelo, puxando-a para dentro da casa, e ela deixou. Queria economizar a força que ainda tinha.

Na sala, a cena se parecia muito com a gravura com a qual Hanna trombou no dia anterior, em que Ilse Ikonen surgiu sentada no sofá, posicionada majestosamente como se nunca tivesse ido embora e não precisasse oferecer atos de arrependimento.

Hanna tentou se contorcer para se livrar das garras de Peter, e ele por fim cedeu quando, suavemente, calmamente, Anna disse:

— Largue minha irmã.

Peter tinha uma desconfiança natural contra irmãos gêmeos. Não era normal, ele pensava, que existissem duas pessoas tão idênticas. Ele também nutria uma quantidade razoável de inveja da relação entre irmãos gêmeos. Embora não fosse um homem inteligente, Peter era esperto o bastante para saber que nunca seria tão próximo de sua mulher quanto queria ser.

As Gêmeas ficaram de frente para o pai, a mãe, os maridos. Estavam na casa onde haviam crescido com pessoas quebradas e coisas quebradas. Anna pensou: "Esta é a última vez que ficamos nesta sala", e Hanna de repente sentiu que podia respirar de novo. Tentou dizer alguma coisa, mas não conseguiu encontrar a voz. A garganta estava seca e oca. As Gêmeas olharam para seus pais e pensaram em tudo que sempre quiseram dizer para duas pessoas tão incapazes de cuidar dos filhos.

— Desculpe me intrometer — Ilse disse, a voz retesada, as palavras truncadas. Cruzou as pernas e ficou mexendo num grande anel de diamante que tinha na mão esquerda. — Eu queria saber como vocês e os Meninos estavam, talvez me explicar.

Anna balançou a cabeça.

— Explicações não são necessárias — ela disse. — Sua partida já é notícia velha.

Hanna tirou a aliança e largou na mesa de centro. Peter fez uma cara de desprezo e disse:

— Tanto faz.

Hanna revirou os olhos.

As Gêmeas ficaram de frente para o pai, a mãe, os maridos. Puxaram uma grande massa de ar, jogaram os ombros para trás. Tinham ensaiado esse momento mais de uma vez, mas perceberam que, depois de tanto tempo e de tanto erro, não havia mais nada a dizer.

Como Hanna, Laura, Anna, Logan e o bebê escaparam
Todos se amontoaram na caminhonete de Laura, os pertences apertados num trailer pequeno engatado na traseira. Ficaram sentados sem se mover, prenderam a respiração, não olharam para trás.

Réquiem para um coração de vidro

O ATIRADOR DE PEDRAS MORA NUMA casa de vidro com sua família de vidro. É um homem de carne e osso levando a vida com sua mulher de vidro e filho de vidro, sua mobília de vidro e suas vidas de vidro.

    O atirador de pedras, um homem bom, porém falho, dado aos excessos, conheceu sua mulher na praia, depois de uma tempestade de relâmpagos numa noite em que o céu se recusou a ceder à escuridão e mesmo assim havia estrelas lá no alto. Ele viu a pequena fissura que o corpo dela fez na areia antes de qualquer coisa, se aproximou, se moveu com cuidado. Então ele a viu, seu corpo banhado de luar, seus olhos reluzindo brilhantes. Ele se apaixonou instantaneamente porque não conseguia acreditar no que via em sua frente. A beleza dela era tão desconcertante e arrebatadora que atravessou sua pele e seu sangue e se entrelaçou com força em torno do seu coração.

    Ele não se perguntou como seria amar uma mulher de vidro. Ficou de joelhos. Pegou a mão dela, virou a palma para cima. Encostou os lábios de leve no espaço macio entre o polegar e o indicador. Fechou os olhos e respirou fundo. Rezou para que quando abrisse os olhos ela ainda estivesse lá. Quando abriu, ela estava.

    A mulher do atirador de pedras se apaixonou instantaneamente porque o atirador de pedras era tudo que ela não era. Era o primeiro homem que não olhou através dela. Ele a ajudou a ficar em pé, e depois eles andaram por horas e quilômetros e mais quilômetros. Ele ouviu e gostou de sua voz rouca quando ela lhe contou todos os seus desejos, seus sonhos, seus medos. Tentou guardar alguns segredos para si, mas não conseguiu. A propensão ao prazer que ele demonstrava era contagiante. Ela se despiu completamente e não se perguntou como seria amar um homem de carne e osso.

O atirador de pedras e sua mulher se cortejaram por sete meses e se casaram no sétimo dia do sétimo mês. Ela usou um vestido prateado e diamantes no cabelo de vidro. O atirador de pedras ficou ao lado dela, na frente de seus amigos, suas famílias. Fizeram votos sobre amar, honrar, proteger, obedecer, embora ele ainda não soubesse como conseguiria manter sua palavra.

Quando o atirador de pedras e sua mulher de vidro fazem sexo, ela sempre fica por cima, as mãos frias de vidro apoiadas no peito dele. Ela deita em cima dele, perna com perna, seio com peito, rosto com rosto. Ele beija seu pescoço longo, fino, os espaços ocos acima das clavículas. Desliza as mãos pelo seu cabelo longo de vidro, então segura seu rosto, contornando os lábios com o polegar. A mulher do atirador de pedras se aquece com seu toque, só um pouco, e embora ele não possa ver, consegue sentir a reação do corpo dela. Gosta da pressão de suas coxas de vidro estremecendo em contato com suas coxas e do jeito como ela respira dentro de sua boca, curto e rápido.

Quando a mulher do atirador de pedras goza, seu corpo fica embaçado com um desenho randômico na parte de fora do coração. Enquanto recupera o fôlego, ela ouve o próprio coração ameaçando implodir com o lamento agudo do vidro sucumbindo à pressão. Quando tem certeza de que o coração não vai se partir, ela vira de lado, e o atirador de pedras carinhosamente faz desenhos no vapor que sobrou. Às vezes, depois que fazem sexo, o atirador de pedras acende uma vela, encosta na cabeceira, envolvendo a mulher nos braços, sua coluna de vidro arqueada em seu peito robusto, peludo. Ele olha para o sêmen que sai do corpo dela deslizando devagar. Pede que ela se entregue mais ainda, que compartilhe segredos que ele ainda não sabe. Ele se acostumou a ver demais e agora anseia saber demais. Com frequência ela concorda, falando baixinho, se expondo de um jeito complicado. O atirador de pedras sorri. A mulher não.

Todas as manhãs, o atirador de pedras se senta de frente para sua mulher de vidro em sua mesa de vidro e observa o suco de laranja escorrer de sua garganta de vidro até seu estômago de vidro. Ela raramente se importa em vestir alguma coisa quando as cortinas estão fechadas, sente que não tem nada a esconder. É uma coisa extraordinária, o atirador de pedras pensa, conseguir ver intimidades como essas, conseguir ver como tudo o que ela é se divide em partes. Ela olha para ele, depois para o horizonte, suas bochechas ficando quentes quando lembra da noite anterior. Enquanto falam do dia que começa, a mulher do atirador de pedras estende o braço na mesa e pega a mão dele. Contorna os calos, os dedos curvados, mas não quebrados. Ele aperta sua mão também, com carinho, sempre com cuidado para não quebrá-la.

Depois que o atirador de pedras e sua mulher de vidro tomam café da manhã, ele leva o filho de vidro à escola, segurando a mão fria, translúcida, do menino. Ouve com cuidado o menino contando seus desejos, seus sonhos, seus medos. A cada palavra que o filho fala, o atirador de pedras sente o coração expandindo, quase partindo a cela de osso que o protege. Depois de beijar o menino na testa, enviando-o para seu rumo, o atirador de pedras às vezes fica do lado de fora da sala de aula do filho, espiando lá dentro, prendendo a respiração, torcendo para que as outras crianças sejam gentis e bondosas, por mais frágil que esse desejo seja.

Durante o dia, a mulher de vidro do atirador de pedras se ocupa com o trabalho de viver em uma casa de vidro. Cômodo por cômodo, usa panos macios para limpar todas as superfícies, porque seu marido não consegue evitar deixar as coisas que vão ficando para trás. Enquanto limpa impressões digitais e pele e pelos, sorri para si mesma e cantarola a valsa que ela e o atirador de pedras dançaram na cerimônia de casamento. Às vezes, os vizinhos param em frente à casa de vidro e ficam procurando um vislumbre das curvas de vidro de seu corpo por baixo das roupas que ela usa mais para o bem deles do que dela. Cochicham uns para os outros e balançam a cabeça. Criticam aquilo que não entendem.

A coisa que a mulher do atirador de pedras mais ama é tirar a roupa e desaparecer no mundo invisível. São um momento sagrado aquelas horas entre o término de seu trabalho e o retorno do filho e do marido. Ela rouba esses instantes para si porque sua vida é tão transparente que quer alguma coisa pessoal, alguma coisa preciosa. Ela confecciona, nesses momentos, segredos para si que não contou e não vai contar ao marido, que enxerga demais e ama com cuidado demais.

Na maior parte dos dias, a mulher do atirador de pedras vai a um parque da vizinhança com espaços abertos que não podem contê-la. Alonga seus membros esguios e olha para o céu. Impressiona-se com a límpida luminosidade azul lá do alto. Fecha os olhos e faz uma pequena oração. Depois corre. Corre porque fica inebriada com a sensação do vento contra a pele de vidro nua. Gosta do abandono de forçar seu corpo de vidro e testar seus limites e sentir o pavimento bruto e a fria grama lisa embaixo de seus pés de vidro descalços. Seu marido a ama, mas fica cismado. Fica cansado. Acha que é delicada. Teme que qualquer coisa vá lascá-la ou devolvê-la aos grãos de areia dos quais ela se ergueu. O atirador de pedras prefere manter a mulher presa na segurança de sua casa de vidro, onde os perigos não podem ser vistos, mas são conhecidos. Ela sabe que as paredes de vidro da casa não podem protegê-la. Ela corre.

Depois das tardes no parque, a mulher do atirador de pedras se vê suada e agradavelmente dolorida. Vai andando para casa devagar, respirando fundo. Se delicia. Depois toma um banho frio, sai do banho, se enrola num roupão macio de algodão. Quando o filho chega em casa, ela o pega nos braços e escuta o que ele conta sobre seus desejos, seus sonhos, seus medos. Ele fala sem parar e ela contorna os traços translúcidos do filho com seus dedos de vidro. O contato de seus corpos de vidro cria uma melodia que faz o menino dar um sorriso mais aberto. A mulher do atirador de pedras se apaixona pelo filho cada dia mais. Mesmo que doa, ela aceita que a vida do menino é ao mesmo tempo uma bênção e uma maldição. Quando seu coração se enche até o limite desses momentos preciosos, quando literalmente consegue sentir as veias de vidro que envolvem o coração pulsando e ameaçando partir, ela fala para o menino sair para brincar até a hora do jantar. Quer que ele faça parte do mundo, que encontre o que pode ser visto, mas nunca conhecido.

O filho do atirador de pedras sabe que é diferente, mas ainda não sabe por quê. Na escola, ele senta na carteira, seu corpo de vidro envolto no uniforme escolar. É quieto, mas estudioso. É gentil, mas forte, como a mãe. É firme e teimoso, como o pai. Embora alguns dos colegas o provoquem, fazendo caretas uns para os outros quando se olham através dele, o filho do atirador de pedras tem vários amigos que não se preocupam mais com o que os torna diferentes, com aquilo que não entendem. Para eles, é um menino que os faz rir e que corre atrás deles no parquinho e que faz castelos de areia muito bonitos.

O atirador de pedras trabalha muito e se diverte muito e é um bom provedor para sua família de vidro. Por oito horas diárias, ele trabalha numa pedreira, sem camisa e suado, atirando todos os tipos de pedra das profundezas da pedreira para os caminhões que esperam no alto. É tão bom nesse trabalho que muitas vezes atrai um público. Espectadores ficam zanzando perto dali, admirando a complexa rede de músculos que envolve a parte superior de seu corpo e o jeito como ele faz sua função parecer tão fácil. Ele não se importa com os espectadores. Já se acostumou a viver em uma casa de vidro.

Quando finalmente volta para casa, o atirador de pedras senta à mesa da cozinha com sua mulher de vidro e seu filho de vidro. A família come o jantar que foi preparado com carinho, e o atirador de pedras tenta não desviar o olhar dos momentos íntimos da mulher e do filho que ele não pode compartilhar. Ajuda o filho com a tarefa de casa, e, juntos, marido e mulher colocam o filho na cama. Há noites em que contratam uma babá, deixam uma lista cuidadosa de instruções para os cuidados e a alimentação de uma criança de vidro e vão tomar um drinque num bar de coquetéis que não fica muito longe dali. A mulher usa seu vestidinho preto preferido, se aconchega no corpo forte do marido, sente a pressão de sua mão na lombar quando ele a guia para uma mesa em que possam ver sem que os vejam, ouvir sem que os ouçam.

Em ocasiões especiais, eles vestem suas roupas mais elegantes e vão à ópera. Ficam numa cabine particular logo acima da orquestra, admiram o teto decorado, as texturas detalhadas das poltronas. A mulher do atirador de pedras se perde na música, lágrimas de gelo adornando suas pálpebras enquanto é transportada para lugares mágicos. O atirador de pedras tenta se divertir, mas, a cada nota de cada ária, seu corpo inteiro se retesa. Teme que seja só uma questão de tempo para que uma diva com afinação perfeita e pulmões de ferro preencha o salão de ópera com uma nota tão irretocável que possa corresponder à frequência natural do corpo de sua mulher. Teme que, nesse momento de ressonância, ela comece a vibrar, depois a tremer e depois seu corpo de vidro se estilhace. Ele ficará abandonado, ajoelhado entre cacos de vidro, segurando o coração de vidro pulsante da mulher nas mãos calejadas. O atirador de pedras sempre fica quieto quando ele e a mulher saem da ópera, iluminado pela natureza tênue de uma mulher de vidro. Ela pergunta o que há de errado, e ele olha com ternura e mente, diz que está tudo bem.

O atirador de pedras, um homem bom, mas falho, dado aos excessos, tem uma amante que ele visita várias vezes por semana. Não é uma mulher feita de vidro. É toda carne e osso, com um corpo generoso, carnudo como o dele. Ela é outra espécie de mistério.

A coisa que a mulher do atirador de pedras mais odeia é tirar a roupa e entrar no mundo invisível. Ela sabe da amante. Às vezes, observa o marido e a outra mulher, entrando escondidos na casa da amante, andando na ponta dos pés no tapete grosso da sala. Ela fica na entrada e olha o marido segurando a outra mulher com as mãos grandes, calejadas, sendo imprudente e bruto. Depois volta andando para casa, deixando um rastro de lágrimas de vidro para o atirador de pedras seguir. O atirador de pedras não ama a amante, mas precisa dos momentos que compartilham, aqueles momentos em que não precisa enxergar demais nem amar com cuidado demais.

Na ocasião da morte do meu pai

Quando eu era criança, meu pai uma vez me disse que as mulheres não serviam para quase nada. Estávamos estacionados no mirante das montanhas na fronteira da cidade. Eu estava no banco de trás, olhando para os meus sapatos, roendo as unhas. Ele estava no banco da frente, bebendo Maker's Mark numa garrafa embrulhada num saco de papel pardo. Ele e minha mãe tinham acabado de entrar em mais uma discussão violenta, e ele havia me arrastado para fora como se eu algum dia fosse ficar do seu lado. Ele disse:

— Não fique igual à sua mãe. Ela é uma mulher mesquinha.

Meu pai não amava minha mãe. Acho que ele nem me amava, mas amava nos tornar infelizes, se recusando a ir embora.

As opiniões do meu pai não o impediam de fornicar com um sem-número de mulheres. Minha mãe uma vez me disse isso depois de encontrar os brincos de outra mulher em seu criado-mudo.

— Bijuteria cafona — ela disse, como se a qualidade dos brincos a deixasse com mais raiva do que sua presença em seu quarto.

Por anos, meu pai se relacionou com uma mulher chamada Teresa. Era sete anos mais nova e trabalhava de garçonete num bar chamado Mosquito Inn, que era decorado como um safári africano. Não fazia muito sentido para ninguém porque estávamos em Michigan. Teresa sempre usava o cabelo vermelho num montinho bagunçado no alto da cabeça. Fumava cigarros longos e usava blusas decotadas e maquiagem exagerada. Me chamava de Steph mesmo que eu a corrigisse inúmeras vezes e dissesse:

— Meu nome é Stephanie.

Ela não se importava com o fato de meu pai ser casado e ter uma filha. Nunca esperou muita coisa dele. Era o tipo de mulher que não esperava muita coisa da vida. Eram adequados um para o outro.

Todo sábado, meu pai dizia para minha mãe que íamos pescar, não importava como estava o tempo lá fora. Não sei dizer se ele era cruel ou gentil contando essa mentira. Saíamos de casa antes do amanhecer e, na véspera, eu enchia minha mochila de livros e um caderno e meu walkman e calcinhas limpas. Atravessávamos os dezessete quilômetros até a casa de Teresa. Ela morava num trailer num grande pedaço de terra que seu pai deixou. Não tinha nada por perto. Eu sabia. Eu procurei. Quando parávamos o carro, Teresa ficava na porta, vestindo um robe de seda que deixava entreaberto. Por baixo, só usava uma calcinha de renda. Meu pai sempre dava um sorriso quando a via, depois bagunçava meu cabelo e dizia:

— Pode olhar, minha queridinha, mas não pode pôr a mão.

Eu me encolhia, afastando-me, e fazia uma careta, mas olhava porque Teresa era bonita do jeito endurecido que mulheres como ela são.

Assim que nos curvávamos para entrar em seu trailer, Teresa me arremessava o controle remoto da pequena TV que ficava na mesa da cozinha e me dizia para ficar à vontade. Então ela e meu pai se trancavam no quarto por horas. Não eram discretos nem silenciosos. Meu pai era um parceiro sexual lambão e vulgar, pelo que eu podia ouvir — era pura respiração pesada e grunhido e tapa na bunda. Jurei que nunca deixaria um homem como ele me tocar daquele jeito. Teresa sempre dava risadinhas, sua gargalhada aguda e inescapável naquele trailer minúsculo. Eu ficava sentada no sofazinho ao lado da mesa da cozinha e zapeava os três canais que a TV de Teresa sintonizava e tentava ler ou desenhar, mas, acima de tudo, sonhava acordada com um tempo em que não precisaria passar os finais de semana num trailer capenga vendo televisão capenga e ouvindo meu pai trepar com a amante.

Uma hora ou outra, Teresa e meu pai ressurgiam do quarto. Ele nunca vestia uma camiseta, sempre deixando a barriga pálida e flácida pendurada como se fosse motivo de orgulho. Os dois eram só sorrisos, e meu pai se esticava perto de mim no sofá, coçando a barriga à mostra. Teresa fazia sanduíches de queijo quente ou cachorro-quente e batata frita congelada ou alguma outra refeição adequadamente *white trash*. Então nós três víamos mais televisão, às vezes um filme. Lá pelas nove, eles se trancavam pelo resto da noite e eu ficava deitada no sofá, olhando pela janelinha, ouvindo as risadas e os grunhidos e os tapas na bunda e a respiração pesada, torcendo para que minha mãe tivesse um caso com o cara da loja de informática ou com um dos diáconos da igreja. Íamos para casa no fim da tarde de domingo e minha mãe sempre nos esperava com comida caseira. Meu pai lhe dava flores que buscávamos na mercearia e um beijo na bochecha. Ela nunca me perguntou sobre nossas pescarias ou por que nunca trazíamos peixe nenhum para casa.

Quando meu pai morreu depois de dirigir muito rápido numa ponte coberta de gelo, Teresa foi ao enterro. Minha mãe, que nunca foi boa em fazer drama com coisas que não estavam certas, não disse nada. Só fixou o olhar, os olhos abrindo um círculo de fogo no caixão do meu pai, enquanto a amante ficava do outro lado do corredor. Minha mãe manteve a postura ereta. Não derramou uma só lágrima. Decidiu enfrentar a morte do meu pai com uma dignidade que ele nunca teve em vida. Teresa, no entanto, estava um desastre, soluçando sem disfarçar, assoando o nariz num lenço que um funcionário lhe deu. Depois da cerimônia, minha mãe ficou em pé em frente à igreja com seu conjunto cor de lavanda cuidadosamente passado, cumprimentando os convidados, agradecendo sua presença e ignorando os cochichos. Já Teresa ficou ao lado do meu pai, a mão de manicure perfeita no caixão, ainda se acabando de chorar. Acho que ela o amava. Pelo menos alguém conseguiu.

Fui visitar Teresa no primeiro sábado após a morte do meu pai. Àquela altura eu já dirigia, estava prestes a começar a faculdade. No raiar do dia, bati à porta e esperei, alternando entre um pé e outro. Quando abriu a porta, ela estava usando seu robe de seda, do jeito que sempre usou, e o robe estava aberto, mostrando seu corpo, bonito como sempre. Seus olhos estavam vermelhos. Depois que meu pai morreu, não sei se algum dia ela parou de chorar. Sem dizer nada, Teresa abriu espaço e eu me curvei embaixo de seu braço e entrei no trailer. Ela sentou na mesinha minúscula da cozinha e acendeu um cigarro, aí me ofereceu um. Aceitei e, por um tempo, só ficamos ali, com as pernas cruzadas, olhando uma para a outra, fumando seus cigarros longos e baratos.

— Ele adorava passar os sábados com você — ela disse, por fim.

Balancei a cabeça.

— Ele adorava passar os sábados com você.

Teresa deu um sorriso triste.

— As coisas não são tão simples.

Dei de ombros, me afundei na cadeira, acendi outro cigarro.

Ela estendeu a mão sobre a mesa, passando os dedos pelas minhas juntas. Olhei para Teresa, vi como a vida dura tinha se manifestado em seus traços. Apertei sua mão com carinho. Queria que ela sentisse alguma coisa boa. Ela se levantou, deixou o robe de seda cair no chão e começou a andar em direção ao quarto. Então virou e me olhou por cima do ombro, e eu me levantei.

Quebrar por inteiro

A MÃE DA FILHA CAÇULA DO meu namorado ligou no meio da noite. Meu namorado estava dormindo, o calor de seu corpo nos embrulhando. Fiquei olhando as sombras do ventilador de teto girando preguiçosas sobre nós. Ele tem o sono pesado, apesar dos vários motivos para perder o sono.

— Estou aqui na porta — ela disse. Sua voz estava tensa e tênue.

Tentei acordar meu namorado com um chacoalhão, mas ele só se mexeu, colocando a perna esticada do meu lado da cama. Ele roncava baixinho. Eu suspirei.

Anna Lisa, mãe da filha caçula do meu namorado, me entregou a filha, ainda no canguru, junto com uma bolsa grande. Acenou com a cabeça mostrando a bolsa.

— As coisas da bebê.

Olhei para a bebê, nem bonita nem feia, uma bolha de feições indeterminadas. Ficamos em silêncio, ouvimos as mariposas e outros insetos voando ao redor da lâmpada brilhante e barulhenta que nos cobria com sua luz. Meus ombros doíam. O ar estava úmido e carregado. Anna Lisa é bonita, mas parecia cansada. Estava usando calças de moletom bem largas com letras meio apagadas descendo pela perna esquerda. A camiseta estava manchada. Os peitos estavam inchados. Tinha olheiras embaixo dos olhos. Não sei se estávamos tão diferentes.

Convidei Anna Lisa para entrar, lhe ofereci um banho. Queria ajudá-la a tirar a roupa, puxando a camiseta por cima da cabeça. Queria preparar um banho de água quente, lavar seu corpo e esfregar suas costas e suas coxas, a pele da barriga ainda flácida, queria limpá-la.

— Não consigo mais cuidar da minha filha.

Olhei para a bebê de novo. A bebê olhou de volta, bocejou e piscou os olhos com uma expressão de cansaço.

— Você quer deixar sua bebê com ele?

Anna Lisa balançou a cabeça.

— Vou deixar minha bebê com você.

Meu marido detesta meu novo namorado. Eu também. Ele é o tipo de pessoa que todo mundo detesta. Meu marido é o cara que eu amo. Ele gosta de ovos mexidos macios com pimenta e sal marinho moídos na hora. Eu levantava cedo todo dia para lhe fazer o café da manhã, gostava do ritmo daquilo, gostava de me sentir útil daquela forma. Meu marido me liga todo dia e diz:

— Por que está se torturando? — ele diz. — Volte para casa.

Meu namorado não é meu namorado de verdade; ele e eu não estamos de fato morando juntos. Chegamos a um acordo silencioso em que fico por perto com mais frequência do que não fico. Minhas coisas ainda estão na minha casa — quatro quartos, três banheiros —, com meu marido. Vou visitar minhas coisas, meu marido, sempre que dá. Passo os dedos pela estátua que fica perto da entrada, no furinho do queixo do meu marido, nos músculos grossos, fibrosos de seus ombros, na prateleira de mogno sobre a lareira. Meu lugar é com essas coisas, são minhas, então não fico por muito tempo.

Um pernilongo mordeu minha bochecha e eu estremeci. Coloquei a mão na barriga, ignorei a cicatriz dobrada pulsando em contato com a palma. A bebê choramingou, então levei a bolsa para dentro de casa e a tirei do canguru e a apoiei no meu ombro. Ela tinha um cheiro doce e de talco e se acalmou quando dei palmadinhas suaves e rítmicas em suas costas. Eu disse: "Isso, isso, amorzinho". Anna Lisa pegou minhas mãos enquanto eu aconchegava sua filha. A mão de Anna Lisa estava suada.

Ela não olhou para a bebê quando foi embora.

Fiquei sentada com a bebê na sala, a coloquei num cobertor limpo. Quando me cansei de olhar para ela, me estiquei, descansando minha mão em sua barriguinha. Dormi com a bebê me encarando, os olhos bem abertos.

De manhã, meu namorado chutou meu pé com sua bota pesada de trabalho.
— Que porra é essa?
Eu me levantei rápido, levando um dedo à boca. Puxei meu namorado para o quarto.
— Anna Lisa trouxe a bebê ontem à noite. Não consegue mais cuidar dela.
Meu namorado balançou a cabeça e procurou o celular, rapidamente ligando para a ex.
— Isso é ridículo — ele murmurou.
Anna Lisa não atendeu, e ele jogou o aparelho na parede.
— Que merda eu vou fazer com um bebê?
— Mantê-lo vivo.
Ele sacudiu a cabeça e passou voando por mim.
— Preciso ir trabalhar. Dê um jeito nisso.
Já li vários livros sobre bebês. Depois que meu namorado saiu, enchi a pia da cozinha com água morna e sabonete e lavei a bebê, coloquei uma fralda limpa nela e escolhi a roupinha mais linda. Fiz uma mamadeira e alimentei a bebê, e ela dormiu de novo. Fiz um rápido inventário — uma pilha de macacões cuidadosamente dobrados, sete roupinhas, um bichinho de pelúcia, três mamadeiras e um saquinho plástico cheio de bicos, dois potes de leite em pó, meio pacote de lenços umedecidos, seis fraldas e um caderno cheio de instruções detalhadas sobre a personalidade da bebê, preferências, rotina diária, o que os diferentes barulhos significavam, o tipo de registro que só é possível graças ao amor de mãe. Precisávamos comprar algumas coisas, mas antes eu precisava dividir esse fato com meu marido. Uma ou duas vezes por semana, ele trabalha em casa. Encontrei meu marido em seu escritório, sem camisa, de calças de pijama de flanela. Ele sorriu quando me viu e eu quis rastejar para dentro dele.
Quando percebeu que tinha um bebê no meu colo, ele se levantou e fez uma cara estranha.
— Por que você está carregando um bebê?
— Uma mulher me deu.
Meu marido ficou olhando o canguru.
— Não tem graça.
— Não estou fazendo graça.

Muita gente concluiu que eu tinha ficado louca depois do acidente. Ficaram na expectativa de que eu tirasse a roupa no meio do shopping ou comesse um gato ou qualquer coisa assim. Quando me envolvi com um babaca, suspiraram aliviados.

— Ainda dá para solucionar sua situação — minha mãe disse, quando eu ainda atendia suas ligações.

Não estou louca.

Meu marido, Ben, agachou e tocou o nariz da bebê. Ela deu um sorriso e ele fez de novo. Ele olhou para cima.

— Você não resolveu, tipo, roubar essa criança, né?

Fiz que não com a cabeça.

— É a filha dele. A ex-namorada a deixou lá ontem à noite. Disse que resolveu deixar a bebê para mim.

Ben sentou e tirou a bebê do canguru. Começou a bater suas mãozinhas uma na outra e a cantar uma musiquinha boba. Senti a cicatriz na minha barriga se esticando. Corri para o banheiro e alcancei a privada a tempo, vomitei até ficar com dor nas costas.

Ben apareceu na porta.

— Você está bem?

Olhei para meu café da manhã flutuando devagar na superfície da água da privada.

Naquela noite, quando voltou para casa depois do trabalho, meu namorado estava bêbado. Consegui ouvir quando ele estava na porta tentando entender como encaixar a chave na fechadura e quais eram os próximos passos. Não procurei ajudar. A bebê já estava dormindo numa cestinha que comprei na loja de bebê para pessoas com muito dinheiro e nenhuma noção. A vendedora, que me conhecia de outros tempos, olhou para a bebê e disse:

— Ele cresceu tanto!

Porque todos os bebês são iguais e todas as mulheres com bebês são iguais. Mordi a língua e concordei.

Sentei no sofá com a bebê dentro da cesta e vimos um *reality show* sobre celebridades fingindo que são viciadas.

Meu namorado finalmente conseguiu chegar ao apartamento.

— Mulher, onde é que você está? Que merda — ele disse, quando percebeu que eu não estava sozinha. — Essa criança ainda está aqui?

Me arrancou do sofá e me arrastou para o quarto. Fiquei relaxada, me transformei num pedaço de carne para ele. Ele me jogou na cama e começou a tirar o cinto.

— Por que você sempre fica tão quieta? É macabro.

Não falei nada. Ele não precisava da minha voz. Rastejou para a cama, abrindo minhas pernas, abaixando minha calça jeans. Deitou em cima de mim, o corpo tão pesado que afundei no colchão. Esfregou a boca fedendo a bebida pelo meu pescoço, apertando meus seios com os dedos, dando uma nova forma a eles. Soltei um gemido.

— Fale alguma coisa — ele disse.

Fechei os olhos e torci para que a bebê não conseguisse ouvir o pai. Ele me deu um tapa e meus olhos lacrimejaram; senti que os ossos da minha testa iam quebrar. Ajustei minha cabeça, oferecendo o rosto.

— Sério, fale alguma coisa ou não vou conseguir.

Abri os olhos.

— Não acorde a bebê. Ela teve um dia difícil.

Ele agarrou minha garganta e a apertou cada vez mais forte, deixando sua marca. Não desviei o olhar. Esperei que ele me punisse e, quando me puniu, foi um alívio perfeito.

Meu marido telefonou no dia seguinte.

— Se você quiser vir aqui com aquele bebê, não vou me incomodar.

Procurei uma blusa de manga longa com gola alta, mas não encontrei, então vesti uma jaqueta com capuz e passei muita maquiagem. Conversei com a bebê pelo espelho retrovisor do carro. Ben estava esperando na varanda e veio até o carro quando chegamos, tirou a bebê da cadeirinha com cuidado, abriu a porta para mim.

— Igual aos velhos tempos — ele disse, carinhoso.

Rangi os dentes quando sentei no sofá, uma das primeiras coisas bonitas que compramos.

Ben acomodou a bebê no cercadinho que tinha ficado vazio por meses no canto da nossa casa. Ela começou a brincar com os brinquedos — coisas de plástico que faziam barulho. Ele sentou do meu lado, abaixou o capuz da minha jaqueta. Deu um murro na mesa de centro. Um dos livros caiu no chão.

— Vou matar esse cara.

Me apoiei em seu ombro, seu calor, e deitei a cabeça em seu colo.

— Estou muito cansada.

Ele expirou uma grande quantidade de ar, fez carinho no meu braço.

— Você pode descansar aqui — ele disse, então descansei e ele cuidou de mim.

Uns dias depois, a bebê ficou com febre. Chorou sem parar, o rosto vermelho com uma raiva minúscula, morna. Tirei sua roupinha e a deixei só de fralda, e fiquei com ela perto do freezer aberto enquanto o ar-condicionado nos cobria com ar frio. Ela não parava de chorar. Sentia falta da mãe, eu concluí. Meu namorado saiu do quarto, a cueca caindo pelo quadril estreito num ângulo estranho. Segurei a bebê mais perto, sussurrando com doçura.

Ele pegou uma cerveja na geladeira e acenou com a cabeça em nossa direção, abrindo a garrafa.

— Qual é o problema dela?

— Está com febre.

Ele bebeu um longo gole da cerveja, limpou a boca.

— Será que precisa ir ao médico ou algo assim?

— Ainda não sei. — Comecei a me balançar e a bebê se acalmou um pouco. — Vamos precisar esperar.

Meu namorado pulou no balcão e ficou sentado, chacoalhando as pernas.

— Como você entende tanto de bebês?

Fiz carinho nas costas da bebê.

— A gente não faz esse tipo de pergunta.

Ele cuspiu na pia e bebeu outro gole de cerveja.

— Como preferir.

Quando ficou entediado, cambaleou de volta para o quarto. A bebê parou de chorar, o corpinho tremendo de tempos em tempos quando soluçava. Fiquei sentada com ela na sacada porque o dia lá fora era fresco e o ar estava limpo. Liguei para Anna Lisa.

Ela atendeu depois que chamou sete vezes.

— Está tudo bem?
Concordei com a cabeça, embora ela não pudesse me ver.
— Pensei que você ia querer saber da bebê.
Ela ficou quieta por um instante, tossiu.
— Sim, ia ser bom.
A bebê se agarrou à minha camiseta, os dedos minúsculos dobrados no algodão. Falei para sua mãe da febre e contei que Ben e eu tínhamos brincado com ela e andado bastante. Falei para Anna Lisa que a bebê adorava tomar banho na pia da cozinha. Falei sobre as roupinhas novas.
— Ela sente minha falta?
— Com certeza.
— Por que diabos você está com ele?
— Ligo para você semana que vem.
Desliguei e olhei para o céu, escuro e pesado e imóvel.
A bebê ainda estava inquieta de manhã, não ficava tranquila no colo, suava e se contorcia. Ela não tinha dormido quase nada. Eu não tinha dormido quase nada. Meu namorado ficou bravo porque ela fazia barulho, um chorinho agudo, e não parava, e aquilo o irritou. Deitei ao lado dele, esperando que explodisse. Ia acontecer. E aconteceu. Fiquei imóvel e torci para que ele me batesse até que meus ossos finalmente amolecessem.
Quando terminou, ele disse:
— Tem alguma coisa errada com você.
Mais tarde Ben telefonou, e a bebê gemia desesperada como uma mulher triste. Admirei-a por causa disso.
— Quero ver seu rosto — ele disse.
Eu sorri.
— Também quero ver seu rosto.
— Essa menina tem a boca maior que o corpo.
Sacudi a bebê no colo.
— Tem mesmo.
No quarto, meu namorado estava esparramado de bruços na cama, só de calça jeans. Perguntei se pretendia ir trabalhar e ele grunhiu alguma coisa ininteligível. Na casa de Ben, precisei me forçar a pensar nas coisas assim, ele mais uma vez nos esperava na entrada da garagem. Pegou a bebê e correu

devagar até a casa. Inclinei meu corpo enquanto o observava. Ele parou na varanda, acenou. Balancei a cabeça e fechei os olhos.

Sete meses antes, estávamos no estacionamento de um daqueles supermercados em que tudo é orgânico e artesanal e superfaturado. Pela primeira vez em nosso casamento, tínhamos condições de comprar tudo o que nos desse vontade. Naquela época, comprávamos muita azeitona porque havia um quiosque de azeitonas no supermercado chique. O absurdo era irresistível. Fazíamos muito patê. Éramos adultos. Tínhamos um filho que herdou o nome do pai. Ele tinha catorze meses, ainda estava se acostumando com o movimento das próprias perninhas, as coxas gorduchas se esfregando uma na outra a cada passinho desajeitado. Ele sempre andava com as mãos na frente do corpo. Nós o chamávamos de BZ ou Bebê Zumbi e, às vezes, muitas vezes, passávamos gel em seu cabelo para que ficasse em pé. Tirávamos cem mil fotos, os exageros dos pais de filhos únicos, registrando como ele dobrava os dedos quando se aproximava e como seu nariz se enrugava logo antes de dar risada, e seus cílios, que eram tão compridos que você conseguia ver cada um como uma perfeita extensão de sua beleza. Nossos pais acharam que o apelido de zumbi era grosseiro. Era engraçado.

Ben e eu estávamos flertando enquanto guardávamos as compras no porta-malas. Tínhamos uma garrafa de vinho, um Merlot orgânico e coisa e tal, e um plano do que iríamos fazer depois de beber o vinho. Eu disse que não precisávamos esperar, e ele disse alguma coisa sobre pôr uma venda no bebê na volta para casa e nós rimos e nos inclinamos por cima do carrinho para dar um beijo de língua molhado. Ben Jr. começou a bater na barra do carrinho de compras, gritando "da da da da da". Ele queria sair, então eu o peguei no colo, sentindo o peso de seu corpo em contato com o espaço entre meu polegar e indicador. Beijei suas bochechas e sua testa e o pai acariciou suas costas enquanto punha nosso menino no chão. Coloquei a mãozinha na minha calça e falei para ele me segurar ou precisaria voltar para o carrinho. Ele concordou e sorriu, as covinhas profundas, abraçando minha perna. Olhei para o menino e para o homem que me ajudou a fazê-lo, e estávamos no centro de uma vida perfeita. O calor daquele contentamento podia ter nos queimado de vez.

Um cara mais novo passeando com um cachorro de merda passou por nós. Ben Jr. adorava cães, os chamava de "catorro". Não fazíamos ideia de onde aquilo tinha vindo, mas era a palavra dele e virou nossa palavra. "Catorro", "catorro", "catorro". Ele gritou "catorro" e largou minha perna e, quando fez isso, quando deixei de sentir aquela pressão, me senti tão fria e vazia. Não havia nada que me mantivesse no chão. Ben Jr. saiu correndo, e tanto Ben quanto eu corremos atrás dele, mas aquelas perninhas gorduchas, quando queriam, eram muito rápidas, e ainda ficávamos felizes por isso, então foi difícil compreender a urgência. Nosso filho perseguiu o "catorro", os braços na frente do corpo como se quisesse transformar o cachorro em morto-vivo. Uma mulher de oitenta e quatro anos, Helen McGuigan, atravessou o estacionamento correndo. Não conseguia ver meu menininho por cima do capô de seu Grand Prix 1974, um verdadeiro tanque em forma de carro. Ben e eu gritamos. Ben Jr. parou e virou para nos olhar, estava tão assustado com nossos gritos que começou a chorar. A última coisa que meu filho fez foi chorar de medo. Levantou os braços, como sempre faz, como sempre fazia, quando queria que o pegássemos no colo. O espaço entre meu polegar e o indicador tremia violentamente. Quando o carro o atropelou, não desviei o olhar. Vi o que aconteceu com o corpo do meu menino. Vi tudo, todas as partes dele, por todo canto.

Não posso mais chegar perto de cachorros. Poderia matar todos eles, cada um desses bichos sujos com seus rabos balançantes e línguas penduradas. Não consigo suportar o cheiro deles.

Ben e eu não fomos ao enterro. Depois de enxergar, depois de ver o tamanho inacreditável daquele caixão, não tínhamos mais nada a oferecer. Nossas famílias não conseguiram entender. Passamos o enterro sentados no chão do quarto de Ben, esperando que ele voltasse para casa. Continuamos sentados no quarto.

Ben me chamou. Estava na varanda, bonito, o cabelo bagunçado e cacheado, a bebê colada a seu peito. Engoli em seco enquanto saía do carro. No canto do quintal, vi um bastão de plástico vermelho. O ácido queimou minha garganta e, antes que eu pudesse parar, vomitei em cima da cerca viva que contornava a casa. Podávamos a planta juntos. Levantávamos sábado de manhã e dizíamos:

— Hoje vamos trabalhar no quintal.

Dávamos risadinhas porque nossos pais trabalham no quintal, remexendo o jardim com sandálias e meias até o joelho. Ben se aproximou e massageou minhas costas. Disse coisas amorosas, reconfortantes. Me guiou pela casa e me deu água. Bebi, mas meus lábios continuaram rachados.

Quando me inclinei na pia da cozinha, minha blusa se ergueu. Minha cabeça estava explodindo, então esqueci de abaixar a camiseta.

Meu marido ergueu a blusa ainda mais, espumando. Senti um aperto no coração. Não tinha forças para fingir que ele não estava vendo o que havia ali.

— Que porra é essa? Sério, amor, que porra é essa?

Ele puxou minha blusa até os ombros e me virou devagar. Não consegui olhá-lo nos olhos. Ele contornou um hematoma que se espalhava pela minha caixa torácica num roxo-escuro, quase preto nas bordas. Tremi.

— Chega — Ben disse. — Não dá mais, Natasha.

Ele tirou a bebê do colo e a entregou a mim.

— Fique aqui.

— Não — eu disse, agarrando seu braço.

Ele sacudiu a cabeça e saiu da casa. Chutou a porta do carro antes de abrir, ficou chutando a porta até afundar o metal. Nunca tinha visto Ben tão bravo. Ele apontou para mim.

— Nem pense em sair daí.

Fiquei olhando enquanto ele se afastava. Levei a bebê ao nosso quarto e deitei de lado, segurando a bebê no colo, sentindo seu hálito quente, leitoso. Ela finalmente parou de reclamar e nós dormimos. Quando acordei, Ben estava na poltrona perto do pé da cama. Me ergui devagar e encostei os joelhos no peito. Ele tinha um machucado no queixo e suas mãos estavam em carne viva.

— Chega — ele disse. — Você já se machucou o bastante. Você vai voltar para casa.

Encostei a testa nos joelhos. Meu peito estava vazio. Era um alívio que alguém me dissesse o que fazer. Ben levantou e pegou a bebê, que ainda dormia. Sumiu com ela e voltou sozinho. Colocou uma babá eletrônica no criado-mudo e se arrastou para a cama ao meu lado. É difícil respirar numa casa sem ar, mas eu tentei. Encostei nele e, quando começou a tirar minha roupa, eu deixei. Meu desejo por ele continuava intacto. Minha língua não esquecia o gosto de sua pele, sua boca. A luz pálida da tarde preenchia o quarto, luz o bastante para nos vermos sem dificuldade. Ele beijou os hematomas espalhados pela minha clavícula, ao redor do meu umbigo, as manchas roxo-escuras nos meus braços, minhas coxas, minhas costas. Fazia muito tempo que um homem não me tocava com carinho — tanta sorte. Quase tinha esquecido. Ben segurou meu rosto e me beijou, e eu me deixei cair nele e em nós, a língua dele na minha boca, sua boca em meus seios, seus dedos no meio das minhas coxas. Ele me preencheu como se me avisasse que me queria de volta. Me abri para ele. Beijei seus dedos em carne viva e seu queixo e o abracei. E disse:

— Não me deixe sair do chão.

Tarde da noite, o choro veio do outro quarto. Eu estava de barriga para cima, o corpo de Ben ocultando parte do meu. Cobri meu peito com a mão, o esfreguei levemente como se pudesse devolver meu coração ao lugar correto. Ainda havia choro vindo do outro quarto. Tentei lembrar em que momento estava. Minha boca estava seca e triste, meus lábios ainda rachados, meus olhos, secos. Tudo estava seco. Passei meus dedos pelo cabelo de Ben. O choro aumentou, então beijei a cabeça do meu marido e saí da cama, tentei lembrar da geografia do quarto em que eu não havia dormido por meses. Meus seios doíam, inchados com o leite das frutas docemente apodrecidas. A camisa de Ben estava no chão e a vesti, apoiei as mãos na parede no caminho para o quartinho. Quando acendi a luz, a bebê virou e piscou. O quarto ainda tinha o cheiro do meu filho. Ele estava ali mesmo que não estivesse. Eu podia senti-lo nos dedos. Ergui a bebê e a embalei com o braço, o peso dela quase arrancando meu coração. Saímos para respirar o ar fresco, ficamos sentadas no deque que Ben e eu construímos, todo de tijolos, mais trabalho de quintal. Liguei para Anna Lisa. Mais uma vez, ela esperou chamar sete vezes para atender.

— Vou terminar com ele — eu disse. — Você precisa saber.

— Deixei minha bebê com você.

— Não pode estar falando sério. Não pode me confiar uma criança. É ilegal.

— Sei o que aconteceu com seu filho, vi no jornal — Anna Lisa disse. — A culpa não foi sua.

— Essa não é a resposta para o que estamos enfrentando aqui.
— Não conheço mais ninguém que possa me ajudar.
— Não podemos ficar aqui, ainda mais com ela. Vamos embora.
— Não me diga aonde estão indo — Anna Lisa disse. E desligou.
A bebê se mexeu no meu colo. Contornei sua boquinha com o dedo.
— O que vou fazer com você? — perguntei.
Ela fez um barulhinho e agarrou meu dedo, não soltava mais, então ficamos sentadas assim por bastante tempo, ela agarrando cada vez mais forte. Pensei que ela também podia me machucar. Círculos úmidos se espalhavam pela camisa de Ben. Não importava o que eu fizesse, meu leite não secava. Meu corpo precisava de alguma coisa para alimentar. Quando voltei para dentro, Ben estava com o celular e as chaves do carro nas mãos. O cabelo estava arrepiado. Ele parecia tão jovem, como quando a gente se conheceu. Éramos novatos na faculdade e ele me perseguia porque gostava da mecha pink no meu cabelo. Disse que sempre soube que ia se apaixonar por uma mulher com três sílabas no nome. Eu não tinha certeza de qual Ben estava na minha frente, e então ele chegou perto e roçou o nariz no meu cabelo e me falou que eu tinha cheiro do vento da noite.
— Pensei que você tivesse ido embora.
— Pensei que você tivesse me proibido.
Seu rosto se esticou no que hoje em dia era seu sorriso.
— Não podemos continuar nesta casa.
Ben concordou.
— Não podemos ficar nesta cidade, nem perto daqui.
— Eu sei.
Olhei para a bebê.
— Ela vem com a gente. Por enquanto. Até que a mãe possa ficar com ela. A bebê não vai consertar as coisas. Não estou louca como as pessoas pensam. Sei quem esta criança é e quem ela não é.
— Pode dizer o nome dele. — Os olhos de Ben encontraram os meus. Nosso filho tinha os olhos dele. Houve uma fase em que eu me perguntava se suportaria olhar para meu marido pelo resto da vida. — Diga o nome dele — Ben disse.
Abri minhas mãos e sacudi a cabeça.

Quando Ben Jr. nasceu, éramos casados havia sete anos. Ambos éramos filhos únicos. Ainda éramos jovens, mas nossos pais tinham se resignado a não ter netos, e de repente esse menino bonito e esperto apareceu na vida de todos. Depois do acidente, liguei para minha mãe para contar o que havia acontecido. Contei sentada na varanda porque não conseguia ficar na casa, não tinha ar lá dentro. Ben ficou sentado ao meu lado. Seguramos o celular entre nossas bochechas. Minha mãe chorou quando expliquei que meu filho tinha virado um rastro de sangue no asfalto do estacionamento, que havia sido arrastado para fora dos sapatinhos, que agora estava deitado em algum lugar, sozinho e gelado.

Tentei ficar no necrotério com Ben Jr. no dia em que ele morreu, mas as regras não permitiam. Um estranho com as mãos geladas ficava repetindo: "Sentimos muito, mas você precisa ir embora". Num determinado momento, dois policiais nos acompanharam até o estacionamento. Fiz uma cena caótica, violenta. Sinto orgulho disso. Um dos policiais disse:

— Não queremos ser obrigados a levá-la conosco.

E eu gritei:

— Que merda você está dizendo?

Pessoas que entravam e saíam da delegacia olhavam, apontavam, sacudiam a cabeça. O policial agarrou meu cotovelo, me puxou tão perto que senti seu hálito de café. Ele se aproximou e disse:

— Tenho quatro filhos, mas você precisa sair.

E de novo eu gritei:

— Que merda você está dizendo?

Minha garganta estava em carne viva. Eu estava inteira em carne viva. Não dava a mínima. Não ia deixar meu filho sozinho. Finalmente, Ben saiu do transe e me arrastou para fora. Lutei com toda a força. Quando consegui me pôr no carro, ele ficou em pé ao lado da minha porta. Apontou e disse:

— Fique, amor.

E só então correu para seu lado do carro. O suor escorria pelo seu rosto e pescoço. Havia círculos úmidos de suor pelo meu pescoço e embaixo das minhas axilas. Estávamos podres, imundos de tristeza. Ele se virou e me olhou.

— Você é mais forte do que eu pensava.

Apertei a mão contra a janela do carro quando saímos. Disse:

— Você não tem ideia.

Mais tarde, voltamos à delegacia, estacionamos a alguns quarteirões de distância e ficamos sentados em silêncio ao lado da janela do necrotério, até que o corpo de Ben Jr. fosse liberado pela manhã.

Em vez de dizer alguma coisa bonita, em vez de não dizer nada quando lhe contei que meu filho tinha morrido, minha mãe disse:

— Como você deixou isso acontecer?

Comecei a tremer e a gritar, mas não fazia sentido, eram só "yerga ghala fraty ghuja", palavras loucas de raiva. Ben pegou o telefone e disse:

— Como ousa dizer isso?

Ficamos na garagem aquela noite e a próxima e a próxima. A geladeira onde guardávamos carne de caça e cerveja roncava bem alto. Ouvíamos o barulho a noite toda, fingindo que estávamos dormindo, fingindo que era possível dormir. A garagem estava quente, tinha cheiro de óleo de motor e poeira e aparas de grama. Ben não parou de me abraçar, não me deixou.

Nós nos mudamos para uma cabana no quintal até que os vizinhos reclamaram. Preparamos comida enlatada num pequeno fogareiro de acampamento e bebemos vinho e fumamos, sentados em cadeiras de jardim até ficarmos cansados demais para não dormir. Ben dizia:

— Fale comigo.

E eu tentava, mas não saía nada além do ar seco. Tirei licença do trabalho, mas Ben continuou indo ao escritório, disse que precisava que as coisas fizessem sentido. Quando ele estava fora, eu ficava sentada no estacionamento do supermercado onde compramos oito tipos diferentes de azeitona. Às vezes, um funcionário me reconhecia e me trazia um café, dizia: "Sentimos muito." Ouvi essa frase tantas vezes que começou a soar como uma palavra só: "Sentimosmuito sentimuito sentimos sentimos sentimos."

Perdi todo o peso que restara da gravidez e um pouco mais. Ben foi ficando com raiva quando eu dizia que não conseguia comer, disse que eu não tinha o direito de me destruir. Uma noite, fez meu macarrão preferido. Quando me recusei a comer, ele se sentou em cima de mim e me alimentou à força. Não consegui fazer a comida descer. Ben ficou tão furioso que jogou no chão da cozinha a linda tigela de barro com seu lindo macarrão dentro. Foi uma bagunça. As mãos dele viraram punhos cerrados, e eu queria sentir suas juntas contra o osso da minha mandíbula. Me joguei em sua direção. Eu disse "me bate", mas ele não bateu. Bati nele e bati nele e ele não me impediu. Eu disse:

— Ou você me bate ou vou embora.

Ele se recusou, então fui embora. Dormi no meu carro perto dos trilhos do trem, onde levávamos Ben Jr. quando ele não conseguia dormir. Meu marido me encontrou e me disse para voltar para casa. Não voltei para casa.

Num bar encontrei um homem que toparia me bater. Não foi difícil. Consegui farejar a raiva dele só de olhar. Eu estava bebendo uísque, vestindo quase nada, toda peitos de fora e pernas. Ele sentou do meu lado e me pediu uma bebida, ainda que a minha não estivesse nem na metade. Pegou nos meus anéis e disse:

— Cadê seu marido?

Bebi num só gole o que restava da minha bebida e a que ele tinha me comprado.

— Não se preocupe com isso — eu disse.

Ele falou e nós bebemos por horas, e quando ele disse "vamos lá para trás", deixei que me levasse. O homem me grudou na parede e cobriu minha boca com a dele como se quisesse comer minha cara. Parou para respirar um pouco e perguntou:

— Tá gostando, gata?

Eu o agarrei pelo cinto. Tentou me beijar de novo e virei o rosto. Eu disse:

— Quero que você me machuque.

Então ele me machucou, de novo e de novo e de novo. Parei de dormir em casa. Toda vez que aquele homem enfiava os punhos no meu corpo, eu conseguia respirar um pouco. Uma dor cobria a outra. Me transformei num machucado aberto enquanto ele ia abrindo minha pele e músculo e osso e sangue, até que não senti mais nada além do jeito que ele usava meu corpo para alguns momentos perfeitos por dia, momentos com os quais eu me preocupava com os dedos, até que todos estivessem desgastados.

Ben me pegou pelos ombros e me chacoalhou.

— Diga o nome dele.

— Mais forte — eu disse.

A bebê deu risada. Agarrou minha camiseta e a dele, como se tentasse nos puxar para mais perto um do outro. Ben ficou quieto e olhou para a bebê. Me soltou.

— Por favor.

Apertei a nuca dele e fiquei na ponta dos pés. Fechei os olhos e vi cada uma das letras, as formas do nome do nosso filho. Tentei me perder na minha dor. Acomodei a bebê no cercadinho e fui para o quarto de bebê. Ben me seguiu, abatido. Fiquei em pé perto do berço, segurando as barras. O ursinho preferido do nosso filho ainda estava apoiado no canto. A manga de uma camisetinha escapava de debaixo do travesseiro. E então eu não consegui mais ficar em pé. Caí de joelhos, ofegante.

— Me bate — eu disse.

Eu implorei. Agarrei sua mão e fechei seus dedos num punho e encostei seu punho contra o meu esterno. Disse:

— Por favor, se você me ama, me bate.

Minha voz estava feia e sedenta. Se Ben quebrasse minhas partes quebradas um pouquinho mais, se quebrasse seja lá o que restava de mim debaixo da pele, eu finalmente poderia me quebrar por inteiro.

Ben se ajoelhou do meu lado, desdobrando os dedos.

— Eu te amo mesmo.

Me abraçou enquanto eu tentava respirar. Ele era tão doce, tão terrível.

— Meu Deus, por favor, Ben. Por favor.

Um zumbido nas orelhas fez com que fosse difícil me concentrar em qualquer coisa que não fosse a dor amarga no peito.

Ele afastou o braço e eu observei seus dedos se fechando novamente e gritei, mas aí ele ficou calmo.

— Não — ele disse. — Não vou fazer isso.

Me agarrei àquele berço, balançando-o, batendo-o na parede, até os parafusos se soltarem, até que o berço que segurava nosso filho também se quebrasse por inteiro. O B-E-N pendurado na parede em cima do berço caiu no chão. Meus braços ficaram cansados e soltei a barra quebrada. Tinha uma poça de suor nas costas. Pensei em enfiar tudo que tinha naquele quarto na minha boca, pensei que conseguiria encaixar se tentasse com força. Ben se debruçou, encostando a testa no chão.

— Sinto falta dele tanto quanto te amo. Te amo tanto quanto sinto falta dele — eu disse.

Desabei em cima dele e de alguma forma dormimos daquele jeito, quebrados um sobre o outro.

Na manhã seguinte, tiramos tudo que havia no quartinho e pusemos no quintal, no nosso deque meio torto. Queimamos tudo até não sobrar nada. Os vizinhos ficaram olhando por trás das cortinas abertas. Não iam continuar sendo nossos vizinhos por muito mais tempo. Ergui meu dedo do meio bem alto. Ficamos olhando tudo derreter e virar uma massa preta e endurecida — brinquedos e lençóis e camisetas e sapatinhos minúsculos e chupetas, tudo. Quando o fogo finalmente apagou, nossa pele estava coberta por uma camada fina de fuligem. O ar fedia à memória chamuscada das coisas que não deviam queimar. A bebê dormiu mais e mais e mais.

Entramos em casa aos tropeços e arranquei as roupas de Ben, beijando-o com força, com os ossos da cara, o branco dos dentes, querendo sentir alguma coisa diferente, mesmo que meu corpo doesse muito, em todos os lugares. Ben me inclinou sobre a mesa de jantar, a mão pressionava minha nuca quando me penetrou. Encostou a respiração quente no meu pescoço. O que fizemos, o som que fizemos, era incontrolável.

Depois eu disse:

— Por favor, me leve para longe deste lugar.

E Ben disse:

— Diga o nome do nosso filho.

Segurei seu rosto e limpei um pouco da fuligem embaixo de seus olhos com meus dedos.

Dentro de algumas semanas, íamos entregar as chaves da nossa casa a um corretor de imóveis que acabaria vendendo-a e depositaria o dinheiro numa conta bancária. Diríamos a Anna Lisa que ela sempre saberia onde nos encontrar. Ela nos diria que não ia precisar. Colocaríamos o necessário no carro. Acomodaríamos a bebê no banco de trás, escutando seus balbucios contentes. Olharíamos para aquela menininha, seus traços que iam ficando mais claros a cada dia, e diríamos: "É loucura, é um erro, é a coisa certa, é um erro". Íamos dirigir para o norte e oeste e norte e oeste até chegarmos a um oceano e ao litoral rochoso e ao verde por todo canto e a um céu bem grande, bem grande para segurar a bebê no alto quando ela sorrisse.

Antes disso, no entanto, beijei Ben mais suave, mais suave. Seus cachos se esparramaram pelos meus dedos. O gosto era da temperatura mais intensa com que o fogo pode queimar. Disse o nome de Ben Jr. dentro de sua boca, memorizei seu gosto carbonizado.

Padre malvado

Padre Mickey — padre Mickey Patrick Minty, que atendia por Mickey para se afastar das expectativas de sua mãe — estava tendo um caso com uma menina chamada Rebekah. Rebekah era vendedora de perfumes numa loja de departamento e ainda morava com os pais. Não era católica. A mãe de padre Mickey, Nora Minty, católica devota, batizou o filho de Michael em homenagem ao arcanjo Michael porque estava convencida, desde o momento em que viu seu bebê pela primeira vez, de que ele seria um guerreiro da fé. Patrick veio do pai, Deus o tenha, que deixou Nora quando Mickey tinha quatro anos e morreu três meses depois devido ao excesso de prazer, como diriam mais tarde os amigos de Patrick Minty, porque morreu em sua quitinete vendo um jogo de baseball com um fardo de cerveja no colo.

Enquanto seus amigos ouviam historinhas de ninar, Mickey Minty era nutrido com histórias sombrias sobre a infinita batalha pela salvação e sobre Davi enfrentando Golias e sobre a destruição de Sodoma e Gomorra. Nora declamava milhares de vezes o Livro de Daniel, capítulo 12, versículo 1: "Naquele tempo, surgirá Miguel, o grande chefe, o protetor dos filhos do seu povo". Ele ouviu esse versículo tantas vezes que as palavras lhe embrulhavam o estômago. Foi assim, mais tarde ele decidiu, que o revestimento de seu estômago começou a se abrir para o ácido e as úlceras.

Ninguém ficou mais surpreso que Michael Patrick Minty quando ele entrou para o seminário e depois para o sacerdócio. Era uma vida simples, dizia a si mesmo. Não precisava pensar muito. Nunca precisaria sustentar ninguém. Mickey Minty não era incapaz de assumir responsabilidades, mas, dadas as expectativas da mãe, ele não tinha energia para mais nada. Havia outros moradores da paróquia, mas, no fim do dia, ele podia se trancar na reitoria, sozinho, sem precisar se preocupar com ninguém além de si mesmo. Havia conforto nisso, e esse conforto fez com que os sacrifícios do sacerdócio fossem suportáveis.

Mickey Minty não gostava de ficar ouvindo desconhecidos. Não gostava de ouvir ninguém. Os sons das outras vozes, agudos e frívolos ou graves e tímidos ou qualquer outra variação, todos os deixavam tenso e nauseado. Havia dias em que ouvia tantas palavras detalhando tantos pecados e perdas e desejos e vontades e necessidades que jatos quentes de ácido queimavam o fundo de sua garganta enquanto ele ficava escondido no confessionário, se mexendo desconfortavelmente ao longo de escavações particularmente demoradas do fracasso humano. Precisar cuidar, tranquilizar e se doar às pessoas era demais. Pior ainda era ver que o olhavam procurando respostas e ouviam seus conselhos com vontade, acreditavam neles e seguiam a penitência obedientemente. O que ele mais odiava era que os frequentadores da paróquia tivessem fé — fé de que ele mostraria o caminho e fé de que ele lutaria por sua fé e fé de que havia sentido nas coisas e fé na existência de algo maior do que si mesmos. Mickey Minty tinha pouquíssima fé, então mentia para seus paroquianos. Mentia com tanta extravagância que, mesmo não sendo crente, temia por sua alma.

Rebekah tinha pouquíssimo interesse na igreja ou na fé, mas tinha um belo de um interesse por Mickey Minty, o homem que conheceu na sala de espera lotada do hospital público, onde estava esperando uma amiga levar pontos. A amiga, Ava, havia atravessado uma porta de vidro com o punho num gesto dramático que pretendia impedir o namorado de abandoná-la. O gesto tinha falhado absurdamente. Rebekah estava esperando, e Mickey Minty estava sentado perto dela, vestindo uma roupa de ginástica cinza-clara, enquanto esperava notícias de um membro idoso da paróquia que andava muito doente. Mickey ficou olhando para Rebekah e escutando enquanto ela dizia que tinha acabado de terminar com seu namorado César, que acabara de sair da reabilitação e estava mais irritante do que nunca com sua recém-conquistada sobriedade e o fervor dos doze passos e a crença num poder maior. Ela não tinha certeza da existência de um poder maior, acrescentou, se aproximando, encostando a mão de unhas feitas no joelho de Mickey enquanto cruzava as pernas. Ele tocou em seus dedos.

— Temos algo em comum — ele disse.

Rebekah gostava de falar com desconhecidos, gostava de desabafar, compartilhar os detalhes íntimos e mundanos de sua vida com qualquer pessoa que quisesse escutar. Ela era exatamente o tipo de frequentadora da paróquia que deixaria os ácidos estomacais de padre Minty em polvorosa, mas ele gostava de observar seu lábio inferior, carnudo e aberto, brilhoso de gloss. A boca de Rebekah, contemplou, era perfeitamente desenhada para as coisas que ele não devia, mas nas quais pensava com frequência. A boca era grande e a língua parecia especialmente comprida, chegando a um ponto perfeito que ele gostaria de beliscar com os dentes. Sua fé foi temporariamente renovada. Mickey também não se incomodava com os seios de Rebekah, grandes e devidamente revelados por trás do tecido justinho do vestido de verão. Ele olhou para cima, para as luzes fluorescentes, balançando a cabeça, e depois voltou a prestar atenção na boca de Rebekah. E não por acaso ela tinha um cheiro sublime. Ele passava a maior parte do tempo perto de velhos que cheiravam a pomada e colônia barata, então ficou especialmente agradecido pelo esforço que Rebekah fazia para ter um cheiro tão delicioso. Apesar de sua fala incessante, Mickey soube naquele momento que ficaria mais do que satisfeito em quebrar seus votos por causa dela.

Naquela noite, na sala de emergência, Mickey Minty escutou Rebekah porque ela estava de shorts, vestido justo e batom vermelho vivo, com as alças do sutiã à mostra. Ela era o tipo de menina sobre a qual sua mãe havia lhe alertado na adolescência. Era o tipo de menina que nunca teria lhe dado bola. Agora ele tinha decidido que seu jeito de se vestir era a prova irrefutável de que era o tipo de menina que precisava de salvação. Foi isso que disse a si mesmo quando contou a Rebekah que era padre. Foi isso que disse a si mesmo quando a convidou para um tour pela igreja — um tour que ela fez no fim de semana seguinte, num sábado em que Mickey Minty realizou o casamento dos O'Kelly e margaridas murchas ainda pendiam da beira dos bancos.

Na primeira vez em que treparam, eles estavam na igreja e já era tarde — duas da manhã. A luz da lua atravessava o vidro manchado e Rebekah ria e ria porque gostava de ouvir a própria voz fazendo eco pelas abóbadas do teto. Rebekah não foi sua primeira imprudência, mas ele foi mais agressivo com ela. A experiência foi pouco memorável para ela, embora Rebekah consiga lembrar que os dedos dele tinham cheiro de incenso e seu hálito tinha gosto de menta. E ela lembra de ficar olhando para dois crucifixos gigantescos, um deles pendurado atrás do altar e o outro pendurado em seu pescoço, prendendo-o ao serviço da fé, e como eles entravam e saíam de seu campo de visão com cada movimento vigoroso de Mickey Minty.

Algumas noites depois, Rebekah apareceu na sacristia. Duas da manhã, de novo, e ela entrou por conta própria. Encontrou Mickey Minty no segundo andar, sentado na beirada de uma cama estreita num quarto minimamente decorado. Estava segurando um terço e sussurrando. Seus olhos estavam abertos, mas ele mal levantou a cabeça quando ela entrou. Rebekah tirou o casaco e se sentou ao lado de Mickey. Apoiou a mão fria na nuca dele, escorregando os dedos pelo seu cabelo curto e bem cuidado.

— Você não devia ter vindo aqui — Mickey disse.

Rebekah tirou as roupas rapidamente e deitou de barriga para cima, dobrando um dos braços sobre a cabeça. Os lençóis eram limpos, mas ásperos; o colchão fino, mas firme. Ela colocou uma das mãos de Mickey no meio das pernas. Ele tocou as contas do terço com uma mão e Rebekah com a outra. Depois, quando Mickey estava dormindo, as contas do terço ainda embrulhadas na mão, Rebekah o observou pelo máximo de tempo que conseguiu, depois foi embora antes que o restante da equipe da igreja chegasse para as tarefas matinais.

Rebekah se sentia estimulada por relacionamentos sem futuro. Mickey era o mais recente de uma longa fila de homens inapropriados que sempre deixavam Rebekah intrigada, mas vagamente insatisfeita. O que ela mais gostava em Mickey Minty era sua situação extremamente inapropriada. Ela nunca poderia apresentá-lo a ninguém que conhecia. Ele não faria gestos grandiosos nem a trataria bem. Ele não era esse tipo de homem, com ou sem batina. E essa combinação poderosa de futilidade levou Rebekah a se apaixonar loucamente, desesperadamente por Mickey Minty. Ela não pensou quase nada sobre as obrigações espirituais dele. Eram mínimos detalhes, e se houvesse culpa envolvida, ela deixava para Mickey, que era, afinal de contas, o especialista nesse tipo de coisa.

Mickey tinha um rebanho a guiar. Rebekah começou a ir à missa — ficava sentada na primeira fileira e sorria recatada à medida que ele pregava sermões severos sobre a devoção à doutrina católica enquanto o mundo desabava. Ele lhe oferecia o corpo e o sangue de Cristo, encostando o dedo na ponta úmida de sua língua depois de depositar a hóstia entre seus lábios levemente rachados. Depois da missa, depois dos biscoitos com ponche no átrio, depois de fazer as visitas aos enfermos e aos socialmente isolados, Mickey levava Rebekah para jantar fora a várias cidades dali. Eles ficavam sentados no fundo do restaurante do mesmo lado da mesa. Mickey tirava o colarinho e Rebekah apoiava a cabeça em seu ombro, abria sua calça debaixo da mesa, enfiava a mão pela abertura, mexendo devagar em seu pau enquanto o garçom anotava o pedido.

Ela sempre pedia a sopa francesa de cebola e o frango assado. Mickey sempre pedia o filé Porterhouse, malpassado, com cogumelos de acompanhamento e uma taça de vinho tinto. Quando terminavam de comer, eles entravam de fininho no banheiro masculino. Entravam na última cabine. Mickey virava Rebekah de costas, assim não precisava olhar para ela. Levantava sua saia, abaixava as calças e a comia com força. Ele grunhia. Rezava em voz baixa. Em pensamento, a chamava de nomes obscenos e depois se castigava por sua indecência. Apesar de ter pouca fé, tinha pudor. Quando terminava, beijava o ombro de Rebekah e respirava fundo, tentando identificar a fragrância que ela tinha escolhido naquele dia, sempre alguma coisa diferente, uma vantagem de seu emprego. Ele a mandava de volta para a mesa e tentava se limpar com toalhas de papel finas e montinhos espumosos de sabão industrial.

Nas noites em que Rebekah sabia que não podia entrar escondida na sacristia, ela telefonava para Mickey. Falava sobre o trabalho e a família e que César ainda estava na área, tentando fazer as pazes. Perguntava a Mickey se isso fazia com que sentisse ciúmes, e respondia a pergunta a si mesma. Falava sobre os amigos e as baladas que eles frequentavam e em como ela gostaria que Mickey pudesse conhecer as pessoas que importavam. Mickey não dizia muita coisa, mas estremecia cada vez que o estômago revirava, enquanto ouvia os pecados e as perdas e os desejos e as vontades e as necessidades de Rebekah. Ele suportava suas confissões como se fossem uma penitência. Se sentia orgulhoso por conseguir suportar. Escutava e remexia a gaveta do criado-mudo, fuçando até encontrar uma embalagem de tabletes de antiácido. Mastigava quatro ou cinco e enxaguava as migalhas brancas com um gole d'água. Ele suportava. Depois perguntava o que ela estava vestindo, e ficava olhando para o pequeno crucifixo de madeira na parede enquanto Rebekah o nutria com os detalhes sujos do que ela faria da próxima vez que se encontrassem.

Mickey visitava a mãe toda segunda-feira para o jantar e para algumas horas de tv, contemplação, reclamações dela e, inevitavelmente, oração. Depois que ele começou a sair com Rebekah, Nora Minty ficou desconfiada. Amava o filho, mas não fechava os olhos para suas falhas, suas fraquezas.

— Tem alguma coisa diferente em você — ela disse numa noite de segunda, oito meses depois de Mickey e Rebekah consumarem seu caso pela primeira vez.

Nora fez essa observação enquanto cuidadosamente cortava uma carne malpassada e colocava um pedaço denso e sangrento no prato dele. Mickey se encolheu, rangeu os dentes. Forçou um sorriso amável para a mãe. Agarrou os talheres até os dedos doerem e concentrou toda a sua energia no ato de comer o cordeiro abatido que se encontrava no altar de sacrifício que era seu prato. Escutou a mãe esbravejar contra satã e a fraqueza e sua luta eterna pela fé e o perigo da tentação. Mickey forçou os músculos da garganta para empurrar até o estômago cada um dos pedaços de carne cuidadosamente cortados. Parou só para beber goles de vinho tinto barato. Parou muitas vezes. No fim da refeição, o estômago doía. A cabeça girava e as bochechas queimavam. Sua mãe era mais uma das muitas afrontas que ele era obrigado a suportar.

— Não tem nada diferente comigo — ele disse, por fim, quando estavam sentados na sala da família comendo bolo caseiro com a imagem da tv tremendo em silêncio.

Nora chupou os dentes, pegou a Bíblia que estava na mesa lateral.

— Devíamos rezar — ela disse.

Mickey sacudiu a cabeça.

— Passo o dia todo rezando. Vamos simplesmente aproveitar a noite.

A Bíblia de Nora era gasta e já se abria sozinha em seus trechos preferidos. Ela a segurou aberta no colo.

— Vamos rezar. Coríntios, capítulo 10, versículo 13.

Mickey engoliu um pedaço seco de bolo.

— Vai precisar refrescar minha memória.

Nora suspirou, depois limpou a garganta.

— "Não vos sobreveio tentação alguma que ultrapassasse as forças humanas. Deus é fiel: não permitirá que sejais tentados além das vossas forças, mas com a tentação Ele vos dará os meios de suportá-la e sairdes dela."

— Suportar, com certeza. Obrigado, mãe.

Nora esticou o braço, deu uma batidinha carinhosa na mão de Mickey, depois levantou a Bíblia no ar.

— Aqui tem todas as respostas.

Ele se afundou no sofá, coçou as têmporas, pegou o controle remoto e mudou de canal. Ficaram em silêncio pelo resto da noite. Depois, quando ele se despediu, a mãe balançou a cabeça, os lábios apertados com tanta força que perderam a cor. Então agarrou o filho, segurou-o firme, tão firme que ele ficou sem ar.

— Deus é fiel e não permitirá que sejais tentados além das vossas forças — ela sussurrou em seu ouvido, enviando novos jatos de ácido para sua garganta.

Quando voltou à sacristia, Mickey ligou para Rebekah. Suas mãos estavam suadas e ele mal conseguia segurar o aparelho.

— Venha aqui — ele disse, não sem um pouco de doçura.

Rebekah estava num bar a poucas quadras da sacristia quando Mickey ligou. Ele não ligava com muita frequência, deixando para ela a responsabilidade da comunicação. Ela atendeu rápido, não disse nada porque não precisava dizer nada. Estava bebendo com suas amigas Angel e Sarah, que queriam saber, com detalhes explícitos, quem tinha ligado e aonde Rebekah estava indo àquela hora da noite. Ela fez um charme, terminou a cerveja rapidamente, retocou o batom e correu para a sacristia, o salto alto ecoando na calçada. Encontrou Mickey ajoelhado perto da cama, e sorriu quando ele ergueu a cabeça e a olhou. Se a situação fosse outra, naquele momento, Rebekah teria dito a Mickey que estava terrivelmente apaixonada.

Em vez disso, Rebekah ficou em pé do lado de seu padre, passando as unhas compridas por sua nuca do jeito que ele gostava.

— Sou um homem malvado — Mickey disse, olhando-a nos olhos.

Rebekah se encaixou entre Mickey e a cama. Levantou a saia, abaixou a calcinha. Puxou a boca de Mickey.

— Eu sei — respondeu.

Relacionamento aberto

Estamos no meio de uma discussão acalorada sobre a data de validade do iogurte quando meu marido diz que devíamos continuar juntos, mas saindo com outras pessoas. Diz que sempre ficou curioso com relacionamentos abertos, que nunca esteve tão feliz, mas leu essa tal matéria na internet. Digo que iogurte não estraga porque já é cheio de bactéria. Não sei se é verdade, mas vi comerciais de iogurte que mencionam bactérias e a palavra *probiótico*, então sinto que tenho domínio suficiente no assunto. Olho para ele de um jeito diferente. Digo que ele tem toda a liberdade para tentar ficar com outras mulheres, mas que estou tranquila, e ele muda de expressão porque acha que estou brincando. Não estou. Ele não leva jeito, nem um pouco. Se eu não tivesse tomado as rédeas da situação, ainda estaríamos no sofá de seu apartamento de solteirão, seu braço rastejando pelos meus ombros depois de cada bocejo. Não me preocupo. Ele é o tipo de homem que arranja umas ideias, mas na maioria das vezes é incapaz de colocá-las em prática. Ele enfia as mãos na calça jeans. Isso sim ele faz com certa frequência, engastalhando os bolsos das calças até furarem. Ele se debruça no balcão da cozinha. Diz que gostaria que o relacionamento aberto fosse uma coisa que cultivássemos juntos. Mais uma vez, recuso educadamente. Digo que não tenho vontade de abrir minha metade do relacionamento, o que o deixa mais confuso porque sou meio nervosa e o que ele chama de durona, o que no fim só quer dizer que dou respostas atravessadas e de vez em quando faço sexo oral enquanto ele dirige, e sou a primeira mulher que fez essas coisas em sua experiência limitada, então ainda sou uma espécie de novidade, uma coisa que ainda exige uma terminologia. Como uma colherada do iogurte que deu início ao nosso debate científico. Passou da validade há mais de dois meses, mas ainda parece comestível. Quando enfio a colher no pote de plástico, o iogurte cede fácil. O gosto é azedo. A cara do meu marido está vermelha e ele tem suor acumulado em cima da boca. Ele pergunta se eu lidaria numa boa caso ele fizesse sexo casual com outra mulher, e eu digo que sim, sim, amor, é claro. Ele diz que sou incrível na cama, que não tem nada a ver com insatisfação, e eu digo sim, amor, é claro. Faço ele pirar com frequência e nós dois sabemos disso. Ele mal consegue juntar três palavras depois que transamos. Só fica lá deitado, tentando recuperar o fôlego, murmurando "caralho" várias vezes. Digo boa sorte e se cuide, e não me deixe de coração partido, amor, não me deixe de coração partido. Ele arregala os olhos. Como o iogurte inteiro, chegando ao cúmulo de raspar os restos até o pote ficar limpo. Verbalizo minha aprovação ao iogurte vencido e dou umas lambidas sensuais na colher. Olho nos olhos do meu marido o tempo todo. Ele era virgem quando nos casamos. Ele desvia o olhar primeiro.

Um tapinha

Vi um homem comendo sozinho numa daquelas cabines de plástico.
Ele abriu o papel que embrulhava o burrito e o alisou com cuidado até virar um quadrado perfeito. A cena partiu meu coração. Colocou um montinho do molho que vinha no pacote laranja num dos cantos e, antes de cada mordida, molhava um pedaço do burrito no molho. Comia devagar.
Eu precisava lhe oferecer minha companhia. Quando entrei no restaurante, o ar estava carregado com o fedor de carne barata e vapor e álcool em gel. Eu suava no pescoço, nas costas e até no meio das pernas. Me enfiei no banco vazio na frente do homem que comia sozinho. Ele tinha a cara que você já imagina, a barba bagunçada e meio grisalha, um gorro de lã cobrindo a cabeça. Camiseta suja e jeans rasgado. Era bonito. Levantou a cabeça. Eu me apresentei porque minha mãe dizia que toda conversa com um desconhecido deve começar com o seu nome. Ele ficou me olhando, aí limpou a boca com a mão e estendeu o braço. A palma da mão era calejada e as juntas estavam vermelhas de artrite. Apertou minha mão. Falou com a boca cheia, se apresentou. O nome dele tinha um monte de vogais, parecia um nome inventado. Perguntei se ele queria ir à minha casa para comer comida de verdade. Ele ficou sem graça. Andamos quase cinco quilômetros até a minha casa. Às vezes, os carros buzinavam quando nos viam. Ele andava do lado da rua, era muito educado de seu próprio jeito.
Ficamos sentados na minha mesinha da cozinha, não falamos muita coisa, mas comemos restos de comida caseira e bebemos vinho. Depois fo-

mos para a sala e bebemos mais vinho e continuamos não falando muita coisa. Segurei sua mão, segurei pelo tempo que ele deixou. Ele acenou com a cabeça em direção ao meu banheiro, perguntou se podia tomar banho. Mostrei onde ficavam as toalhas limpas, o sabonete. Ele não demorou muito e, quando terminou, ficou em pé no meu corredor. Terminei meu vinho e fui em sua direção. Deitei de barriga para cima e deixei que ele me cobrisse. Ele disse "obrigado" e sorriu e foi embora.

Quando comecei a ir à escola, minha mãe me levou no primeiro dia. Ficamos, juntas, no primeiro degrau da grande escada de tijolos que levava à escola. Ela segurou minha mão. Disse: "Me deixa olhar para você", e lambeu o polegar e ajeitou minhas sobrancelhas. Arrumou a bainha do meu agasalho, me disse para andar ereta. Senti o cheiro do perfume dela e torci para que ficasse comigo o dia todo.

Ela disse:

— Faça amizade com as crianças mais feias da sua sala e faça amizade com as crianças mais solitárias da sua sala, aquelas isoladas num canto. Elas vão ser as melhores amigas da sua vida e vão fazer com que você se sinta melhor consigo mesma.

Com um tapinha na cabeça, ela me empurrou.

Melhores características

Milly é gorda e feia, mas faz um bom boquete, então quase nunca dorme sozinha, o que não significa que não se sinta sozinha. Na realidade, Milly não é feia, mas bem que podia ser. Tem o rosto bonito, o que equivale a ser feia quando a mulher é gorda. No cálculo complexo entre homens e mulheres, Milly sabe que gorda é sempre feia e que ser feia e magra deixa uma mulher radicalmente mais desejável do que gorda e qualquer outra combinação, tipo bonita, charmosa, inteligente ou legal. Milly é tudo isso. Sabe que não faz diferença. A realidade das coisas deixa Milly com raiva, mas ela não fala sobre isso, sobre sua raiva. Ela guarda para si mesma, sabe que a raiva fica no fundo do peito crescendo cada vez mais, mas fazer o quê. Sabe que é muito difícil mudar o mundo. Ela tentava, tentava mudar o mundo, mas depois aprendeu.

Jack é um homem problemático. Passou um tempo preso, não muito tempo, mas tempo suficiente para aprender a ser a melhor espécie de homem ruim. Jack é solitário e ressentido. O mundo quer destruí-lo e ele é inteligente o bastante para perceber. Jack é muito autoconsciente. No primeiro encontro, que incluiu um longo caminho de carro entre a zona rural e a cidade, Jack contou a Milly todos os seus problemas. Falou sobre a solidão e sobre amigos traiçoeiros e sobre ficar preso numa cidade pequena. Falou de como era não ter outras opções e não saber o que fazer com os próprios sonhos. Milly ouviu por horas e então perguntou:

— O que você tem a oferecer a uma mulher?
Jack abriu a janela do carro, acendeu um cigarro, deu um trago, suspirou.
— Não tenho porra nenhuma — ele disse.
Milly olhou para ele, valorizou a estranheza e a transparência de sua honestidade. Aceitou seus lindos olhos acinzentados e seus lábios vermelhos finos. Pensou: "Posso acabar amando esse homem mais do que ele merece."

Jack não dirige porque não gosta nem de pensar na destruição que causaria atrás do volante de um carro. Vai a todos os lugares a pé. Suas coxas estão cheias de músculos que flexionam a cada passo. Ele tem orgulho das coxas. Sabe que elas são uma de suas melhores características. Sabe que suas melhores características são a única coisa que o mantém em pé. Jack vive a catorze quilômetros do apartamento de Milly. Todos os dias, às quatro da tarde, começa a caminhada até a casa dela para chegar assim que ela estiver voltando do trabalho. Assim que Milly abre a porta, ele imediatamente vai tomar banho em seu banheiro de hóspedes. Ela já falou que ele pode usar o banheiro dela, mas Jack diz "sou sua visita" com uma formalidade genuína. Ele troca de toalha toda vez. Milly fica louca com isso. Ela deixa as toalhas penduradas na prateleira. Não se importa se ficarem fedendo a bolor e mofo. Ela odeia lavar roupa de homem. Depois do banho, Jack gosta de ficar andando pelo apartamento com a toalha enrolada na cintura como se aquele fosse seu lugar. Às vezes, para e se alonga e faz uma pose e se exibe. Milly finge que acha um charme.

Ela acha clichê, mas adora cozinhar, e é uma cozinheira de mão-cheia. Na primeira vez em que cozinhou para Jack, ele disse que fazia sentido que uma garota como ela cozinhasse tão bem. Por um momento, Milly não conseguiu respirar, a raiva flutuando do peito e chegando à boca. Passou a língua na raiva, dura e amarga, e engoliu tudo de novo. Milly faz tudo em casa com ingredientes naturais, e Jack, acostumado com comida enlatada e refeições congeladas, gosta de verdade de comer a comida de Milly. Faz perguntas detalhadas sobre o preparo de sua lasanha ou frango ensopado ou paella. Ele gosta do som de sua voz, seu calor. Jack senta na ponta da mesa de Milly como se aquele também fosse seu lugar. Quando está comendo, não é visita. É um rei. Deixa que ela o sirva, e sempre põe sal na comida antes de experimentar. Ela não finge que acha um charme. Sempre que faz isso, ela revira os olhos e se consola pensando que ele deve sofrer de pressão alta.

Eles transaram na noite em que se conheceram, depois de muitas horas sentados longe um do outro no sofá, fingindo que prestavam atenção numa comédia romântica manjada que ambos já tinham visto várias vezes. Milly batia os dedos no braço do sofá de couro de tanto nervoso, o barulho ecoando suavemente pela sala. O apartamento tem piso de madeira. O som se espalha. Jack foi chegando cada vez mais perto ao longo da noite, finalmente esticando os braços e a puxando para perto. Ele disse:

— Não costumo investir em meninas como você, mas as gordinhas são mais esforçadas.

E Milly não conseguiu impedir que um pouco da raiva escapasse. Ela disse:

— Não estou pedindo merda de favor nenhum.

Jack ficou vermelho na hora.

— Era para ser um elogio — ele gaguejou.

Milly decidiu que o odiava e que isso a deixava excitada, então disse:

— Vamos logo, então.

No quarto, Milly tirou a roupa rapidamente e escorregou para debaixo das cobertas, esperando. A barriga doía. Isso sempre acontecia na primeira vez em que transava com alguém. Detestava o jeito como ele olharia para seu corpo e detestava o que ele ia pensar, mas sabia que meninas como ela não tinham muita escolha além de dar, então era isso que ela fazia. Ela dava querendo ou não. Mal lembrava da sensação de desejar um homem de verdade. Raramente dormia sozinha. Jack tirou a roupa sem pressa enquanto olhava para a decoração do quarto. Milly não via sentido em embelezar um cômodo se nele passava a maior parte do tempo de olhos fechados.

— Gostei — ele disse.

— Não ligo — Milly respondeu.

Era um homem peludo, o corpo coberto por uma camada grossa de pelos escuros. Mais tarde, quando ele caiu no sono em cima dela, as espirais de pelo no peito começaram a pinicar e Milly não disse nada. Não disse nada, mas sua raiva, só um pouquinho da raiva, escaparia de seus lábios e cairia pelo pescoço, parando na base do pescoço. Queimava.

Milly tinha seios grandes e macios que sempre cheiravam bem. Ela sabia que eram sua melhor característica e Jack os adorou. Não parou de falar de seu formato enquanto apertava e lambia e mordia e chupava.

— Vou gozar nesses seus peitos — ele disse.

Milly ficou deitada embaixo dele, com um braço em cima da cabeça e dando tapinhas em seu ombro. Os homens eram todos iguais. Ela odiava saber disso. Quando se divertiu o bastante com seu decote, Jack não quis mais perder tempo. Ela forçou suas coxas contra as dele e Jack começou a fodê-la. Ele ficou olhando para um ponto na parede logo acima da cabeceira da cama e depois olhou para os olhos dela, o que a deixou desconfortável, então Milly fez toda uma performance, se balançando no mesmo ritmo com muita energia, fazendo os barulhos apropriados, fingindo êxtase. Disse a Jack que ele era enorme, e disse o nome de Deus em vão, e demonstrou flexibilidade, apoiando os tornozelos nos ombros estreitos dele. Jack gemeu alto, disse que ela era gostosa demais, apertadinha. Disse que ela era linda. Disse que a boceta dela era deliciosa. Para Milly, não fazia diferença se era verdade ou mentira. Milly não sentia nada, mas sabia fazer os homens pensarem o contrário. Às vezes, ela quase convencia a si mesma.

Densidade óssea

Aqui o inverno é mais um estado de espírito do que uma estação. Ele se apossa de tudo por seis ou sete meses sombrios e cruéis. O frio se torna familiar. Há um silêncio quando neva. Esta noite ficamos sentados, juntos, mas sozinhos com nosso trabalho. Vemos o lado de fora, a rua onde volta e meia um carro se arrasta entre centímetros de coisa branca, os barulhos abafados por um cobertor de talco. O fogo está quase apagando, mas somos muito preguiçosos ou não somos intrépidos o bastante para encarar os elementos e pegar mais lenha na cabana dos fundos. Ficamos sentados, sem falar um com o outro, preenchendo o silêncio. Mais ou menos uma vez a cada hora, enfio os pés nos chinelos de lã, me cubro com o casaco e fumo um cigarro na porta do quintal dos fundos, aberta só por alguns centímetros. Faz horas que a neve cai, e a ausência de som que acompanha os flocos frescos flutuando até o chão é sedutora. Sinto leves pontadas de culpa enquanto bato as cinzas do cigarro, os flocos escuros estragando a pintura do inverno, e consigo ouvir seus suspiros carregados. Ele reprova. Fica preocupado porque lê sobre os perigos do tabagismo, e fica especialmente assustado com a possibilidade de o tabagismo diminuir minha densidade óssea. Diz que gosta de mim do jeito que sou, não quer que eu me torne uma mulher menor.

Nosso relacionamento é assim — David viaja de três a quatro dias de toda semana de todo mês de todo ano. É professor de engenharia mecânica e biomédica na universidade local. É renomado em sua área. É isso que ouço de seus fãs, colegas e alunos, em coquetéis tediosos em que interpreto o papel da esposa devotada. Eles sempre se admiram pensando como deve ser o casamento com o grande dr. David Foster III. Pensam, acho, que nossas noites são recheadas de sussurros românticos sobre a dinâmica dos fluidos e a transferência de calor ou o poder das articulações biomecânicas. Esquecem que sou escritora e tenho apenas entendimento e interesse superficial pelo trabalho de David — só o bastante para que ele tenha certeza de que meu amor é verdadeiro. Em troca, ele mantém o mesmo nível de entendimento a respeito da minha escrita, e se debruça sobre qualquer história que coloque diante dele. Seu jeito de ler meu trabalho é cuidadoso. Ele se inclina, empurra os óculos para o alto do nariz e pigarreia como se isso de alguma forma o ajudasse a limpar a mente e a alcançar uma compreensão maior das minhas palavras.

Nosso relacionamento é assim — um clichê horroroso. Ele é aquele professor que tem casos tórridos, mas discretos, com assistentes de pesquisa e alunas e desconhecidas que encontra em bares de hotel. Ele sabe que eu sei. Eu sei que ele sabe que eu sei. É uma equação interessante. Mas fingimos que ambos somos fiéis e sinceros. A mentira nos cai bem, e eu me recuso a interpretar o papel da esposa insatisfeita e ciumenta. Não estou insatisfeita. Sei com quem me casei. E tenho meus próprios segredos. Tem um poeta, Bennett, que mora numa cabana do outro lado da cidade. Ele não tem telefone, vive praticamente à margem da sociedade. É completamente diferente de David — melancólico, infeliz, pensativo. Está fascinado com a ideia de si mesmo, um poeta torturado em busca de seu próprio lago Walden. O autocentrismo de Bennett é uma de suas características mais atraentes.

Bennett não é romântico e não nos iludimos a respeito do nosso caso. É intenso, no entanto, e sempre me deixa dolorida em lugares desconfortáveis. Quando David está fora, e só quando David está fora, escapo para a casa de Bennett. A cabana é pequena, simples, mas limpa. É um lar. Ele aquece o lugar com um antigo forno a lenha. Não quer nenhum tipo de distração enquanto escreve, me diz, então não se importa com a maioria das conveniências modernas, com exceção de um aparelho de som para ouvir música. Seu foco é tão exclusivo que me assusta. Quando coloca uma ideia na cabeça, nada mais importa. Eu não importo. Isso também me excita. Às vezes, o observo curvado sobre uma mesinha de madeira, escrevendo furiosamente com um lápis, e sei que esqueceu que estou em sua cama, pelada, o lençol embolado embaixo das minhas axilas.

Não há a menor cerimônia entre nós. Bennett me pega nos braços e me joga na parede, derrubando um quadro, no mesmo instante em que abro a porta e falo seu nome. Parece um adolescente, me apalpando de um jeito desengonçado, arrancando minhas roupas, enfiando os dedos no meio das minhas coxas.

— Está molhada — ele geme, como se toda vez ficasse surpreso por ainda conseguir me excitar.

Trepamos em sua cama estreita. Os lençóis grosseiros machucam minha pele. Seguro a cabeceira com uma mão e me apoio na parede com a outra, os olhos fechados. Bennett enterra a cabeça no meu ombro. Contato visual o incomoda — jamais quer revelar muito de si mesmo. Adoro seu corpo e gosto de marcá-lo com as unhas, deixando a pele de suas costas irritada e rachada. Seus braços são fortes, extremamente bronzeados mesmo no auge do verão, e firmemente marcados por músculos grossos que ele ganhou com anos cortando lenha e subindo em pedras. Suas coxas são grossas graças à caminhada na neve e à escalada. Parece um homem que usa mais o corpo do que a mente. É uma contradição. As aparências enganam.

Com as pernas dobradas em volta da cintura de Bennett, meu corpo preenchido (meu amante é maior do que meu marido), penso em David, que em comparação é quase delicado. Meu marido é macio nos lugares em que Bennett é áspero, bonito onde Bennett é feio.

Depois que goza, numa demonstração feia e barulhenta que sempre me assusta do jeito que eu gosto, meu amante e eu ficamos deitados lado a lado, fumando. Usamos um saleiro como cinzeiro e deixamos que se equilibre de forma precária entre nós dois. Bennett não está nem um pouco preocupado com a densidade dos meus ossos. Nunca pergunta por que não gozo. Que eu volte de vez em quando parece ser o suficiente para ele, assim como é para mim. Gosto da insatisfação torturante que levo para casa. Fico com a cabeça encostada no peito de Bennett e o escuto falar sobre sua poesia; às vezes, ele lê para mim ou ouvimos discos de bluegrass. Conto o que está acontecendo com o mundo do lado de fora das paredes da cabana. Me permito mergulhar no cheiro dele, natural e suado, e em suas contradições. Quando ele dorme, lhe cubro com uma manta, me embrulho com as camadas necessárias para encarar o lado de fora e vou embora. Ele nunca pergunta quando vou voltar. Sabe que vai me ver de novo ou não se importa, o que também me excita.

Hoje à noite, David está em casa e Bennett está sabe-se lá onde. Depois do último cigarro, volto para a sala e sorrio para David, seu rosto sombreado pelo brilho opaco do notebook. Fecho o computador e sento em seu colo, contornando sua orelha com o dedo.

— Hora de ir para a cama — eu digo.

Ele beija o canto esquerdo da minha boca e desliza as mãos, lisas como gesso, exceto por um pequeno calo no lugar em que segura a caneta, por baixo da minha blusa. Fico arrepiada, puxo suas mãos em direção aos meus seios. Tiro seus óculos, beijo sua testa, deslizo a boca pelo comprimento de seu nariz, e então nos beijamos, nosso hálito quente de tabaco, café, pimenta do jantar. Depois de onze anos, David conhece meu corpo muito bem. Quando transamos, penso em Bennett. Com David me permito gozar de forma extravagante.

Passo os dias em que estamos separados pensando em que tipo de parceiro sexual David é com suas outras mulheres. Será que é tão insaciável como é comigo? Imagino meninas brilhantes, jovens, seus corpos cuidadosamente depilados; os seios redondos, altos, arrebitados; os músculos da panturrilha torneados. Elas interpretam seu papel nesse clichê. Imagino que ficam sentadas fazendo charme em seu escritório bagunçado, chamando-o de doutor, empoleiradas no cantinho da mesa. Imagino que interpretam o papel da moça ingênua, toda de saia xadrez, camisa branca, coxas bem abertas revelando a calcinha branca imaculada, molhada até as bordas. Me excita pensar nele com essas ninfetas, enrolados nos lençóis ásperos e impessoais do hotel, se arreganhando inteiros e arregaçando nosso casamento. Penso nessas meninas quando ele me come e diz que sou uma safada, e seu cabelo fica molhado, grudando na cara, e consigo ver nos seus olhos que ele me ama de verdade. Penso nelas quando me diz que sou muito especial para ele. Começo a me perguntar se talvez, para ele, a palavra tenha outro significado.

De manhã, ficamos na cama, o braço pesado de David dobrado em cima do meu corpo. Ele é bem possessivo quando dorme, gosta de me manter por perto, é o que diz. Está frio, e da janela do nosso quarto consigo ver que continua nevando. Antes de o inverno terminar, quase dez metros vão cair. Escapo do abraço e vou para a cozinha começar a fazer o café. Quando volto, ele está sentado, zapeando a TV, parecendo mais um cara jovem do que alguém de quase quarenta. O peito, sem camisa, está coberto de pelos arrepiados. Nosso relacionamento é assim — preciso desses momentos para lembrar que o amo mesmo quando o odeio. David dá um sorriso, pega o café que ofereci. Acena em direção à janela.

— Podíamos andar um pouco — ele diz.

Eu me encolho. Não sou muito de sair de casa, mas consigo fazer esses pequenos sacrifícios.

Lá fora, as árvores estão peladas e esqueléticas. David segura minha mão e vou seguindo as grandes pegadas que ele faz com as botas na neve.

— Quero te mostrar uma coisa — ele diz.

Andamos em direção ao emaranhado de árvores que fica atrás da nossa casa e, depois de quinze minutos, chegamos a um riachinho, a água correndo de forma inexplicável pelas pedras congeladas.

Ele tira alguns flocos de neve do meu cachecol, fecha minha jaqueta.

— Não ama este lugar?

Eu me encosto no tronco de uma árvore enorme e mordo o lábio. David tira sua câmera do bolso do casaco.

— Não se mexa — ele diz.

Olho para a câmera. Ele sabe que detesto tirar foto e insiste mesmo assim. Esse é o nosso relacionamento, não conhecer de verdade o outro. Ele faz uma carinha boba e eu finalmente dou um sorriso. David aperta furiosamente o botão da câmera para capturar o momento. Sua determinação me faz sorrir ainda mais, e não demora para que eu faça uma performance para a câmera. Ele para, me olha com cuidado. Então chega mais perto e me pressiona contra a árvore, analisando meu rosto com cuidado. Aperto as mãos em seu pescoço, tentando manter a mínima separação entre nós. Desvio o olhar. Ignoramos a câmera que cai em um montinho de neve no chão. Os galhos lá de cima estão lindos, envoltos em neve e gelo.

Mais tarde, seco meu cabelo em nosso banheiro. David fica em pé atrás de mim, com as mãos na minha cintura. Nós nos olhamos no espelho.

— Preciso viajar amanhã — ele diz. — Foi uma coisa de última hora. Vou substituir um cara do meu departamento numa conferência importante. Não dá para desmarcar.

Reviro os olhos, ainda olhando para David no espelho, e jogo o secador no balcão. Faz um barulho alto e eu mordo o lábio. Não quero que David pense que me atinge.

— Importante?

David beija meu ombro direito.

— Você sabe como é.

Dou um sorriso forçado. No dia seguinte à viagem de David, vou fazer uma visita a Bennett. Vou levar um disco novo que achei no sebo. Vou sentir saudade do meu marido.

Aqui os invernos são longos, mas ficam ainda mais longos se você os atravessa sozinha. Tenho Bennett, mas sei quem sou para ele. Esse tipo de clareza é desconfortável. Após uma nevasca, os flocos brancos se transformam em gosma cinza e depois escura de areia e sal. Uma nova camada de gelo cobre as ruas e as calçadas. Sinto falta de usar sapatos em vez das botas pesadas que são necessárias para desbravar os lugares. David fica fora por oito dias para seu compromisso "importante". Preencho os dias com meu trabalho, que acaba ficando mais melancólico. É difícil escrever sobre coisas alegres quando você nunca consegue escapar do tipo de frio que afunda até os ossos e fica por ali. Estou na Sibéria, é o que decido. Só me sinto confortada com pensamentos de exílio, consolo gélido, meditação e com a inspiração que nasce da privação emocional. É tudo bem dramático.

Minhas noites são preenchidas com jantares com amigos, filmes ruins na TV e planos para viagens dos sonhos em momentos mais ensolarados que este. David, obediente, me liga três vezes por dia, na frequência de três refeições. Nossas conversas são rápidas de dia, longas à noite. Ele adora me ouvir gozando, é o que diz. Eu adoro fazer um show. Falo todas as coisas obscenas que estou fazendo sozinha, com detalhes exagerados. Ele me faz implorar, pelo telefone, e consigo ouvir sua satisfação quando imploro. Ele se delicia com a certeza de que, não importa a distância, tem domínio sobre mim. A especificidade dessas conversas e minha disposição para me rebaixar de várias formas são os dois motivos pelos quais ele gosta de ser casado com uma escritora. Sempre me diz que tenho talento com os detalhes. Eu me pergunto se ele está sozinho nessas ligações ou se suas mãos deslizam pelo cabelo de qualquer amante enquanto escuta a esposa interpretando o papel de puta. Uma parte de mim espera que ele não esteja, porque às vezes não estou.

Quando David volta para casa, traz mil histórias de engenheiros bêbados em bares pomposos no centro de Filadélfia e do intelecto inferior das pessoas de sua área. Ele bate no peito.

— Sou um deus entre homens — diz, com uma piscadinha. — Mas, acima de tudo, senti saudade de você.

— Claro que sentiu — eu respondo.

Pelas próximas semanas vou provocá-lo sem dó e lembrá-lo de que ele é um deus entre homens. Ele vai achar cativante até deixar de ser cativante.

Quando desfaço a mala de David, faço pilhas organizadas de roupas que podem ser doadas, lavadas ou enviadas para a lavagem a seco. Organizo suas coisas de banheiro, certifico que tenha pasta de dente, loção, creme de barbear para a próxima ocasião em que precise conduzir negócios "importantes". A rotina me deixa relaxada, me devolve ao papel de esposa em meio período. Reviro os bolsos em busca de caixas de fósforo, moedas, recibos, canetas, ideias anotadas em guardanapos de bar. Uma vez achei um baseado e fumamos na cabana do quintal, dando risadinhas feito adolescentes, até queimarmos os dedos na última ponta.

Dessa vez encontro uma polaroid de David posando com uma morena, jovem e bonita de seu jeito. Ela está sorrindo na foto. Ele não. Ela o abraça de lado, olhando para ele do jeito que eu imagino que todas as suas jovens amantes o olham — com adoração, com desespero. Não conhecem o homem com quem me casei, não sabem que a traição acontece de forma tão simples para ele, então podem se dar ao luxo de olhá-lo assim. David parece querer fugir do abraço dessa menina. É uma ceninha triste. Tem um número de telefone escrito em batom vermelho na parte inferior da foto. Deixo a polaroid no seu lado do banheiro, apoiada no recipiente da escova de dente. Não é a primeira vez que encontro um artefato de sua infidelidade. Não será a última. Deixo esses símbolos para que encontre, já que ele os deixou para que eu encontrasse. Fazemos joguinhos porque podemos e porque gostamos. Na maior parte do tempo, esses jogos nos mantêm juntos, de certa forma.

Hoje à noite, David vai me dizer que é hora de ir para cama. Vamos entrar, sem roupa, nas cobertas. Ele vai deitar em cima de mim e eu vou relaxar, aproveitar a sensação do meu peito se comprimindo embaixo de seu peso, como se eu estivesse sufocando. Vou me afogar no cheiro de colônia e produtos de cabelo e loção corporal. Vamos trepar como se não tivéssemos dado nossos corpos a mais ninguém, como se ainda fôssemos as pessoas que uma vez prometemos ser.

Depois que terminei de organizar as coisas e preparei o jantar e tivemos a conversinha que pessoas casadas que se conhecem demais fazem, ficamos sentados na sala, no nosso sofá, em nossa posição familiar entre notebooks e segredos e amantes e o silêncio da neve que continua caindo. Os velhos radiadores chiam no esforço de tossir ar quente no cômodo.

— Está com frio? — David pergunta com um sorriso tímido.

Faço que sim com a cabeça e ele me puxa para perto, me envolvendo com os braços. Seu corpo parece estreito, quase frágil em contato com o meu, como se seus ossos tivessem perdido um pouco da densidade. Abraço-o de volta. Percebo que estou abraçando um homem menor do que o homem que ele costumava ser. Me pergunto quanta energia ainda temos para nossos jogos. Depois me levanto para fumar na porta dos fundos e penso em Bennett, bruto e implacável, necessário. Aceito que eu talvez tenha me tornado uma mulher menor.

Eu sou a faca

Meu marido é o caçador. Eu sou a faca. Na última temporada de caça, ele me levou para caçar com ele. Às quatro da manhã, me acordou com um chacoalhão. Fez amor comigo. Sempre me come antes de caçar. Há algo em seus esforços que é diferente, melhor. Ele me pega, me usa, me marca. Eu deixo. Quando terminou, me falou para não tomar banho. Quando nos vestimos, eu ainda o sentia dentro de mim, grudando nas minhas coxas. Lá fora estava frio. Na cabine do caminhão dele, me apoiei em seu braço, os olhos fechados. Ele bebeu café de uma garrafa térmica que era do seu pai, que morreu de pulmão negro. Sua barba ficaria com cheiro de café pelo resto do dia.

Passamos horas no esconderijo, cobertos de urina de veado, esperando. Fiquei entediada, mas continuei em silêncio. Eu sou a faca. Várias fêmeas passaram por nós, mas meu marido colocou um dedo na frente da boca. Estávamos esperando um macho.

— Hoje quero matar algo majestoso — meu marido disse.

Ele acredita que o ato de matar o aproxima de Deus. Mais tempo passou. Nossos corpos ficaram retesados. Meu estômago parecia oco. Estava esfaimada. Seus ombros se encolhiam à medida que sua esperança desaparecia, mas de repente um macho enorme entrou galopando em nosso campo de visão. A criatura era majestosa mesmo — a musculatura pronunciada, o corpo parrudo, a postura altiva. Meu marido ergueu o rifle, puxou o ar, posicionou o dedo no gatilho. Esperou. O veado virou a cabeça e nos olhou com seus olhos pretos, vítreos. Eu também prendi a respiração. Esperamos. Meu marido apertou o gatilho e expirou devagar. Esperamos. A bala atingiu o veado no pescoço, abrindo um buraco preto perfeito. Meu marido balançou a cabeça uma vez, abaixou o rifle. Eu sou a faca. Ele é o revólver.

Quando chegamos perto, o veado continuava vivo, com a respiração entrecortada. Coloquei a mão em seu pelo emaranhado, senti seu calor, a força dos músculos por baixo da pelagem e os ossos embaixo dos músculos e o sangue que o mantinha vivo. Meu marido pegou sua faca, se preparando para abrir a garganta do veado. Agarrei seu braço, sacudi a cabeça. Eu sou a faca. Coloquei minha mão em cima do coração do veado, esperei que parasse de bater. Esperamos. Esperamos por um bom tempo. Meu marido rezou, oferecendo atos de penitência ao ar que nos acolhia. Quando finalmente o veado morreu, usei uma unha e cortei a criatura do pescoço ao rabo. A carne se abriu devagar, entranhas quentes se revelando ao ar frio. O ar se tornou cortante e úmido com a catinga da morte rodeada de reza. Eu sou a faca.

Meu marido tocou o animal morto, depois olhou para a mão coberta de sangue vermelho, quase preto. Passou o polegar pelo meu lábio inferior, depois o deslizou para dentro da minha boca. Chupei devagar, sentindo o gosto do sangue do veado, salgado e grosso. Gemi. Meu marido esfregou a mão cheia de sangue na minha cara e o sangue secou, senti minha pele fina e esticada. Deitei no chão, agora encharcado com o sangue do veado. Meu marido tirou minha roupa devagar e ficou de pé e me olhou pelada, tremendo ao lado do bicho que ele tinha matado. Me perguntei se ele sabia qual era qual. A floresta ao nosso redor estava tão quieta que senti certo terror roncando embaixo da minha caixa torácica. Quando ele deitou por cima de mim, abri as pernas, enfiei os dentes em seu ombro. Meu marido tinha cheiro de bicho e me comeu como um bicho. Deixei minha marca em toda a extensão de suas costas. Eu sou a faca. Ele é o revólver.

Depois, amarramos as pernas do veado e meu marido carregou o bicho aberto e sangrento nos ombros. Peguei nossas armas e segui seus passos. Quando chegamos em casa, ele levou sua presa à barraca de ferramentas no fundo da nossa casa, e eu comecei a cortar. Eu sou a faca. É um processo longo e sangrento abrir um animal. Tem coisas que precisam ser feitas para que a presa possa ser utilizada. Por vários meses, levamos aos amigos toda sorte de carne de caça, cuidadosamente embalada em papel pardo e amarrada com barbante grosso. Ele fez carne-seca e linguiça para comer com os homens com quem joga pôquer, o irmão, desconhecidos no bar. Eu não comi nada. Não gosto do sabor da carne. É parecido demais com a carne de um bicho.

Moramos numa casa espaçosa que é bonita e vazia. Nunca falamos sobre o vazio e sobre nossas tentativas fracassadas de preencher o vazio. É uma dor que compartilhamos, mas não compartilhamos. Às vezes, fico sentada num dos nossos cômodos vazios, perfeitamente decorado, congelado no tempo. Fico no chão e olho para o papel de parede rosa, e para as letras de madeira na parede formando um nome, e para os lençóis que minha mãe fez para uma cama perfeita, minúscula. Balanço o corpo para a frente e para trás até não conseguir mais respirar, e então engatinho até o corredor em busca de ar.

A família do meu marido é religiosa. Os parentes dele acreditam em Deus. O Deus deles é raivoso e cruel porque o fizeram à sua imagem. Todo domingo eu e meu marido vamos à igreja com sua família — irmão, mãe, padrasto. É o único momento que passo com eles. A fé do meu marido é fraca. Já eu não tenho nenhuma. Ficamos na igreja sentados nos bancos duros fingindo acreditar, fingindo pertencer. Às vezes, sinto sua mãe me encarando com seus olhos pequenos, apertando os lábios. Quando sinto seu olhar, enterro as unhas num hinário ou no banco ou na coxa do meu marido. Eu sou a faca. Depois da igreja, vamos à casa deles para comer. Não confiam em mim porque não como carne de veado. A mãe dele se ofende por precisar se adequar às minhas peculiaridades culinárias, mas toda semana me prepara um peito de frango seco, grelhado de qualquer jeito, sem tempero, e eu como a carne borrachuda sorrindo o tempo todo. Ela fica com mais raiva ainda. Ajudo a lavar a louça enquanto meu marido e seu padrasto trabalham no celeiro, e depois, felizmente, podemos ir embora. A mãe dele sempre fica na varanda olhando enquanto saímos da garagem. Faço questão de me sentar tão perto do meu marido na cabine do caminhão que parece que estou sentada no seu colo. Faço com que me beije, e o beijo com tanta força que parece que estou comendo seu rosto. Quero que ela saiba: eu sou a faca.

Minha família mora bem longe, no calor pesado do sul da Flórida. Meus parentes raramente vêm me visitar, não sabem lidar com o frio. Não conseguem entender por que eu e meu marido continuamos no Norte.

Quando visitamos minha família, meu marido fica impressionado com a umidade e com pessoas tão diferentes dele, poucas das quais falam inglês. Ele sempre segura firme na minha mão quando estamos na Flórida e fica parecendo tão assustado, tão jovem. Só quando saímos de casa percebo que não é que ele não queira viver em outro lugar, é que não consegue. Minha irmã gêmea sempre nos visita porque entende o motivo pelo qual fico com meu homem num lugar que não amo. Ela entende que ele me ama de um jeito tão bom que eu moraria em qualquer lugar com ele. Eles se dão bem. Ela também é uma faca.

Ela nunca passa muito tempo com o mesmo homem, diz que vive indiretamente pelas minhas experiências como vivo pelas experiências dela, então ela não precisa se casar e eu não sinto falta de ser solteira. Sempre telefona para me contar sobre um cara que conheceu num bar ou numa livraria ou na fila do café, e como esse cara acabou em sua cama e de vez em quando em seu coração. Quando vem visitar, fica com o melhor amigo do meu marido, um cara chamado Grant, o encarregado de fogo na equipe de exploração da madeireira do meu marido, que pensa que ele e minha irmã têm algo tão especial que ela sempre volta. Nós quatro gostamos de ir ao boliche. Bebemos e jogamos boliche e bebemos e jogamos boliche e depois descemos para o lago com uma caixa de cerveja e nos beijamos naqueles bancos de madeira de parque feito adolescentes sem rumo. Quando fico arrepiada assim que meu marido desliza suas mãos grandes por baixo da minha blusa, ela geme, e quando ela abre as pernas e puxa a mão de Grant para dentro da calça, eu aperto as coxas. As pessoas perguntam se temos uma conexão especial. Mentimos e respondemos que não.

As esposas dos lenhadores contam histórias sobre homens destruídos pela queda de membros, árvores ou serras elétricas descontroladas — chamam essas coisas de criadores de viúva. Ouço essas histórias e penso que, se alguma coisa acontecesse com o meu homem, eu derrubaria todas as árvores que visse pelo resto da vida. Eu sou a faca. Quando meu marido está atrasado e ainda não voltou do trabalho, começo a ficar inquieta. Imagino nossa casa vazia ainda mais vazia do que já está. Me certifico de que o telefone está funcionando, de que não perdi nenhuma chamada, e quando ele de fato chega em casa, dou socos em seu peito. O amaldiçoo por me deixar preocupada. Na maioria das noites, ele vem para casa cheirando a suor e seiva, às vezes, serragem, quando vai à madeireira. Ele tira as botas de trabalho e a roupa no quartinho de depósito. Eu o observo, apoiada na porta, segurando uma cerveja gelada. Ele sempre sorri para mim, não importa como seu dia foi. Bebe um longo gole de cerveja, me dá um beijo, o hálito quente e espumoso. Digo que meu corpo ficou muito solitário depois de um dia inteiro sem ele. Ele pressiona os lábios no meu pescoço, puxa minha pele com os dentes. Ele é o revólver. Eu sou a faca.

Quando ela telefona, consigo ouvir na respiração da minha irmã, antes que diga uma palavra, que tem alguma coisa errada. Fico sentada na mesa da cozinha. Meu marido está na sala vendo algum documentário sobre lenhadores de helicóptero, esbravejando em voz alta que estão fazendo tudo errado.

— O que foi? — pergunto.

Tento parecer calma. Minha pele dói. Minha irmã diz:

— Estou grávida.

E eu solto o ar devagar e digo:

— Vai ficar tudo bem.

Engulo alguma coisa dura e dolorida. Cravo as unhas na palma da mão. Eu sou a faca. Ela diz:

— Eu entendo.

E eu sorrio e seguro minha barriga, passando os dedos pela cicatriz ligeiramente elevada que se recusa a desaparecer, mesmo que já faça certo tempo desde que fui cortada. Eu não sou a faca.

— Posso ir ficar com você enquanto resolvo o que vou fazer? — ela pergunta mesmo sem precisar perguntar.

Falamos um pouco mais, então me junto ao meu marido. Sento no seu colo e escondo minha cabeça em seu peito. Conto que minha irmã está vindo e por quê, e ele me abraça tão apertado que, mesmo horas depois, quando estamos na cama e ele já dormiu, consigo sentir que ele me mantém de pé.

Uma vez eu e minha irmã sofremos um acidente de carro quando ela tinha vindo me visitar. Levamos uma fechada de um motorista bêbado numa estrada da zona rural, o único tipo de estrada que temos por aqui. Plantações de milho bem altas se espalhavam dos dois lados na estrada, e havia insetos por todo canto, o zumbido agudo engrossando a noite. Minha irmã ficou inconsciente, com o pulso fraco. O motorista bêbado estava desmaiado, um corte feio latejando na testa. Fedia a vinho barato. O cheiro dele me fez vomitar. Puxei o motorista para perto do nosso carro. Era tão pesado que parecia que meus ombros iam se descolar do corpo, e eu puxei e puxei e puxei. Quando alcançamos minha irmã, caí no chão, suada e sem fôlego. Pressionei dois dedos no pescoço da minha irmã. Ela nasceu sete minutos depois de mim. Não podia morrer antes de mim. Seu pulso estava ficando mais fraco. Seu coração estava morrendo. Meu coração estava morrendo. Abri o peito do motorista bêbado. Eu sou a faca. Enfiei a mão em seu corpo molhado e quente e arranquei o coração que ele não merecia. Não senti tristeza ou compaixão por ele enquanto o órgão escorregadio pulsava na palma da minha mão. Abri o peito da minha irmã. Eu sou a faca. Coloquei o coração dele no peito dela perto de seu coração. Os dois corações aninhados juntos começaram a bater como um só. Eu sou a faca. Devolvi os pedaços de pele por cima de seu peito aberto e fiz uma pequena oração enquanto a pele dela voltava ao lugar. Segurei minha irmã nos braços até que o socorro chegou. Beijei sua testa e sussurrei atos de penitência no ar noturno para que ela soubesse que não estava sozinha. Eu a mantive aquecida e segura.

 Com minha irmã por perto, a casa parece menos vazia. Ela improvisa uma casinha num dos nossos quartos vazios. Sua barriga incha e sua pele brilha. Muitas vezes a flagro andando pela casa cantarolando sozinha, segurando a barriga. Ela está mudando. Eu não estou. Às vezes, pego meu marido observando minha irmã. Quando percebe que o noto enquanto ele a observa, ruboriza, desvia o olhar com um jeito culpado. Uma noite, estamos deitados na cama. Acabamos de transar e ele ainda está em cima de mim. Ainda está dentro de mim. Ele tira meu cabelo da frente do rosto e me beija com força, e eu o beijo também, e nos machucamos com a boca. Ele diz:

— Queria que pudéssemos pegar o bebê crescendo dentro dela e colocá-lo dentro de você, onde é o lugar dele.

Eu o odeio por dizer isso. Eu o amo por dizer isso.

Grant passa em casa quase todas as noites para dar uma olhada na minha irmã. Está convencido de que o bebê é dele. Não está errado. Ele traz roupinhas para o bebê, cobertores macios, as comidas que ela pede, um carrinho caro. Quando está de bom humor, ela lhe deixa passar a noite. Diz que ele é um conforto. Adora suas mãos e sua voz e a camada grossa de pelos em seu peito. Diz que não sabe se isso é o suficiente. Digo que pode ser. Quando ouço os dois rindo, quando vejo como ele a olha, surge um zumbido alto e doloroso nos meus ouvidos que não vai embora até eu socar minha barriga. Penso em cortar minha própria barriga e arrancar a dor porque sou a faca.

Sua barriga cresce cada vez mais. Seus tornozelos incham. Ela anda cada vez mais devagar, segurando as costas. Sua pele ainda brilha. Lá pelo fim de março, ficamos sentadas na varanda. Não vai demorar até ela dar à luz. Ela diz:

— Adoro essa coisa que está aqui dentro, mas quero que saia.

Ela estica as pernas e geme, depois se apoia no meu ombro. Pega minha mão e a segura sobre a barriga, cobrindo-a com a dela. Ela diz:

— Você é a faca.

Está me pedindo alguma coisa. Sua barriga está firme e quente e consigo sentir o bebê se mexendo no saco amniótico. O bebê é menino ou menina. O bebê é forte. Sua mãe tem dois corações. Ela pergunta:

— Como é dar à luz?

Eu digo:

— Parece que uma coisa selvagem está rasgando seu corpo de dentro para fora.

Ela fecha os olhos, aperta minha mão com mais força. A cicatriz na minha barriga se abre e o sangue encharca minha blusa, mas fico quieta, sentada com minha irmã. Ela precisa de mim.

Um grito gutural me acorda no momento mais solitário da noite. Meu marido pula da cama, o cabelo arrepiado, a cueca larga no corpo. Ele olha ao redor do quarto, os punhos cerrados. Ele é o revólver. Seus olhos estão brancos e brilhantes. Ouvimos outro grito. Saio da cama. O piso está frio. Vou ao quarto da minha irmã. Ela está sentada na cama, suando em profusão, o cabelo comprido grudado no rosto. Ela olha para mim, os olhos enevoados de medo. Grant está segurando o celular. Ele diz:

— Chamei uma ambulância, mas vai demorar horas até chegarem aqui.

É assim que a vida é no Norte. A ajuda que você precisa quando você precisa nunca chega. Eu e meu marido sabemos bem o que acontece quando a única ambulância de quatro cidades está a horas de distância. Você acaba sangrando numa caminhonete enquanto seu bebê morre dentro de você, enquanto seu marido tenta chegar ao hospital que fica a uma hora dali pelas estradas cheias de gelo e vento da zona rural, chorando porque sabe que não dá para chegar lá a tempo. Coloco minha mão no braço de Grant. Eu digo:

— Deixe-nos aqui.

E meu marido tira Grant do quarto.

Ajoelho na cama ao lado da minha irmã. Penso que sua vida está nas minhas mãos. Digo "feche os olhos", e ela obedece. Ela acredita que está segura comigo. Eu sou a faca. Deslizo a unha pelo seu baixo-ventre e sua pele abre com facilidade. Sai muito sangue. Vou cortando as camadas da derme, da gordura, os globos amarelos e macios vão se abrindo. Sou cuidadosa. Sou afiada. Quando chego ao útero, sou delicada e precisa, fazendo outro corte horizontal. Sai mais sangue ainda. Vejo a cabeça escura de um bebê coberta com fluidos espessos. Puxo o bebê para fora, é um menino, e depois dele vem um cordão comprido de membrana escorregadia. Liberto o bebê do cordão, seguro a criaturinha suja enquanto minha irmã continua deitada, quieta, aberta, sai muito sangue. Minha irmã espera, ainda confia em mim. Seu filho está quente nos meus braços. Quando abre os olhinhos, mordo minha língua até sentir gosto de sangue. Olho para aquele menino, os dedinhos minúsculos dobrados, os membros pequenos e compridos, e me dói pensar em todos os momentos que ele vai viver. Eu sou furiosa. Eu sou a faca. Queria poder arrancar a fúria do meu corpo do mesmo jeito que corto todas as outras coisas. Minha irmã está de braços abertos. Ela confia em mim.

Naquela noite, na cabine do caminhão, o ar quente não funcionava, então meu peito doía cada vez que eu respirava. Sangrei no assento inteiro e fiquei segurando a coxa do meu marido, e tremi e esqueci como era me sentir aquecida. Ele se recusava a me olhar, mas repetia mil vezes: "Vamos chegar lá". A coisa selvagem dentro de mim tentava sair, e a dor era clara e constante e extraordinária. Fiz a última oração que faria na vida. No hospital, meu marido me levou para dentro. Explicou para o médico que eu estava prestes a dar à luz. Ele disse:

— Vai ficar tudo bem, né?

O médico o ignorou.

O médico me abriu e me esvaziou e deixou uma cicatriz horrível, medicina do campo. Tirou do meu útero uma menininha frágil que não conseguia respirar sozinha, não conseguia chorar. A cabeça era estranhamente grande, a pele quase translúcida, como se fosse transparente. Era uma coisa selvagem, mas não viveu por muito tempo. Demos um nome a ela.

Na noite seguinte ao nascimento do meu sobrinho, depois que abri minha irmã e segurei sua vida nas mãos e fechei os cortes que fiz para salvar seu bebê, meu marido me come em nossa cama, enquanto minha irmã e um homem e um bebê dormem na cama dela. Eu e meu marido somos barulhentos e violentos um com o outro. Quando mordo, arranco sangue. Eu sou a faca. Ele me come como quem tenta consertar tudo que está quebrado por dentro, como quem tenta me quebrar mais ainda, como quem tenta só com a própria determinação criar outra vida dentro do que resta do meu útero. Acredito que com ele todas as coisas são possíveis. Envolvo suas costas com meus braços. Pressiono suas costelas com meus joelhos. Não desviamos o olhar um do outro. Cada movimento dele machuca mais, machuca tudo, mas abro as pernas mais ainda, me abro mais para ele. Eu sou a faca.

O sacrifício da escuridão

I

Quando eu era criança, o pai do meu marido pegou uma máquina de voar e voou até o sol. Desde então os dias são escuros; as noites, claras.

Aquele homem que precisava chegar ao sol, Hiram Hightower, trabalhou a vida toda no subsolo, minerando, cavando a terra dura para deixar outros homens ricos, para encher suas casas com tudo do bom e do melhor, para vestir suas mulheres com o melhor linho e a melhor seda, para encher suas bocas com a melhor comida. Lidou com a terra imperturbável até que os pulmões escureceram e os ossos incharam com a pressão do mundo que o comprimia dia após dia após dia.

Quando era jovem, Hiram não se importava em passar quase todas as horas do dia do mundo debaixo do mundo.

— Sempre foi um mistério — ele disse quando meu marido era criança — remexer a terra com os dedos em busca do brilho dos metais preciosos.

Com o passar dos anos, no entanto, o mistério ficou cada vez menor. De manhã, ele bebia café de uma garrafa térmica grande enquanto dirigia até a mina. Vestia o macacão protetor e a jaqueta pesada e pegava o elevador que descia até o fundo da mina. Embrenhava-se no barro e no granito, sempre procurando algo precioso. Tremia quando o frio afundava em sua pele. Às vezes, achava pedras e as escondia nos bolsos. Levava as pedras para casa e as polia até encontrar o brilho perfeito para sua mulher, que as colocava na prateleira em cima da lareira. Esses pequenos cristais eram a única coisa bonita que ele dava à mulher, fora seu filho, então ele os amava como uma mulher que ama homens brutos.

    O ar na mina era terrível. Depois de um tempo, era impossível respirar lá embaixo. No fim de cada dia, enquanto os mineiros faziam o lento caminho de volta à superfície, de volta ao ar mais fresco e mais denso, protegiam o peito com mãos trêmulas. Quase todas as noites, quando chegava em casa, Hiram ficava quieto, não tinha nada a dizer, sabia que sua família nunca entenderia que, cada vez que ia lá para baixo, era forçado a deixar um pedaço de si para trás, e sabia que, um dia, não sobraria nada de si para trazer para casa. Comia o que a mulher colocava em sua frente — comida farta, carnes bem temperadas, pão assado na hora, vegetais que ela mesma plantava. Sua mulher, Mara, sempre tinha um sorriso para Hiram, ficava sentada com ele sem nenhuma pressa, suportava seu silêncio, fingia a cada noite que não dividia a mesa e a cama com um homem menor do que aquele que havia encontrado na noite anterior.

    Hiram tinha mãos lindas, Mara disse a ele muitas vezes. Eram mãos que podiam amedrontar uma mulher desavisada. Dava para ver sua força no grosso emaranhado de pele e músculo e veia e osso. Seu corpo inteiro era uma corda grossa de músculo e mágoa. Quando ficavam sozinhos, Mara gostava de deitar em suas costas, sentindo toda a sua largura, seu calor. Enquanto ela lhe massageava o corpo com os dedos, ele gemia alto e dizia:

    — Mulher, desse jeito eu nunca vou querer sair de perto.

    Mara nunca teve medo de Hiram, nunca se preocupou com seu tamanho. Ele não era delicado quando a tocava, mas era um homem bom. Ele a tocava do jeito que ela queria. Ela gostava que ele soubesse que também havia força nela.

    Alguma coisa mudou em Hiram quando fez quarenta anos. Sempre fora um homem quieto, mas, em seu aniversário, se tornou silencioso. Tudo em que conseguia pensar todas as noites era que, mais cedo ou mais tarde, precisaria voltar a descer ao ar frio e ralo e aos túneis estreitos e à poeira caindo nos olhos, nariz e boca, o sufocando, o destruindo. À noite, Mara se esticava ao lado do marido tentando arrancar uma palavra de sua boca, mas ele não lhe dava a única coisa de que precisava. Ela começou a esquecer como era o som da voz dele. Hiram continuava indo ao trabalho, ainda se embrenhava na terra, ainda enchia os carrinhos enferrujados com os metais preciosos e brilhantes que os homens gananciosos desejavam. Não havia alegria nisso, no entanto, nenhuma alegria. Para ele ficou cada vez mais difícil andar com a cabeça erguida ou respirar fundo.

Um dia, Hiram acordou e percebeu que não podia mais passar outro minuto, dia ou hora no ar escuro e ralo do mundo debaixo do mundo. Sua mulher balançou seu ombro quando o despertador tocou. O sol nasceu, mas Hiram não saiu da cama. Ficou sentado, apoiado na cabeceira de ferro. Acenou em direção à janela do quarto, pediu a Mara que arrancasse as cortinas. O pedido era estranho, mas Mara estava tão contente em ouvir a voz do marido que fez o que ele pediu. Agarrou todo o tecido e jogou as cortinas no chão com um movimento fluido. Restaram dois buracos dentados na madeira da parede, mas nem Hiram nem Mara se importaram. Hiram deu uma palmadinha no espaço vazio ao seu lado e Mara foi em direção ao marido. Ele olhou direto para o sol ao lado da mulher. Não tirou os olhos, mesmo quando a pele se aqueceu de um jeito desconfortável. Mais tarde, quando o filho foi à escola, Hiram encostou os lábios no ombro nu de Mara e a virou, e seguiu pelos nós ossudos de sua coluna do pescoço para baixo. Passou as mãos fortes e lindas por suas coxas, sorrindo quando tremeram ao seu toque. Ela virou de barriga para cima, e quando ele a comprimiu com seu corpo, suspirou. Entregou-se ao peso dele. Ele segurou seu rosto com as mãos como se pudesse lhe esmagar o crânio. A pressão das mãos fez com que sua cabeça pulsasse de forma quase prazerosa. Quando Hiram beijou Mara, naquela manhã, os lábios dela ficaram inchados e feridos, ameaçando rachar e vazar. Em contato com os dele, seus lábios ficaram carnudos, deformados de um jeito bonito. Seu corpo todo ficara assim quando ele terminou, como se cada músculo, cada pedaço de sua pele tivessem sido remexidos por suas mãos, sua boca, seus olhos, até que tudo se quebrasse.

Quando Mara saiu da cama, dolorida, pesada, drenada, Hiram disse: "Não se lave", então ela não se lavou. Foi à cozinha e lhe fez um sanduíche com fatias grossas de carne e tomate, um copo de leite gelado. Sentia o cheiro dele em tudo, sentia sua presença em tudo. Quando ele estava num certo humor, o peso dele era inescapável. Mara amava isso no marido. Hiram se juntou a ela na cozinha e comeu devagar. Encarou-a de um jeito que fez Mara sentir que estava sentada frente a frente com um estranho. Ele não desviou o olhar. Ela não desviou o olhar. Ela tentou ignorar a dor delicada que lhe florescia no peito, devagar, e se transformava num nervosismo que não conseguia entender por completo. Quando Hiram terminou de comer, levantou e levou o prato até a pia, lavou o prato, secou com cuidado, guardou no balcão. Olhou pela janela em cima da pia, até a horta de Mara, até o monte de árvores lá longe. Apertou os olhos quando olhou para o alto, em direção ao sol.

— Tem uma coisa que eu preciso fazer — ele disse.

Mara balançou a cabeça.

— Não vá partir meu coração, Hiram. Não ouse fazer isso.

Ele esticou o braço e Mara pegou sua mão. Hiram levou a mulher para fora e os dois ficaram em pé na placa de pedra nos fundos da casa. Ele apontou para o sol.

— Quero tocá-lo, só uma vez. Preciso fazer isso, mulher, simplesmente preciso, e não há nada que possa me impedir de tentar chegar lá.

Naquela tarde, Hiram foi até o fornecedor de máquinas de voar mais próximo com uma boa quantia do dinheiro que havia ganhado fazendo dinheiro para os outros. As moedas pesavam na bolsa. O peso o deixou cansado, mas ele tinha uma questão importante a resolver. Precisava preencher o vazio impossível que carregava dentro de si. Hiram ficou escutando enquanto o vendedor tentava vender uma máquina chique com assentos de tecido e linhas elegantes, mas não era disso que ele precisava. Precisava de uma coisa forte, resistente, uma máquina que o carregasse por uma longa, longa distância. Era horrorosa, a máquina que ele comprou. Não tinha beleza nenhuma, mas ele adorou a cor — um vermelho vivo que deixaria o céu lindo. Andando pela fuselagem, Hiram se perguntou como uma coisa tão desajeitada podia voar, mas o vendedor lhe assegurou que a máquina o deixaria satisfeito. O vendedor era um homem de palavra.

II

Cresci num vale cercado por dois morros que alguns chamavam de montanhas. Não éramos tão acostumados com o sol, de qualquer forma. É isso que repetimos a nós mesmos agora que o sol se foi há tanto tempo. Nossa cidade era pequena, mas bonitinha, ou pelo menos é o que sempre pensei. Beleza nem sempre é aquilo que você vê. Às vezes, beleza é o que você sente. Tirando as pessoas, nossa cidade continua bonita para mim. Tinha um monte de árvores cercando cada casa e cada construção. Na infância, eu pensava que aquelas árvores subiam direto para o céu. As ruas eram e ainda são emolduradas por passarelas de madeira, resistentes e rústicas, elevadas a alguns metros do chão porque a maior parte das pessoas daqui não confia no chão sabendo o que sabem sobre o que há lá embaixo, o que o mundo debaixo do mundo pode tirar de você e tirou de todos nós. Os proprietários das minas moram perto do centro da cidade, como se quisessem que suas casas grandiosas fossem vistas de qualquer lugar, todas puro aço e vidro chegando ao céu, quase tão altas como as árvores, espalhadas por grandes pedaços de terra. À sombra dessas casas grandiosas estão aquelas em que o restante de nós vivemos, alguns no vale, outros nos morros amadeirados, onde o ar é mais puro e a terra é mais dura, mas tem mais significado. Nas bordas da cidade ficam as minas, suas entradas cravadas nas discretas elevações rochosas dos morros.

Quando a escuridão veio, o mundo mudou. Precisava mudar. Hiram Hightower voou com sua máquina vermelha até o sol, e o sol desapareceu, e a única coisa que sobrou foi a lua. O único calor disponível vinha de uma boa fogueira ou de um casaco pesado ou da pele de outro corpo grudado no seu. Eu ainda não tinha virado mulher. Era uma menina de onze anos num vestido amarelo. Meu cabelo era uma juba bagunçada que passava dos ombros. Eu também era uma bagunça. Corria pelo nosso quintal, descalça, o rosto marcado de poeira, enquanto minha mãe estendia a roupa, prendedores de madeira grudados nos lábios. Ela cantarolava a mesma música que sempre cantarolava, a primeira música que ela e meu pai tinham dançado. Balançava de um lado para outro, os pés dobrados na terra quente. Era um dia bom numa vida curta de dias bons.

Ouvimos Hiram Hightower antes de olhar para o alto e ver o sol brilhar com mais força do que jamais pensamos ser possível. Era um barulho bom, longo, amplo e cheio. Então aquele barulho bom desapareceu e o sol ficou menor e menor e menor à medida que preenchia Hiram Hightower com a luz que ele desejou por tantos anos trabalhando nas minas frias, solitárias. Quando o sol desapareceu, uma fenda bem vermelha surgiu no céu. O ar gelou e o mundo esfriou devagar, não de forma insuportável, mas frio o bastante para que conseguíssemos ver nossa respiração com mais frequência. Não havia mais luz do dia. Não haveria nunca mais.

Nos primeiros dias de escuridão, pensamos que não era para sempre. Pensamos que talvez um dia veríamos o sol novamente, sua luz dourada envolvendo nossa pele. A fenda vermelha brilhante no céu pulsava e, como o sol, a fenda foi ficando cada vez menor, até desaparecer. Cientistas tentaram entender o que havia acontecido com o sol. Para eles era quase impossível que um homem fosse tão cheio de escuridão que precisasse engolir toda a luz do sol. Depois disso as minas fecharam. Os proprietários das minas não eram tão gananciosos a ponto de encarar o risco do que algum outro mineiro poderia fazer, do que poderia levar do mundo para se preencher. Seu dinheiro podia comprar tudo do bom e do melhor, mas não podia trazer o sol de volta. Só adolescentes e malucos procurando problema, procurando qualquer coisa para enfiar no bolso, descem nas minas hoje em dia. Vendem o que encontram no mercado negro, principalmente em cidades distantes. Ninguém nesta cidade quer participar desse lucro.

Não demorou muito para que o prefeito instalasse lâmpadas a gás pela cidade toda, providenciando luz suficiente para a vida seguir durante o dia, talvez com um pouco de calor. É a memória mais viva da minha infância — a luz pálida daquelas lâmpadas e o jeito como, durante o dia, o ar gelado ficava carregado com o cheiro doce de gás queimando, um cheiro que continuava à noite, quando a noite ficava mais fria, e impregnava nossas roupas e nosso cabelo e a pele dos nossos dedos.

Meu marido estava um ano na minha frente na escola, e depois que seu pai voou com sua máquina vermelha até o sol, ninguém queria falar com o menino. Não provocavam ou tiravam sarro de Joshua Hightower. Era ignorado. Era bem pior. O silêncio é a mais cruel das crueldades. Todas as tardes, sua mãe ficava ao pé dos degraus que levavam ao prédio de tijolos onde estudávamos, e quando ele corria para encontrá-la, o cabelo bagunçado e cacheado como o meu, ela pegava sua mão e erguia a cabeça e acenava para ele, e ele também erguia a cabeça. Ela o envolvia com os braços como se pudesse proteger seu menino do ódio e da escuridão e do frio. Iam para casa sozinhos, sempre sozinhos. Os únicos que falavam com Mara e Joshua Hightower naquela época eram os outros mineiros com quem Hiram trabalhava, porque sabiam o que podia levar um homem a engolir toda a luz do mundo e porque, quando Hiram voou em sua máquina vermelha até o sol, por um momento eles também se sentiram preenchidos pelo calor e pela luz. Eles também se sentiram completos. Aquele momento, mesmo que breve e fugidio, para os homens que só conheciam o mundo debaixo do mundo, significou muito.

Minha mãe é uma mulher boa, sempre foi. Meu pai sempre diz que ela se apega à bondade de um jeito que a maioria das pessoas não consegue ou nem mesmo quer. Quando Hiram Hightower voou com sua máquina vermelha até o sol, minha mãe disse:

— Abençoado seja, que a luz sempre o preencha.

Quando lhe falei que Joshua Hightower não tinha ninguém com quem conversar na escola, ela franziu as sobrancelhas, os lábios formando uma linha fina. Pôs as mãos na cintura e disse:

— Isso não pode acontecer de jeito nenhum. Você convide esse menino para vir brincar depois da escola. Seja uma alma boa com ele.

Eu também não era lá muito popular. Era muito esperta e os outros ficavam desconfortáveis — a maioria das pessoas onde vivemos a vida toda não gosta de ver muita inteligência numa mulher. Também tem o problema dos meus olhos — eles não escondem nada. Se não gosto de alguém, meus olhos deixam bem claro. Não gosto de quase ninguém. As pessoas ficam confortáveis com as mentirinhas que contam umas para as outras. Não sabem o que fazer com alguém como eu, que não perde tempo com mentirinhas.

No dia seguinte ao que minha mãe me falou para trazer Joshua Hightower para casa, eu o observei durante a aula de matemática, três fileiras atrás da minha. Sempre amei seu cabelo, e naquele dia olhei os tons de marrom, do escuro ao claro, me impressionei com o jeito como aquelas cores criavam um padrão tão bonito em cada um dos cachos cheios. Sua nuca era bronzeada e esguia, mas não tão bronzeada quanto costumava ser. Logo deixaria de ser bronzeada. Perderíamos todo o marrom da nossa pele. Joshua tinha um maxilar forte e olhos bondosos. Fiquei vermelha de vergonha quando tentei entender por que sempre o ignorei. Minhas bochechas ainda ardiam de fraqueza quando sentei ao seu lado no pátio da escola, mais tarde naquele mesmo dia. Ele ficava sentado, quieto, olhando para o céu escuro, esfregando as mãos para mantê-las aquecidas. Se encolheu quando me aproximei, então coloquei a mão em sua coxa. Olhei para o alto, tentando ver o que ele via.

— Meu pai está lá em algum lugar — ele disse.
— Eu sei.
— Ele não tinha a intenção de fazer uma coisa ruim.
Concordei.
— Sei disso também.
Joshua virou e me olhou.
— Por que está falando comigo?
Só daquela vez, decidi ficar confortável com uma mentirinha.
— Porque você parece uma pessoa legal de conversar.
Os cantos da boca de Joshua se retesaram como se ele tentasse evitar alguma coisa. Deu de ombros.
— Quer ir à minha casa depois da escola?
Ele mordeu o lábio inferior e ficou com uma expressão de quem tomaria a decisão mais difícil de sua vida. A testa ficou enrugada. Quanto mais ele demorava, mais nervosa eu ficava. Por fim, o empurrei e saí de perto, preenchida por um calor diferente, furioso.

Joshua não foi à escola no dia seguinte e no outro dia. Quando o vi de novo, ele trazia uma caixa comprida e estreita nas mãos. Me entregou a caixa e ficou olhando para o chão.
— Fiquei pensando… — ele disse. — Eu ia gostar de ir à sua casa.
— E se eu não quiser mais que você vá?
Ele apontou para a caixa.
— É para você.
Abri a tampa com cuidado. Dentro havia um laço cor-de-rosa comprido e sedoso, posicionado numa base de veludo vermelho. Era a coisa mais linda

Tive medo de tocar no laço, mas não consegui resistir. Era tão macio, diferente de tudo que eu tinha sentido. Me senti perfeita e bonita. Fechei a caixa e a guardei no bolso da saia.

— Podemos andar juntos até lá — eu disse.

Eu conseguia sentir os olhares quando caminhamos, embrulhados em nossos casacos de lã. As lâmpadas a gás não eram iguais ao sol, mas não nos escondiam. Passamos pela casa dos Hightower e notei a presença de uma nova cerca de ferro, bem alta, instalada ao redor da casa inteira. Hiram Hightower ia odiar ver sua casa isolada daquele jeito, pensei.

Apontei para a cerca.

— Por que sua casa está fechada desse jeito?

Joshua ficou sem jeito.

— Mamãe quer evitar que as pessoas entrem no nosso quintal e joguem coisas na casa. Meu pai deixou muita gente com raiva.

Fiquei quieta por um instante.

— Não acho justo que você tenha que viver numa jaula. Não acho nem um pouco justo.

Ele agarrou meu braço na altura do cotovelo. Olhei seus dedos embrulhados nas luvas de couro finas. Ele afrouxou a mão, mas não soltou.

— Não é justo — Joshua disse. — Eu odeio.

— Na minha casa não tem jaula — eu disse.

Depois disso, eu dizia que éramos amigos, mas passávamos o tempo todo juntos. Sentávamos lado a lado na aula e dividíamos o almoço no pátio debaixo do esqueleto do que um dia fora uma árvore. Todas as tardes, caminhávamos para casa sob a luz tremeluzente das lâmpadas a gás, batendo os pés nas passarelas de madeira, fazendo música com o corpo. Quando as pessoas olhavam ou cochichavam coisas maldosas ou quando os colegas da escola tentavam me afastar de Joshua Hightower, eu erguia a cabeça do jeito que Joshua e sua mãe sempre fizeram. Íamos mais à minha casa, mas de vez em quando íamos à casa dele. A mãe de Joshua era quieta, o cabelo sempre penteado num coque elegante. Ficava sentada na sala da frente, olhando para o céu como se esperasse Hiram Hightower voltar. Sempre que olhava para mim, seus olhos estavam azul-aguados e lacrimejantes como um lençol de água que morre lentamente. Ela me atravessava com seu olhar. Me deixava triste. Deixava todo mundo que a visse triste porque dava para ver que o buraco que Hiram Hightower não podia preencher dentro de si mesmo havia encontrado um corpo novo para crescer.

As crianças da escola odiavam Joshua porque seus pais odiavam o pai de Joshua, e nenhuma daquelas crianças sabia ser melhor que as pessoas que as colocaram no mundo. Quando Joshua ia para a frente da sala de aula, assobiavam. Os que se achavam espertinhos o chamavam de Filho do Rouba--Sol. Ele continuava de cabeça erguida, sempre, igualzinho à mãe, porque veio de uma família boa que valia a pena. Joshua nunca se encolhia ou tentava se limitar. Em vez disso, crescia e crescia e crescia. Estudava muito. Cuidava de mim e sorria toda vez que eu usava meu laço cor-de-rosa lindo, o que eu fazia com frequência. Me disse que não ligava para o silêncio dos outros desde que eu estivesse por perto para preenchê-lo. Quanto mais velha fiquei e mais próximos nos tornamos, mais queria preencher qualquer vazio que houvesse dentro dele.

Quando Joshua tinha dezesseis anos e eu quinze, convocaram um conselho para pensar em maneiras de trazer o sol de volta. Os membros chamaram a si mesmos de Os Corona, quase todos homens ricos, os mesmos tipos que naquela época foram responsáveis pelo vazio que cresceu em Hiram Hightower. Fizeram parecer que queriam trazer o sol de volta para todos, para que pudéssemos nos banhar em sua luz e olhá-lo até nossos olhos queimarem, para que nos lembrássemos de como era o calor natural, mas não era o caso. Muitos de nós adivinharam que Os Corona queriam mais era encontrar um jeito de reabrir as minas, de ficarem ainda mais ricos. Era uma coisa feia, sombria, ver a ganância disfarçada de falsa bondade.

Joshua e sua mãe foram levados aos Corona para responder pelo crime de Hiram Hightower, que na verdade não era crime. Fiquei sentada no corredor com os meus pais. De vez em quando, apoiado na barra de madeira na minha frente, Joshua me olhava. Eu abria minha mão e ele colocava sua mão no coração. Os Corona sugeriram que talvez alguém da linhagem Hightower devesse servir de sacrifício: se não Joshua, então seu primogênito. Mara Hightower, sempre serena e aprumada, empalideceu. Quando abriu a boca para falar, sua voz estava forte, tingida de fúria. Disse que nem mais uma gota de sangue dos Hightower seria derramada em nome do sol. Disse que o derramamento de sangue nunca forçaria o sol a se levantar. Muita gente começou a gritar insultos raivosos nos corredores. Fiquei aterrorizada olhando para aquelas pessoas, as caras repuxadas e transformadas em máscaras odiosas, os lábios brilhosos de cuspe, os dedos virando garras de quem queria partir Joshua e Mara Hightower ao meio, arrancar a pele de seus ossos ali mesmo. Só de imaginá-los pondo as mãos em Joshua, senti meu coração se apertando e se retorcendo num nó amargo. Foi ali que entendi o amor. Enquanto as pessoas nos corredores urravam, eu e meus pais ficamos sentados no meio de alguns mineiros que estavam de pé, quietos, apontando para o alto como se não houvesse teto sobre suas cabeças.

Ninguém sabia o que aquele gesto significava.

Mas sabíamos que nem uma gota de sangue dos Hightower seria derramada enquanto respirassem.

Quando chegamos ao ensino médio, Joshua já era alto o bastante para preencher qualquer porta, igualzinho ao pai. Era feito de osso e sangue pulsante, órgãos e músculos fibrosos. O cabelo ficou mais cacheado que nunca. Eu não fiquei alta, mas me encontrei. Fiquei bonita — é o que dizem. Não sou vaidosa a ponto de assumir minha própria beleza. Joshua nunca disse que me achava bonita, mas não precisava. Eu via o que ele via em mim só pelo jeito que me olhava, o jeito que olhava para mim, o jeito que me tocava, o jeito que me desejava abertamente, avidamente.

Com o passar dos anos viramos os amigos mais próximos do mundo, e depois viramos mais que isso. Joshua me fazia rir e eu também o fazia rir. Conversávamos sem parar. Corríamos juntos por cada quilômetro escuro, nossas pernas ficando magras e fortes, porque assim nos aquecíamos, suávamos mesmo que a pele úmida rapidamente esfriasse com uma fina camada de gelo sempre que parávamos para recuperar o fôlego. Lembrávamos do sol, do brilho, dos dias claros, principalmente lá no lago, onde parecia que os próprios deuses suspiravam dentro da gente. Nos dias de escuridão, era outra coisa que suspirava dentro da gente, uma coisa bem menos amigável.

Os Corona continuaram tentando restaurar o sol. Usaram um trabuco gigantesco para lançar fogo ao céu, mas quanto mais alto aquilo chegava, mais rápido apagava. Tentaram capturar a luz com painéis lunares para depois dar um jeito de converter a energia lunar em energia solar que pudesse ser arremessada. Os membros mais ambiciosos dos Corona sugeriram que enviassem máquinas de voar a outros planetas, para que encontrassem formas de roubar os sóis ou luas ou estrelas de outros sistemas, dispostos a criar um desequilíbrio terrível em outro mundo para arrumar o nosso. Houve, em alguns momentos, sacrifícios de Hightower de outras regiões, mas essas mortes nada significaram, só encharcaram a terra com mais sangue inocente. Conselhos desgarrados se formaram — cada grupo mais raivoso que o anterior, mais desesperado para trazer o sol de volta, mais obcecado pelo frio e pela escuridão, escolhendo enxergar ruína onde um tipo de vida diferente era possível.

Mara Hightower e seu único filho escolheram viver essa vida diferente. Fizeram o melhor que podiam em nome da cidadania. Mara dedicava todo seu tempo ao trabalho voluntário e ajudava pessoas que precisavam de qualquer coisa, tentava encontrar algum tipo de redenção em lugares que, mesmo que ela fosse irrepreensível, não havia redenção. Nunca sentiu o toque de outro homem, nenhum deles quis, nem mesmo os mineiros que sentiam por ela certa afeição.

Quando Mara e Joshua eram convocados pelos diversos conselhos, iam por vontade própria. Num desses encontros, Joshua, exausto de carregar o fardo do pai, ofereceu a própria vida aos Corona, estendeu o pulso, a lâmina de uma faca perfurando o limite esverdeado de uma veia. Sob os olhos dos Corona, ele começou a deslizar a lâmina pela veia, uma linha fina de sangue decorando o fio da faca. A câmara do conselho era terrível e silenciosa e imóvel. Eu não podia ficar em silêncio. Fiquei de pé. Gritei:

— Não faça isso!

O conselheiro-chefe cravou os olhos em mim, disse que eu não tinha direito de falar na câmara, disse que o aviso estava dado. Eu não estava falando com ele.

— Pare com isso — eu disse, agora mais baixo.

Um por um, os mineiros no corredor ficaram em pé e olharam para os membros dos Corona, até que o conselheiro-chefe levantasse a mão. Joshua parou, o sangue vermelho vivo caindo devagar, gota a gota. Poucos entenderam por que os Corona pouparam Joshua, mas eu estava lá naquele dia, cercada pelos mineiros em silêncio, em pé. Vi como os rostos dos Corona escureceram, como tentaram unir os corpos para se proteger de uma raiva tão silenciosa. Era visível que ficaram aterrorizados pensando no que mais podiam perder com outro homem pressionado demais, que tivesse em si uma vontade selvagem de fazer alguma coisa que não poderia ser desfeita.

Muitas noites, quando a mãe adormecia sozinha, os olhos molhados, Joshua fugia para minha casa. Ficávamos sentados no telhado inclinado e olhávamos a lua, que, na falta do sol, inchava com uma beleza frágil que era difícil de ignorar. Muitas vezes, víamos pessoas nas casas de ambos os lados fazendo a mesma coisa, sentadas no telhado, a cabeça erguida brilhando. Era tão bom ver a luz da lua e, embaixo de seu brilho, conseguir ver as memórias de quem um dia fomos. De certa forma, olhar para a lua deixava os dias menos frios, menos escuros.

III

Meu marido me pediu em casamento no observatório em que trabalhávamos. Noite após noite, nos debruçávamos sobre textos antigos de astronomia, na esperança de que, estudando as estrelas, entendendo sua longa e insondável história, poderíamos encontrar um jeito de trazer o sol de volta. Usávamos telescópios poderosos e instrumentos obsoletos do passado para observar o céu, para procurar alguma memória que ainda restasse do sol. Nossos dias e noites eram frios e escuros, mas eu me sentia aquecida e iluminada por completo. Joshua era o meu sol. E eu era o dele.

Na noite em que Joshua fez o pedido, eu estava observando a lua, o olho grudado no telescópio. Me maravilhava com a sensação de proximidade dos céus. A lua projetava um brilho azulado em tudo. Senti o cheiro de Joshua quando ele se aproximou, limpo, tão limpo. Deslizou o braço pela minha cintura e segurei sua mão, contornando seus dedos. Meu coração acelerou e senti uma agitação entre as pernas. Soltei um gemido baixo. Desejei-o como sempre o desejo, tive vontade de senti-lo bem fundo, a excitação quase saindo do corpo. Joshua encostou a boca na minha nuca e eu estremeci, me afastei do telescópio e girei com a cadeira, abri as pernas e o puxei para perto, apertando minhas coxas nas dele e guiando sua mão pelo meu corpo, para baixo, mais para baixo.

Segurei seu queixo e o puxei para perto, para que pudesse olhar nos seus olhos.

— Por que está tremendo? Não é a primeira vez que você coloca as mãos em mim.

Ele ficou ruborizado e olhou para baixo, para o lado. Beijei sua garganta. Senti seu pulso latejando, a artéria grossa e quente, o poder do sol dele. Joshua enfiou a mão no bolso e pegou uma caixa cinza-escura parecida com a que tinha me dado doze anos antes, mas mais forte, mais estreita. Suas mãos tremiam mais ainda. Segurei seus pulsos e o puxei. Quando tentou falar, só gaguejou, as palavras se contorcendo em nós complexos.

Saí da cadeira e apoiei as bochechas em seu peito ao mesmo tempo duro e macio. Seu coração batia tão rápido e alto que fiquei com medo, mas sabia que podia confiar naquele coração.

— Shhh — eu disse.

Peguei a caixa e coloquei na cadeira. Fiquei na ponta dos pés, esfregando os lábios em sua orelha e depois puxando o lóbulo carnudo com os dentes. Ele tinha gosto doce de especiarias. As mãos de Joshua encontraram minha lombar como sempre encontram, se prendendo à base da minha coluna. Ficamos assim por muito tempo, a respiração dele no topo da minha cabeça, minha respiração em seu peito. Seu coração desacelerou.

— O que você quer me dizer, Joshua Hightower?

Ele respirou fundo como se tentasse puxar todo o ar presente naquela sala coberta.

— Quero me casar com você.

— Você vai me tratar bem?

Sua sobrancelha se mexeu e ele balançou a cabeça.

— E você ainda faz essa pergunta?

Contornei seu lábio inferior com o polegar.

— Quero que você prometa que não vai fazer nada que me deixaria sem você ou que mudaria o mundo que conhecemos.

Joshua se jogou em mim. Fiquei sem ar, mas segurei seu peso. Ambos somos fortes.

— Não sou meu pai — ele disse, por fim. — Meu pai era um homem bom. Eu pretendo ser melhor.

— Que bom que você sabia que não precisava fazer a pergunta. Também quero me casar com você.

Joshua estendeu os braços por trás de mim e abriu a caixa. Segurou minha mão como se meus ossos fossem a coisa mais delicada do mundo. Deslizou um anel lindo pelo meu dedo, a platina fria e sólida, uma âncora, o diamante brilhando como a lua e o que um dia foi o sol. Não fazia ideia de como conseguiu o anel, mas não ia perguntar. Homens têm seus segredos.

Ficamos de joelhos. Enfiei a mão por baixo de sua camisa de algodão grosso, pressionei os músculos cuidadosamente esculpidos, os ossos da caixa torácica. Tirei sua camisa por cima da cabeça e ele fez o mesmo comigo. Me estiquei no chão do observatório e ele apertou um botão. A cúpula rangeu e se abriu devagar, e eu olhei além da sombra azul de seu corpo sobre o meu, para as estrelas lá no alto, para a luz tão brilhante da noite. Enfiei as unhas na pele firme de suas costas quando ele me preencheu e se mexeu dentro e por cima de mim, e misturou os lábios aos meus. Batemos os dentes. Fizemos barulho e ficamos molhados e sujos. Segurei Joshua bem fundo, mas não parei de olhar para as estrelas. O prazer me atingiu completamente. Comecei a chorar. Ele passou a ponta da língua nas lágrimas. Eu disse:

— Sempre foi você.

Logo depois daquela noite, os conselhos começaram a debandar. Obsessões só duram enquanto alguém as nutre. A maioria, ainda com raiva, ainda com frio, ainda na solidão da ausência do sol, parou de fazer das tripas coração em nome de algo impossível. Sangue o bastante havia sido derramado e restavam poucos Hightower. Não é difícil se acostumar com o frio e a escuridão. Se você suporta o tempo necessário, dá para se acostumar com quase tudo. Abrace a escuridão e o frio — foi o que fizemos. Aprendemos a amar a luz diferente da noite, o azul pálido. O luar, o mundo parecia mais puro. Fazer as pazes com o mundo e seus dias negros era o único jeito de encontrar qualquer tipo de felicidade. O que todos buscávamos, ainda mais que o sol, era um pouco de paz para guardar nas mãos e no coração.

Eu e meu marido nos casamos no gramado do lado de fora do observatório, no meio da noite. Meus pais e a mãe dele e um pastor estavam conosco. Usei o laço cor-de-rosa, que agora era só um brilho pequenino, uma trança no cabelo e um vestido branco longo, sem mangas, um vestido que rodava entre as pernas quando eu andava. Joshua usou seu melhor paletó, bem cortado, com linhas elegantes. Trocamos votos que fizemos há muito tempo, mas nunca pronunciamos, e os mantivemos para sempre.

IV

Havia uma nova vida entre nós. Senti aquela criatura pequenina e desconhecida no meu útero desde o começo.

Contei a Joshua quando estava na banheira, na manhã seguinte a uma noite de trabalho longa, a água ainda pelando de tão quente. O banho era uma das raras coisas que faziam minha pele lembrar do sol. Eu estava vermelha e sensível e macia. Meu marido estava em pé na entrada da porta, preenchendo o espaço de lado a lado, quase do chão ao teto. Ele sorriu, disse alguma coisa que fez minhas bochechas queimarem, minhas coxas se retesarem. Sempre que ele sorri fico acesa, como se estivesse perto de uma chama. Lembro da sensação de, quando era menina, deitar no sol, sentir aquele calor sagrado na pele. Virei a cabeça de lado e passei a mão pela superfície da água. Fiz pequenas ondas. Joshua estremeceu, tirou os sapatos gastos, depois as roupas, deixando-as numa pilha organizada no hall. Quando entrou na água de frente para mim, ele suspirou, sorriu de novo, e eu fiquei mais quente ainda. Encostei o dedão do pé em seu queixo e ele passou a bochecha, depois os lábios, pela sola enrugada. Meu cabelo grudou na face à medida que o vapor se ergueu à nossa volta. Ficamos olhando um para o outro por um bom tempo. Nunca me cansei de olhar para o seu rosto.

— Você está quieta demais — ele disse, finalmente.

Fiz um sinal com o dedo e o chamei para perto. Joshua se mexeu na banheira, um pouco d'água caiu no chão de azulejo. Flutuou na minha frente, a testa perto do meu queixo enquanto olhava para cima, ansioso. Segurei seu queixo, apertei. Respirei fundo. Havia um aperto estranho no meu peito, como se meu corpo tentasse guardar o segredo por mais um tempo.

Joshua se aconchegou no meu pescoço.
— Fale comigo. O que você quer contar?
— Fizemos um filho — eu falei, baixinho.
Ele ficou de joelhos, derramando mais água para fora da banheira. Joshua é um homem quieto, mas naquela noite sua expressão de alegria não tinha limite. Me senti mais livre e mais leve assim que empurrei as palavras para fora da boca. Falamos que íamos amar tanto nosso filho, que já amávamos nosso filho. Não parávamos de rir, nossas vozes subindo pelo pequeno espaço do cômodo. Quando saímos da água já um pouco fria, meu marido me embrulhou numa toalha macia e me levou para nossa cama. Fizemos amor. Não fomos delicados, mas fomos delicados. Ele adormeceu dentro de mim. Na manhã seguinte, acordei sentindo seus olhos em mim. Ele aninhou a mão embaixo dos meus seios e disse:
— Precisamos manter essa notícia entre nós o quanto pudermos.
Ficamos ainda mais próximos, ainda mais fortes porque tínhamos esse segredo perfeito e desesperado.
Eu e meu marido tentamos esconder minha barriga que crescia o máximo que conseguimos. Ficamos mais isolados do que nunca. Os habitantes da cidade não lidariam bem com nem um momento de felicidade de ninguém do mesmo sangue de Hiram Hightower. Embora os conselhos tivessem se dissolvido, ainda havia membros ativos. Quando uma ideia maluca entra na cabeça de um homem, quase nada pode tirá-la. O pai de Joshua bem nos ensinou. Aprendemos cada detalhe dessa lição.
Quando caminhávamos pela cidade na escuridão do dia, era difícil conter o cordão de alegria que nos mantinha ainda mais grudados. Escuridão nenhuma podia esconder uma coisa assim. Joshua me abraçava, os dedos segurando firme meu braço. Se qualquer homem ou mulher me olhasse por muito tempo com olhos maldosos, Joshua mostrava os dentes. Andávamos de cabeça erguida. Nossos passos eram fortes. Mantivemos nosso segredo até que um dia, quando ríamos e praticamente saltitávamos pelas passarelas de madeira como fazíamos na infância, um homem que não conhecíamos, um homem sentado na frente do Mercado Kershbaum, esticou a perna na minha frente.
— Filho do Rouba-Sol — ele sibilou.

Ele devia ter vergonha, era um homem fazendo uma provocação de criança. Não vi o ato maldoso que se aproximava. Desabei com tudo, sentindo onde os hematomas iam se formar nos meus joelhos e quadril, em todo lugar. Enquanto caía, olhei para Joshua com os olhos arregalados, o procurei, mas, mesmo que ambos tenham tentado, nossos dedos nunca de fato se encostaram. Pensei: "Meu bebê, meu bebê, meu bebê", mas tudo aconteceu rápido demais para que eu pensasse com clareza, para além da compreensão terrível do que poderíamos perder. Senti o chão, escorregadio de gelo, e protegi a barriga com os braços. Tudo doía, e respirar doía, e uma cólica forte surgiu no meio das minhas pernas. Tentei levantar, mas caí de novo, dessa vez batendo a cabeça. O mundo ficou nebuloso.

A raiva de Joshua, a raiva que ele carregou em silêncio por tantos anos, a raiva de perder o pai e de ver o sol desaparecer e de enfrentar os Corona oferecendo o próprio sangue, a raiva de viver a vida inteira num lugar onde todo mundo o culpava pela escuridão, aquela raiva se abriu ao meio e se esparramou pela rua coberta de gelo e pelas frestas das tábuas de madeira embaixo de nós. Joshua pegou um pedaço de gelo longo e claro de um canto da madeira. Lançou-se contra aquele homem mesquinho, segurando a ponta do gelo no pescoço dele. Chamei meu marido e ele parou. Jogou o pedaço de gelo no chão, onde se partiu em mil pedaços. Se tivesse sol, haveria milhares de pequenos prismas de luz. Com as mãos tremendo, vermelhas e provavelmente adormecidas, Joshua agarrou aquele homem, os lábios daquele homem se curvando num sorriso feio. Joshua ergueu aquele homem pequeno e infeliz bem alto e o sacudiu como se tentasse transformá-lo numa pessoa melhor.

— Ela está grávida! — meu marido berrou. — Como você tem coragem?

O homem empalideceu, ficou com a aparência doente, tentando resistir ao calor violento da raiva de Joshua. Tentei me concentrar, estiquei o braço, apertando os dedos no tornozelo de Joshua.

— A gente precisa de você — falei tão baixo que temi que ele não conseguisse ouvir.

Joshua soltou o homem, que saiu correndo, cambaleando de um lado para outro, deixando atrás dele um rastro que fedia a urina.

Meu marido me ergueu nos braços e correu três quarteirões até chegar ao hospital. Escondi meu rosto em seu peito, tremendo. Eu disse:

— Estou com tanto frio. Não deixe que nada nos aconteça.

Joshua chutou a porta do hospital e me colocou com cuidado numa mesa de avaliação. Me cobriu com cobertas grossas. Segurou minhas mãos. A dor afundou até os meus ossos. Amoleci quando o médico colocou uma luz brilhante sobre meu corpo. Estava tão sonolenta. Mergulhei num sono que não era sono de verdade.

Um tempo depois, quase dois dias, abri os olhos e vi uma sala com paredes brancas e uma janela comprida e, para lá da janela, o céu de uma tarde escura. Fechei os olhos de novo, suspirei, segurando a barriga com as mãos. Sorri e lembrei do passeio agradável que antecedeu a queda dura no chão impiedoso. Pensei: "Esse, afinal, é o preço que pagamos". Me ergui, enrijecida. A dor profunda voltou. Virei de lado devagar e vi Joshua, seu corpo grande esparramado numa cadeira minúscula ou numa cadeira que parecia minúscula embaixo de seu corpo volumoso. Tentei alcançá-lo, esfregando os dedos em seu joelho. Ele levantou na hora e chegou perto de mim, tirando o cabelo do meu rosto. Colocou as mãos nas minhas bochechas e beijou minha testa e meu nariz e minha testa e meu nariz. Ele sorriu e eu notei que tinha voltado a guardar sua raiva, e que talvez a raiva ocupasse menos espaço no peito agora que um pouco tinha escapado. Quando tentei falar, ele encostou um dedo nos meus lábios.

— Você está bem. Nosso bebê está bem — ele disse.

Pisquei, comecei a adormecer de novo agora que sabia que nosso mundo privado e feliz não ia acabar. Escorreguei um pouco e coloquei a mão no espaço vazio ao meu lado. Ouvi Joshua tirando os sapatos e subindo na cama comigo. Pôs a mão na minha. Seguramos juntos nosso bebê.

Quando saímos do hospital, quem passava ficava nos encarando, mas ninguém teve coragem de se aproximar ou de lançar qualquer palavra maldosa ao ar que nos envolvia. A raiva deles deixava o ar mais fino, mais frio. Não havia saída. A verdade era que eu e Joshua sentíamos uma verdadeira tristeza pela perda de todos, mas, depois de tantos anos, não tínhamos mais força para carregá-la conosco. Saímos do hospital e fomos buscar pão fresco, frutas e vinho, e fomos para casa, para o nosso pedacinho de mundo em que estávamos a salvo, em que nosso bebê estava a salvo, em que a felicidade estava a salvo. O sol nunca mais voltaria. Não havia sacrifício ou sangue derramado que devolveria o que Hiram Hightower tinha levado. Se o preço do sol era o sangue do nosso bebê, continuaríamos celebrando a escuridão.

<h2 style="text-align:center">V</h2>

Nossa filha nasceu no momento mais claro da noite, no começo do ano-novo. Nós a chamamos de Aurora. Quando souberam de seu nascimento, porque éramos observados, os Corona se reuniram, mas, porque ela era menina, decretaram que seria poupada.

Na verdade, a decisão não era deles.

Na manhã seguinte ao nascimento de Aurora, ficamos sentados com ela no deque que Joshua construiu. No canto mais distante do céu, dava para ver um ponto suave de cinza onde antes não havia nada além da memória negra do sol. O ar estava um pouco mais quente. Era esquisito. Joshua ficou em pé e segurou nossa filha diante desse brilho cinza, e mesmo duvidando que ela nos entendesse, contamos sobre dias em que o sol brilhava tão forte que escurecia nossa pele e cobria o mundo de luz.

Sempre soubemos que não íamos esconder nossa filha do mundo. Era impossível conter tanta alegria. Em tardes preguiçosas, dirigíamos até a cidade e caminhávamos ao longo das lâmpadas tremeluzentes, respirando seu cheiro doce. Nos deliciávamos com a escuridão que nos cobria, segurando firme o carrinho, sorrindo sem preocupação enquanto Aurora falava conosco na linguagem íntima que tentávamos entender.

Quando Aurora estava com nove meses, eu e ela ficamos na beira do que um dia foi um lago, mas, na ausência de sol, virou um corpo de água menor. O ponto suave de cinza tinha se iluminado e ganhado uma brancura pálida. Alguns dias, podíamos andar lá fora sem casaco ou blusa. Ninguém, em nenhum lugar, ousou dizer que a memória negra do sol tinha se tornado alguma coisa mais clara. Naquele dia, no lago, Joshua caminhou pela costa empoeirada, os braços esticados, sorrindo, fazendo uma dancinha boba. Eu e Aurora acenamos para ele, cantamos para ele. Por toda a costa, havia outras famílias aproveitando o dia, claro e fresco. Beijei a testa da bebê e sussurrei as palavras secretas das mães em seu rosto macio.

Uma mulher veio até mim, não muito mais velha que eu, uma mulher que tinha, como eu, conhecido o calor do sol quando era menina. Era magra e pálida e parecia pouco acostumada à alegria. Abracei Aurora mais forte. Minha filha murmurou alguma coisa, e eu sorri ainda mais. Essa mulher olhou para mim para e minha filha feliz e para meu marido feliz, que parou a dancinha boba e veio em nossa direção com cuidado nos olhos.

A mulher olhou para o céu escuro que não era mais tão escuro quanto antes.

Apontou para minha filha com um dedo magro, comprido.

— A vida da sua filha fez valer uma vida inteira de escuridão?

Compreendi sua raiva, que não era tanto raiva, mas mágoa. Quis dizer o que não ousávamos dizer, que o que já foi o sol poderia voltar a ser sol. Quis contar que o céu tinha ficado mais claro no dia em que minha bebê perfeita nasceu e que, com o tempo, o mundo seria claro de novo. Analisei essa mulher e pensei em que tipo de penitência eu poderia lhe oferecer enquanto ficávamos em pé na fresca ausência de luz. Em vez de falar, continuei em silêncio. Palavras não podem preencher com fé aqueles que não têm fé.

Olhei nos olhos da minha filha.

Não há nada mais luminoso.

Coisas nobres

Depois da segunda secessão do Sul e do aumento das tensões que levaram à Nova Guerra Civil, Parker Coles Johnson vi virou um novo homem. Estava cansado. Sentia falta de como as coisas eram antes, quando a vida era mais próspera do que ruim, e de quando dormia profundamente, embalado pela respiração da mulher e do filho. E sentia falta do *fast-food*, de morder uma batata frita e sentir uma lufada de vapor enchendo a boca, da gordura cobrindo a língua e dos grãos de sal que sentia nos dentes por horas.

Ele sabia que não devia perder tempo com uma coisa tão boba, mas era mais fácil do que pensar em tudo que ele, que todos tinham perdido. Todos os restaurantes de *fast-food* agora estavam vazios, a maioria interditada por conta das medidas de austeridade. Não havia espaço para a futilidade, não mais. Não era apropriado comprar comida num restaurante se você podia cozinhar em casa. Era o que estava escrito no artigo III ("Nossa União só pode se fortalecer se renunciarmos a tudo que seja supérfluo"), era o que valia.

Às vezes, dirigindo pela cidade à noite, Parker Coles Johnson via o estalido de uma pequena fogueira — marginais e dissidentes indo para o Norte, se esgueirando pela noite em becos escuros, tentando se aquecer. Tinha um bom coração, apesar das coisas que já tinha feito, então se perguntava como aquelas pessoas sobreviviam. Tentava não fazer pouco de sua sorte, ou do que parecia sorte, no Novo Sul. Tinha uma casa forte e uma cama quente. Sua mulher, Anna, estava deitada ao seu lado, dormindo profundamente ou, conforme ele desconfiava, fingindo que dormia profundamente para que ele não a cutucasse como sempre fazia quando não conseguia dormir.

Anna não era uma mulher fria, nada disso. Quando se conheceram, numa reunião municipal, ela foi corajosa, olhando para ele de um jeito que não deixava nenhuma dúvida sobre suas intenções. Aqueles olhos, castanho-escuros, intensos, foram a primeira coisa que Parker Coles Johnson notou, e só ficaram mais fortes depois que os mais velhos a disseram para se acalmar. Ela estava se rebelando contra uma medida que dizia que só homens e mulheres casadas podiam falar nas reuniões municipais. Medidas como essa eram criadas, mas quase nunca iam para a frente. As mulheres tinham sacrificado muita coisa na guerra e não iam mais ficar à margem, nunca mais.

Naquela reunião, Parker ficou em pé e todo mundo se virou para vê-lo, o filho mais novo do General, aquele que carregava o nome do General. Parker olhou para cada membro do conselho municipal e disse:

— Uma mulher tem o mesmo direito de falar que qualquer homem aqui, não importa se tem um parceiro ou não. Há coisas que não podemos e não devemos mudar. — Com isso ele acenou, ajeitou o casaco e voltou a sentar, o coração batendo tão forte que mal conseguia respirar.

Mais tarde, naquela mesma noite, Anna arranhou a porta de Parker com aquelas unhas compridas, e quando ele atendeu, passou por ele de um jeito tão suave e tão silencioso que Parker não teve certeza de que ela estava lá de verdade, até que se viu deitado na cama, de barriga para cima, segurando seus quadris com as mãos.

Anna não era mais tão suave ao toque. Virando de lado, Parker ficou olhando a curva delicada de seu ombro nu. Vagarosamente moveu a mão em sua direção, mas ela disse:

— Não — a voz saiu cortada e fina.

Anna estava com raiva e não havia muita coisa que Parker Coles Johnson pudesse fazer com aquela raiva, que já vinha se formando havia um bom tempo.

A família Johnson, eles eram sulistas de cabo a rabo. Algum de seu tata--alguma-coisa ou avô lutou na primeira Guerra Civil, assim como muitos outros parentes. Depois que o Sul caiu, eles perseveraram e prosperaram plantando tabaco, e teriam continuado nessa prosperidade não fosse pelas mudanças que ninguém podia prever. Anna também vinha de uma longa linhagem de sulistas, mas não tinha o mesmo carinho por sua origem. Depois que ergueram a cerca ao longo da linha Mason-Dixon, a maior parte da família de Anna correu para o Norte. Muitos de seus parentes amavam pessoas de pele escura e tinham filhos de pele escura para tolerar as mudanças a caminho, artigo II ("Nossa União só pode se fortalecer se a ascendência do nosso povo puder ser comprovada"). A família de Anna partiu três meses depois de Anna e Parker se conhecerem, e agora, quase uma década depois, ela sentia saudade das pessoas de seu sangue, do vigor de suas vozes, das mãos da mãe.

A discussão que não deixava Parker dormir tinha acabado quando Anna disse:

— Não acho justo pagar o preço que pago por te amar, e não sei por quanto mais tempo estou disposta a pagar.

Sua voz estava tão fraca que Parker ficou arrepiado.

Ele não era contrário à ideia de seguir Anna a qualquer lugar, e odiava o que o Sul tinha se tornado. A ascensão era íngreme, mais íngreme do que qualquer um tinha imaginado. No bar com os amigos — o álcool, diferente do *fast-food*, era considerado uma necessidade —, Parker ouvia todas as reclamações. Ele cerrava os dentes e esperava que os amigos não pensassem que ele sentia a mesma coisa.

— Você continua aqui — Anna gostava de dizer. — Por que as pessoas não pensariam que você concorda?

E Parker se afastava porque também odiava a precisão de suas críticas quando sua mulher tinha razão.

O problema era seu pai, o general Parker Coles Johnson V, que uma vez liderou o Exército dos Estados Confederados do Sul, um exército improvisado com as bases militares abaixo da linha Mason-Dixon e nada mais. O General, como sua família sempre o chamou com muito pouco carinho, algum medo e um respeito rancoroso, esperava que as pessoas de *seu* sangue soubessem seu lugar e mantivessem a postura, embora viessem atrás dele. Às vezes, no jantar de domingo, Parker conseguia sentir o olhar do General, como se o pai de algum jeito soubesse que o amor e as coisas bem mais triviais, como as batatas fritas, estavam puxando o coração de Parker para o Norte.

De manhã, Parker abriu os olhos e sentiu um arrepio, a cama fria e vazia. A casa estava em silêncio; o ar, parado. Ele saiu da cama devagar, o corpo tomado por dores familiares, e encontrou Anna no banheiro, passando lápis na parte inferior do olho. As mulheres do Sul nem precisavam mais de maquiagem, já que o hábito de pintar o rosto havia sido considerado uma futilidade extremamente custosa, e o dinheiro precisava ser direcionado para os esforços de reconstrução, mas Anna não ia deixar de embelezar o rosto, e, pela graça do nome do marido, ninguém ia dar um pio.

Parker ficou atrás da mulher, massageando seus ombros, beijando os cabelos de sua nuca, que tinham um cheiro limpo e doce. Ela o observou no espelho do banheiro.

— Não estou animada para o jantar na casa de seu pai hoje à noite. E essa cerimônia, para quê?

Ele suspirou, concordou. Parker esfregou com cuidado a grossa cicatriz que ficava do lado esquerdo do peito, um círculo horrível de tecido morto.

— Mas você vem?

Anna colocou o lápis de olho, um produto do contrabando da sua família que morava no Norte, na pia.

— Em algum momento deixei de estar ao seu lado?

Ela fez uma careta, sacudiu a cabeça olhando para o reflexo do marido e saiu do banheiro.

Havia o menino, Parker Coles Johnson VII, assim chamado, como Anna concordou com má vontade, por conta do nome do pai e só depois disso por ser o nome de outros homens que vieram antes. Tinha herdado o jeito tanto da mãe quanto do pai — um menino esperto, mais esperto do que as outras pessoas estavam habituadas. Muitas vezes seu filho deixava as pessoas desconfortáveis quando falava, eram muitas perguntas, todas incisivas e bem formuladas. Quando o menino tinha oito anos, Parker ficou com ele estudando um mapa para um projeto de geografia. Havia os Territórios do Oeste, uma região seca cheia de gente que não percebia que a água vinha de Michigan e agora pagava preços exorbitantes para matar a sede, e a República do Texas, que em breve seria incorporada pelo México. Os Estados Confederados do Norte abrangiam basicamente todos os estados que não se separaram, espalhados por boa parte do país, pulando a maior parte do Oeste e incluindo a Califórnia e o Havaí. E então havia a Flórida, agora uma colônia de Cuba, onde aqueles que podiam pagar iam em busca de férias ensolaradas e coquetéis de fruta e comida apimentada. O menino apontou para os vários territórios que costumavam ser os Estados Unidos, o rosto contorcido de concentração.

— Por que todos esses estados não ficam juntos? — perguntou.

Parker sentiu uma onda de orgulho rapidamente seguida pela vergonha.

— Eles ficavam — Parker disse, apertando os ombros do filho. — Deviam ficar.

Parker explicou que um dia houve uma eleição e pessoas de mente fechada não aceitaram o homem que ganhou, e aí veio a revolta e depois as petições e depois decisões terríveis — pedidos de secessão, recusas de Washington, tensões crescentes, uma guerra para forçar a secessão, o muro que se ergueu, tudo indo para o inferno só de um lado do muro, anulando qualquer vitória que viesse. Foi tudo tão rápido que nem parecia real, até que a guerra começou e era real demais, e depois a guerra acabou e não restava mais nada a salvar, que é o que sempre acontece quando homens insensatos tomam decisões insensatas, arrogantes.

O menino balançou a cabeça, contornando a fronteira do Colorado com o dedo.

— Os estados deviam se unir de novo. Devíamos pedir para o vovô fazer isso — disse, com a certeza que só as crianças têm em relação às pessoas nas quais confiam.

Pouco tempo depois, Parker e Anna mandaram o filho para longe. As fronteiras foram reabertas depois da guerra, embora as grades tenham ficado. Por um certo preço, qualquer um podia ir ao Norte ou vir ao Sul, apesar de geralmente todos irem a só uma direção. O menino estava com os pais de Anna, agora já há um ano, porque Anna não ia deixar que um filho seu aprendesse o tipo de bobagem que andavam ensinando no Sul. Ele era muito esperto para aquilo, muito bom, e nesse sentido ela e Parker não discordavam. Falavam com o filho uma vez por semana por chamada de vídeo, viam como ele crescia em seu corpo de menino — longo e magro —, mas ainda era um menino. Toda semana Anna prometia ao filho que o veriam logo, e Parker concordava em silêncio, desviando o olhar porque não tinha coragem de encarar os olhos do filho.

O único cômodo da casa com fotos do menino era seu quarto, uma espécie de santuário da criança, todos os pertences esperando pacientemente seu retorno. Parker encontrou Anna na cama do filho, deitada de lado, com o travesseiro do menino encostado no rosto. Sem levantar a cabeça, ela disse:

— Ainda tem o cheiro dele. Me deixe sozinha, por favor.

Não havia raiva em sua voz, só exaustão, e isso aterrorizou Parker mais do que a raiva de Anna jamais poderia.

Parker quis dizer alguma coisa, mas não conseguiu. A boca ficou seca e azeda. O peito doía. E então ele ficou com raiva porque nada disso era sua culpa e porque não podia fazer nada a respeito. Deu um soco na cômoda do filho.

— Não vou viver assim, com minha mulher me odiando na minha própria casa.

Anna tirou o travesseiro do rosto.

— Então não viva — ela disse.

Sua ameaça era quase vazia. Desde o início eles tiveram uma coisa forte, uma coisa que ia além de tudo que conheceram antes. Anna gostava da natureza silenciosa de Parker, a calma cuidadosa de suas crenças. Parker amava sua força, seu jeito indomável. Ele já tinha visto mais do que gostaria o que acontecia com mulheres que baixavam a cabeça demais aos homens que amavam — sua mãe, as mulheres com quem os irmãos se casaram, o jeito como pareciam diminuir a cada ano. Ele não queria uma mulher pequena, não assim. Durante aqueles primeiros meses, quando Anna entrava sorrateira em sua casa toda noite, quando se atracavam como se os corpos fossem mais carne do que osso, ele disse: "Nunca fique pequena", e ela disse: "Nunca seria capaz".

Marido e mulher se evitaram pelo resto do dia. Ambos estavam dentro de casa, mas a casa parecia vazia, muda, como se Anna não quisesse nem mesmo dar a Parker o prazer de ouvi-la se mexer e murmurar. Quando refletiu sobre o humor da mulher, Parker pensou, sem nenhum orgulho, que ela estava maior do que nunca — era pequena na estatura, mas sabia ocupar espaço.

Na igreja, Parker sentou lá na frente com a família — mãe, pai, irmãos, suas mulheres e filhos. Ficou sentado com tanta rigidez que suas costas pulsavam quando o pastor terminou o sermão sobre liberdade e fé e a bondade da guerra. Depois, quando ficou perto dos pais, Parker ignorou as perguntas sobre Anna e seus compromissos. Não eram muitos. As pessoas da cidade não entendiam Anna e em geral a viam como ateia, uma denominação que ela até apreciava, porque entendia que, naquela comunidade, ser ateia era ter a própria cabeça. Voltando para a casa da família, Parker vestiu calça jeans e uma camisa de flanela e levou os sobrinhos para pescar, embora não tenham pescado nada. Tentou não pensar em pescar com o filho, no jeito como seu menino olhava para a água concentrado e esperava que sua vontade por si só trouxesse os peixes ao anzol.

Às seis em ponto, Anna chegou à casa de seus pais com um vestido azul, o cabelo amarrado no alto da cabeça, a boca coberta pelo batom vermelho vivo que a sogra odiava. Quando a recebeu na porta, Parker colocou a mão em suas costas e sussurrou:

— Obrigado por vir.

Ela o olhou, segurou o olhar, mas não sorriu.

O jantar era um negócio solene, o General tagarelando sobre as medidas de austeridade e dizendo que faltava austeridade, que as pessoas estavam ficando relaxadas, moles mesmo, que se nada desse certo o Sul seria invadido pelo lixo do Norte novamente, porque a fronteira estava prestes a cair. Parker revirava a comida, queria comer alguma coisa que não fosse só nutritiva. Lembrava dos pedacinhos de cebola artificial do Big Mac, de como eram crocantes nos dentes. Anna mal tentava esconder o desdém. Quando ela disse "o Sul precisa ser invadido para que as coisas voltem ao lugar", Parker ficou olhando para o prato, pigarreou discretamente, se perguntou quando tinha se transformado num homem que olhava para o chão em vez de erguer a cabeça. Todos pararam de comer e olharam para Anna, e ela ficou olhando de volta. Parker se sentiu orgulhoso, como sempre se sentia. Sua mulher não tinha medo de nada. O General começou a responder, mas depois parou. Tomou um gole de vinho tinto, manchando a boca e os dentes e a língua.

Quando Parker estava em casa novamente, sozinho na cama, sentiu dor na perna direita. Os estilhaços de bala ainda se escondiam embaixo da pele que cobria a coxa, alojados logo acima dos músculos. Ao andar, ele sentia os fragmentos de metal e tinha vontade de fazer um corte e arrancá-los. Tinha aprendido a conviver com a dor, mas, ultimamente, numa cama fria sem uma mulher quente, a dor era demais, viva demais, um fardo que ele carregava por culpa das decisões de outros homens.

Durante a guerra, Parker foi um filho obediente. Os homens da família eram assim, embora esse tipo de obediência não fosse o que ele desejava para seu próprio filho. No dia que seguiu viagem com o pai e os irmãos, Anna ficou na varanda, o cabelo indomado, os olhos indomados, a voz indomada. Ela não se deixaria controlar. Encarou o General. Dirigiu-lhe a palavra pelo nome completo. Disse:

— Parker Coles Johnson QUINTO, faça o favor de trazer este homem de volta para mim são e salvo.

O General piscou. Ninguém o chamava de outra coisa a não ser General ou Senhor, e com certeza nenhuma mulher. O General ficou tão desconcertado que tirou o chapéu e o segurou contra o peito. Ele disse:

— Sim, senhora.

Enquanto andavam até o veículo, o General virou para o filho e disse:

— Não faça de mim um mentiroso, filho.

Foi uma viagem longa — feita principalmente de proteção à fronteira com Maryland. Parker nunca soube com certeza se a ideia era manter pessoas dentro ou fora, ou se entendia o objetivo daquilo tudo. Ele ficou acampado com os irmãos na barraca ao lado da do pai. Estava cercado o tempo todo pelo fedor dos homens, suas vozes ásperas. Quase não suportava pensar na casa conservada por Anna, nos sabonetinhos que cheiravam a lavanda e algodão, e na comida que ela fazia — sabores tão estranhos de lugares que ele talvez nunca conhecesse, mas adoraria conhecer.

Todos os dias os Coles, como eram chamados, iam para a patrulha. Eram os filhos de um general. Faziam trabalho útil e eram bons nesse trabalho útil, mas sua atuação não envolvia nada que pudesse levá-los à morte, nada que os impedisse de voltar para casa e para as mulheres que os esperavam. Daqueles longos três anos, Parker se lembra principalmente do tédio, de andar por aí em jipes enferrujados, de ficar em silêncio ouvindo os irmãos matraqueando sobre coisas para as quais ele não dava a mínima. Era raro que usassem suas armas para qualquer coisa que não fosse tiro ao alvo ou caça.

Parker pensava em Anna, no cheiro fermentado que ela tinha de manhã. Pensava nas formas de seu corpo, na inteligência que o assustava, nas cartas que ela escrevia — curtas, quase bruscas, mas capazes de assegurar que ela o estava esperando, que ainda o amava. Em uma Anna que dizia: "Não deixe que eu me destrua por te amar".

Os soldados dormiam com os rifles posicionados ao lado do colchão. Quando não conseguia dormir, Parker ficava de barriga para cima, segurando o rifle no peito por baixo do cobertor grosso de lã, sussurrando:

— Este é o meu rifle. Tem muitos iguais a ele, mas este é meu.

Pronunciava essas palavras e ria porque as palavras não faziam sentido, nenhum sentido. O rifle era só um pedaço de metal, uma coisa pesada, uma coisa que matava.

Parker sabia atirar direto e reto. Não tinha medo de arma. Tinha caçado com o pai e os irmãos desde que era da altura do joelho de um adulto, o General radiante ao ver seus meninos derrubando todo tipo de animal selvagem, batendo em seus ombrinhos com suas mãos grandes e calejadas. Parker sabia segurar a coronha do rifle junto ao ombro do jeito certo, sabia soltar o ar vagarosamente na hora de tirar o dedo do gatilho, sabia analisar o vento e a condição do ar para avaliar o trajeto que a bala faria. Sabia que a bala podia rasgar um corpo e deixar um homem arregaçado, sangrando. Já tinha visto isso acontecer. Já tinha feito acontecer, então, quando aconteceu com ele durante uma varredura com os irmãos perto do rio Potomac, não sentiu raiva. Coisas terríveis aconteciam com os homens na guerra.

Ele não chegou a ver os soldados do Norte ressurgindo da batalha. Estava com a cabeça muito longe, e de repente entrou de uma vez no próprio corpo, direto no chão, agarrando a perna, gritando. Gritou tanto que cuspiu sangue. Tinha uma bala em algum lugar do ombro, conseguia senti-la queimando de dentro para fora, e uma em algum lugar do peito, e duas, talvez, na perna. Os irmãos se inclinaram sobre ele, tentaram desesperadamente estancar o sangramento, perfuraram seu corpo com uma injeção de morfina. Thom, o mais velho, murmurou:

— O General vai matar a gente.

William, o segundo mais velho, ficou atirando no espaço vazio, nem cheiro dos soldados inimigos, tinham ido embora num piscar de olhos. Enquanto os Coles esperavam o socorro, Parker virou a cabeça para o lado. Sentia dor no corpo inteiro, mas já havia gritado o que tinha para gritar, a morfina finalmente ia fazendo seu trabalho e anestesiando tudo. Ficou olhando para a água do Potomac, espessa de tanto lodo, o lixo balançando suave pela superfície. Pensou nas palavras da mulher — "Não deixe que eu me destrua".

O General levou Parker para casa por conta própria, tirou uma licença de uma semana para fazer isso e para ver sua mulher, que, depois de passar a vida toda casada com um militar, já tinha esperado por um tempo maior que seu limite. No caminho, na ambulância, o General contou por que havia dado seu nome ao filho caçula.

— Olhei para você — o General disse —, e era tão absurdamente pequeno que tive medo de tocá-lo, mas você esticou a mãozinha e agarrou meu dedo e o segurou com muita força. "Esse menino vai poder carregar o peso do meu nome", pensei comigo. E eu tinha razão. — A voz do General falhou e ele segurou o braço de Parker. — Eu tinha razão — repetiu em voz baixa.

Quando entraram na garagem, Anna desceu correndo as escadas da varanda e alcançou a ambulância. Levou a mão ao peito. Parecia muito jovem. Parker tentou ficar sentado, tentou falar, mas estava tão cansado, a boca seca e a língua grossa. Anna tratou o marido com gentileza. Arrumou o cabelo suado de sua testa. Encostou os lábios no dele, mesmo que estivessem secos e partidos. Sussurrou "eu te amo" em seu ouvido, seu hálito fazendo cócegas no corpo dele. Anna o olhou de cima a baixo, e quando decidiu que podia viver com o homem que o General tinha lhe trazido de volta, orientou os médicos a levarem Parker para dentro.

Quando o General foi atrás, Anna o impediu, sua mão pequena encostada no peito do homem mais velho, os dedos transformados em garras.

— Você não é bem-vindo na minha casa — ela disse. — Você não cumpriu sua promessa.

O General não discutiu, só inclinou a borda do chapéu e olhou para além de Anna, surpreso que seu filho mais quieto tivesse acabado com uma mulher como ela. Anna seguiu a maca do marido até entrarem na casa, e Parker lhe deu um sorriso pálido.

Antes de ser baleado, Parker não havia entrado em contato com nenhuma fragilidade de Anna, mas, naquela primeira noite em casa, com sua mulher sentada na cama ao seu lado, Parker pensou que ela talvez se despedaçasse ao toque. Estava com um ar solene. Colocou a mão em seu peito, perto dos curativos, e disse:

— Chega de obedecer a seu pai.

Parker pegou sua mão e concordou. A guerra acabou logo depois, e mais tarde o filho de Parker e Anna foi concebido e nasceu, e a vida continuou, mas a maioria dos homens do Sul continuou andando por aí com a sensação de que devia travar alguma batalha, mas sem saber exatamente qual.

De manhã, Anna ficou em pé na entrada do quarto do casal. "Está na hora", ela disse, e Parker se ergueu vagarosamente, limpou os olhos, desejou um copo de água gelada, mas sabia que não devia pedir. Seguiu Anna até o escritório, mancando de forma mais pronunciada depois de uma noite maldormida, e sentaram lado a lado. Fizeram a cara feliz que sabiam que o filho queria ver. Quando a chamada de vídeo começou e viram o menino na tela, os olhos brilhantes, o cabelo ficando comprido em volta do rosto, Anna mordeu o lábio inferior e agarrou a coxa de Parker, a pior das duas, e ele estremeceu com a sensação do estilhaço se movendo e perfurando de novo o músculo. Parker rangeu os dentes e forçou um sorriso maior ainda. Escutaram o filho falar sobre tudo que tinha aprendido na escola, sobre três professores que eram bem chatos, a nova amiga que ele adorava mesmo sendo uma menina, um experimento que estava fazendo com a geladeira, o parque que tinha conhecido com os avós.

— Quando vou ver vocês? — Sétimo, como o chamavam, perguntou.

Parker esticou o braço para tocar o monitor, mas desviou o olhar.

— Logo, filho. Logo.

Sétimo concordou, temporariamente satisfeito com a resposta que não era bem uma resposta. Quando a chamada acabou, Anna e Parker continuaram sentados; não se moveram.

— Nosso filho está cada dia mais parecido com você — Anna disse.

— Fico feliz. Você é um homem bonito, apesar de ser irritante.

Parker não soube o que dizer, mas sentiu uma onda de vaidade e sorriu. Esticou as pernas e estalou as juntas dos dedos.

Anna cutucou Parker.

— Lembra de quando Sétimo nasceu? Uma criaturinha tão estranha, todo vermelho e amassado, totalmente irreconhecível. Fiquei tão assustada. Não sei se alguma outra criança foi observada por tanto tempo sem ter feito nada.

Parker deu risada.

— O menino cabia na minha mão quando o trouxemos para casa. Não conseguia acreditar que tínhamos feito aquela criança. Também sinto falta dele, Anna. Sinto mais falta do que consigo dizer.

Anna cruzou as pernas e se virou para ver o marido.

— Fizemos essa criança e chegou a hora de ficar com ela. Você, eu, Sétimo, não faz sentido ficarmos separados. Passar o resto da vida sem ele... Isso me faria ficar pequena. Você precisa escolher.

Um zumbido alto veio de algum lugar, ele não sabia de onde. Parker coçou o queixo, a barba fazendo um som de lixa em contato com os dedos.

— Adoro o jeito como as pessoas falam lá na Flórida. Sinto falta. Sinto falta do sol.

O casamento deles havia sido realizado na terra do pai de Parker, uma grande cerimônia, todos vestidos de forma luxuosa, muita comida, muita bebida. Eles até dançaram. Por uma noite não houve austeridade. Embaixo de um arco de luzinhas brancas, o mundo parecia ser o que sempre foi. O General fez um brinde ao jovem casal, brindou até à sua mulher e aos seus muitos anos juntos, no que foi sua demonstração de afeto máxima. A mãe de Parker ficou ruborizada com a atenção do marido, e pelo resto da noite seu riso preencheu o espaço como se ali fosse seu próprio casamento.

Os recém-casados foram à Flórida para a lua de mel. Miami. Estava quente, e Anna adorou. Muita gente falava espanhol, e Anna adorou porque também falava. Parker ficou perdido, mas Anna sempre estava por perto, mostrando que ele sabia muito pouco do mundo sem fazê-lo se sentir inferior. Durante o dia, ficavam sentados à beira de um oceano cintilante de água azul, Anna num biquíni minúsculo que revelava muito do seu corpo, Parker de bermuda, sem camisa. Aproveitar o calor era puro hedonismo, e eles eram hedonistas sem culpa. Corriam na areia e mergulhavam na água. Bebiam rum, muito rum, e comiam frutas embebidas em rum e comida apimentada. À noite, dançavam músicas de antes da guerra, das quais Parker já nem se lembrava. Ele adorava o jeito como o som do baixo batia no peito, o jeito com que ele e a mulher suavam juntos e se mexiam juntos. De volta ao quarto do hotel, depois da terceira noite dançando, Parker deitou com a cabeça na barriga de Anna enquanto ela massageava seu couro cabeludo. Ela disse:

— Podíamos ficar aqui, você sabe. Podíamos desistir de ir embora.

Anos depois, Parker percebeu que devia ter dito sim, mas, naquela noite, no meio de tanta felicidade, ele beijou a palma da mão da mulher; não disse nada.

No escritório, no silêncio da casa quase vazia e tão distante da alegria que um dia sentiram, Parker se aproximou da mulher e a puxou para o chão. A princípio, ela recusou, afastou as mãos dele com tapas, retorcendo o corpo para se desvencilhar, mas ele disse "não me rejeite", e ela parou de se mexer. Anna envolveu o rosto de Parker com as duas mãos, esfregando os polegares em suas bochechas.

— Eu poderia dizer o mesmo — ela disse.

Ele a despiu devagar, apertando com os dentes cada pedaço que se revelava, encaixando ali uma afirmação, deixando uma marca. Anna se ergueu para alcançar o marido e assumiu uma postura punitiva, os ossos dos quadris de ambos se chocando uns contra os outros. Queriam machucar o outro com a intensidade que se amavam. Era o que precisavam e exigiam um do outro.

Depois ficaram sentados no balanço da varanda, enrolados em cobertores, bebendo uísque em potes de vidro. A noite estava calma e clara; a lua, alta; a rua, vazia; seus corpos, moles.

Parker bebeu um longo gole, o uísque lhe queimando a garganta.

— Nunca pensei que acabaria assim. Nunca pensei que levaria tanto tempo.

Anna se apoiou no ombro de Parker e fechou os olhos.

— A arrogância mexe com o tempo — ela disse. — E a arrogância burra é pior ainda.

— Será que sou um homem burro e arrogante?

Anna se afastou.

— Hoje não vamos dormir ouvindo a respiração do nosso filho. Você não é burro, mas é arrogante.

Parker pegou a mão da mulher e Anna deixou que demonstrasse esse afeto. Ele delineou seus dedos com movimentos circulares.

— Quando era criança, eu não entendia aquele homem que era o meu pai, mas ele sempre estava por perto, com uma presença tão forte sobre mim e meus irmãos, fazendo com que tivéssemos temor a Deus. Ele sempre dizia: "Um homem fica perto de casa e perto de seu sangue, porque é ali que ele faz seu melhor".

Um vento frio invadiu a varanda, sacudindo o balanço delicadamente. Anna voltou aos braços de Parker.

— Não estou dizendo que seu pai não tem razão, mas não estou dizendo que tem razão, e se o que seu pai diz é verdade, temos que pensar no nosso sangue, nosso filho, nosso sangue, nossa família.

— A primeira vez que te vi...

— Não — Anna disse, firme, colocando dois dedos nos lábios de Parker. — Essas memórias não vão nos ajudar. É aqui que estamos agora.

Parker soltou um grunhido, bebeu mais um gole de uísque. Anna também bebeu, e os dois continuaram sentados, quietos.

Na manhã seguinte, Parker levantou antes que o sol nascesse, vestiu as roupas de corrida e correu até a casa dos pais. Quando chegou ao hall de entrada, estava completamente suado, o cabelo grudando na testa, no pescoço. O General detestava desleixo e Parker detestava saber tudo que o General detestava. Encontrou o pai na cozinha, sentado à mesa com uma xícara de café aguado, olhando para o nada. O General levantou a cabeça quando o filho caçula entrou.

— Não posso comentar seus trajes, mas ao menos você está em forma. A disciplina militar tem suas vantagens, não acha?

Havia uma pequena poça de café embaixo da garrafa que estava no balcão, e Parker serviu-se de uma caneca antes de sentar de frente para o pai.

— Precisamos conversar, papai.

O General olhou para cima, seus traços endurecidos como sempre foram. A guerra muda os homens, como dizem, e muitas guerras mudam muito um homem. O General era um homem que tinha passado por muitas coisas em viagens ao Iraque, Afeganistão, Irã e aqui, nesta terra que ele chamava de casa. Era horrível precisar derramar sangue na terra que segura suas raízes, mas não havia escolha quando a alternativa era não derramar sangue e entregar a mesma terra àqueles que não respeitam história, origem, legado. Era isso que o General repetia a si mesmo agora que a guerra tinha acabado e muito pouco havia mudado.

— Não estou interessado em nenhuma conversa que você queira começar a esta hora do dia, chegando aqui escondido de madrugada.

— Não estou me escondendo — Parker disse, calmamente. — Anna...

O General bateu com o punho na mesa, derrubando a tampa de vidro do açucareiro e um rastro de açúcar, que Parker começou a juntar, sentindo os grãos com os dedos.

— Não venha até mim e comece a falar usando o nome dessa mulher. Fale por si mesmo. Ela com toda a certeza falaria por si mesma.

— Não podemos ficar. Sou filho, mas também sou pai, e um ano longe do meu menino é tempo demais.

— Traga o menino de volta. O lugar dele é aqui, conosco. Esta terra, esta é a terra dele. A história dele está nesta terra.

— Não quero que ele passe o resto da vida desse jeito, vivendo uma mentira em que não acredito.

— Nossa família defendeu e construiu esta terra desde antes deste lugar ter nome. Você não pode deixar isso para trás. Não lhe dei meu nome para que você fugisse com ele.

Parker passou a mão pelo cabelo e ficou em pé.

— Não estou fugindo.

O General encolheu os ombros, depois se afastou.

— Não sei o que quer que eu diga.

Parker se aproximou do pai devagar, apertou o ombro do homem.

— Não quero que diga nada. Só estou lhe dizendo como as coisas vão ficar.

O General grunhiu e os dois homens ficaram em silêncio, juntos, por um bom tempo.

Enquanto corria para casa, Parker repetia: "Não estou fugindo". Repetiu até que a boca ficasse seca e os dentes ficassem secos e fosse dolorido pronunciar as palavras.

Todo dia, quando acordava, Anna lembrava do dia em que ela e Parker mandaram o filho para longe. Lembrava de arrumar suas roupas — uma camisa de botão, branca com listras cinza, e uma calça jeans gasta que ela tinha costurado havia pouco tempo. Lembrava de fazer a última mala, tentando colocar alguma parte importante de si mesma junto das roupas e dos livros, um boneco, um mapa de seu novo mundo, porque ele adorava mapas, adorava conhecer a geografia das coisas. Sétimo não queria ir embora, mas sua tristeza era a tristeza digna de uma criança que entendia a complexidade da decisão que os pais haviam tomado por ele. Eles tinham ficado na plataforma de trem, e Parker agarrou o ombro do filho com tanta força que o menino estremeceu, mas não disse nada.

Anna não parava de tirar o cabelo de Sétimo do rosto, de arrumar a gola de sua camisa. Colocou o passaporte no bolso da camisa do filho e o casaco em volta de seus ombros. Beijou-lhe a testa e disse:

— Seja gentil com seus avós. Não esqueça da gente. Não esqueça de mim.

E depois foi esperar no carro, dizendo "agora é com você" a Parker.

Ele nunca soube se isso foi uma punição ou uma bênção, porque, sozinho com o filho enquanto os trilhos do trem zumbiam com a eletricidade, ele chorou e o abraçou, e respirou fundo, tentando trazer para dentro de si o cheiro do menino. Parker ficou olhando o trem se afastar, Sétimo observava o pai pela janelinha, a mão colada no vidro. Bem depois da partida do trem, Parker continuou na plataforma, as pernas travadas. Não conseguia parar de chorar, não queria que sua mulher o visse tão arrasado. Anna acabou vendo, porque foi procurá-lo. Ela disse:

— Coitado do meu amor. — Ela o envolveu com os braços, sob o casaco. — Foi a coisa certa a fazer.

Esperando Parker voltar de sua corrida, Anna ficou olhando para o teto e disse:

— Estou longe do meu filho há trezentos e oitenta e nove dias.

Esse era o mantra que ela repetia toda amanhã enquanto pensava no último momento em que teve o filho nos braços. Logo ela iria embora. Não queria deixar Parker, mas ia deixar. Rezou para que isso não fosse necessário, mas tinha planejado tudo e estava pronta. Só precisava ficar em paz com seu coração.

— É só isso que preciso fazer — ela murmurou no travesseiro.

Anna virou de lado, encostou os joelhos no peito. Pensou nas malas escondidas nos armários, abarrotadas das coisas que havia se convencido de que precisava. Anna repetia: "Não estou fugindo." Repetiu até que a boca ficasse seca e os dentes ficassem secos e fosse dolorido pronunciar as palavras.

À noite, quando se deitaram, com o máximo dos corpos encostados, Anna e Parker conversaram sobre tudo aquilo que só podiam falar um com o outro. Tentaram lembrar de como era antes, quando eram crianças e só havia um lugar para chamar de casa, um país, a bandeira ondulando nos dias de vento na frente das casas, em todas as ruas — listras vermelhas e brancas, cinquenta estrelas, uma nação, indivisível até que não fosse mais, como tudo aquilo desabou tão rápido.

Outros deuses

Há coisas a meu respeito que você não conhece. Não são coisas sem importância. Acordamos hoje de manhã e, antes de sair da cama, você beijou meu ombro. Eu ainda conseguia sentir seu cheiro, que ficou na minha pele ontem à noite. Você tirou uma caixinha de veludo vermelho de debaixo do seu travesseiro e a colocou na minha barriga, disse que eu não podia dizer não. Abri a caixa e vi um prisma de luz brilhante, então enfiei a caixa sob meu travesseiro, virei a cabeça. Sorri no meio dos lençóis, tentei controlar a respiração, ficar deitada imóvel. Você bufou e saiu da cama e bateu o pé pela casa, resmungando coisas que queria que eu ouvisse sobre compromisso e paciência e limites de cada um. Depois que se vestiu, você me beijou na testa e foi para o trabalho, mas antes de fechar a porta gritou: "Você é inacreditável, porra!". Isso me emocionou. Adoro quando você fala palavrão. Esse foi seu quinto pedido de casamento em quatro anos; entendo sua frustração. Da primeira vez te dei um tapa. Deixei uma marca. Peço desculpas. Em minha defesa, eu estava com raiva por você querer entregar o resto da sua vida a mim.

Minha mãe é muito rancorosa. Até hoje ela é capaz de detalhar tudo que lhe fizeram. Uma vez ela me disse para nunca esquecer nada. Disse que não existe essa coisa de perdão. Aí me relembrou da vez em que eu estava na quinta série e errei uma resposta da tarefa de casa, depois enfiei a folha com as correções da professora no assento do ônibus porque sabia que meus pais não iam gostar. Ela disse que ficou muito triste por ver que uma criança de seis anos conseguia entender a mentira.

Nossa vizinhança ficava no meio de uma vasta floresta de árvores decíduas. Aprendi a palavra *decídua* na sexta série. É um dos pequenos conhecimentos que guardei porque adoro o significado da palavra, do jeito como as árvores decíduas se livram das coisas de que não precisam mais, das coisas que cumpriram seu propósito. Passávamos muito tempo na mata. Fazíamos explorações e inventávamos mapas e criávamos lugares secretos que servissem de esconderijo. Ficamos mais velhos e a floresta foi deixando de ser um lugar de descoberta. Nos escondíamos entre os troncos grossos das árvores, embaixo das enormes copas cheias de folhas. Fumávamos e bebíamos Mad Dog 20/20 e com orgulho de ser o pior tipo de clichê suburbano. Também aprendi a palavra *dendrocronologia* — que é a análise dos padrões formados pelos círculos dos troncos para saber tudo que aconteceu a uma árvore. É assim que amo você. Vou desfazendo minha pele, camada por camada, para que você finalmente saiba tudo que tenho dentro de mim.

Meu primeiro namorado foi um menino bonito chamado Steven Winthrop. Ele tinha um irmão mais velho que estudava em Harvard. Steven adorava usar um moletom de Harvard para ir à escola, por cima de uma camisa polo com a gola à mostra. Ele tinha o cabelo loiro e comprido e deixava a franja cair em cima dos olhos. Sempre que ele me olhava com o cabelo na cara, com os olhos verdes perfeitos, eu pensava que talvez o amasse. Morávamos num pequeno loteamento de vinte e quatro casas coloniais, todas construídas há menos de uma década. Meu pai, um historiador, achava desagradável essa sobreposição de novo e velho. Chamava nossa vizinhança de simulacro, dizia que tudo ali era falso e construído. Minha mãe revirava os olhos quando ele dizia esse tipo de coisa. Ela dizia: "Mas olha só onde estamos", e ele resmungava e ia para seu escritório todo arrumado para avaliar e lamentar a falta de conhecimento dos universitários.

O homem que veio antes de você certa vez compartilhou a receita dele da refeição perfeita para um encontro. Dizia que precisava ser comida simples com um gosto incrível. Você não tem nada a ver com ele. Ele dizia que as mulheres ficavam tão impressionadas com a comida que não só transavam com ele como também lavavam a louça. Separe dois filés de costela bem grossos, bem marmorizados de gordura. Tempere à vontade com sal marinho grosso e pimenta-do-reino moída na hora. Preaqueça o forno a duzentos graus. Numa frigideira de ferro fundido, sele a carne dos dois lados para manter os sucos dentro. Coloque os bifes no forno usando a mesma frigideira e deixe que cozinhem de cinco a sete minutos. Sirva com pão fresco quente e manteiga em cima de folhas de alface, usando os líquidos da carne como molho.

Minha mãe sempre me disse para tirar a gordura do bife porque não me faria bem. Ela é vegetariana e nutre uma desconfiança natural pela carne dos animais e pela comida criada em cativeiro. Deixei de tirar a gordura da carne. Adoro comer a gordura, sentir a gordura quente e salgada e gelatinosa entre os dentes. Adoro quando cobre minha garganta e irrita meu estômago, lembro que estou fazendo algo que não devia.

Esse ex-namorado me serviu sua refeição perfeita. Transei com ele depois de lavar a louça, mas não atribuo o crédito à comida, que estava, como prometido, perfeita. O vinho que tomamos era vermelho e encorpado e doce, e deixou tudo embaçado naquela cozinha quente e bagunçada. Bebemos direto da terceira garrafa, rindo quando dávamos goles pelo vidro fino e ouvíamos ecos esquisitos que pareciam vindos de um gravador. Ele ficou de pé atrás de mim e cravou os dentes no meu pescoço. Seu hálito estava quente e alcoólico, e à medida que os dentes pressionavam minha pele, eu chegava mais perto. Depois, mal conseguia andar até o quarto. Estava tão bêbada que engatinhei, e ele me seguiu, colocando o pé descalço na minha bunda para me empurrar. Deixei que ele fizesse isso. Eu deixei. Ele trouxe outra garrafa de vinho. Me jogou na cama, tirou minha roupa e me virou de barriga para baixo.

Não é que eu goste de cozinhar. Minha mãe sempre dizia que a mulher nunca deve cozinhar para o homem, porque isso lhe daria permissão de tratá-la de qualquer jeito. Ela sentia rancor pelo meu pai, apesar de seu amor por ele. Sentia rancor por ele poder ir e vir quando bem quisesse, e sentia rancor da normalidade de seu rancor. Sentia rancor de ser mais inteligente que ele. Quando comecei a ir à escola, minha mãe passava muitos de seus dias no fundo da sala do meu pai, ouvindo suas aulas. Tem algo de especial em um homem ao lado de um quadro-negro, ela dizia. À noite, ela o ajudava a avaliar e preparar apresentações para conferências e escrever artigos acadêmicos. Ela dizia: "Eu devia voltar a estudar", e ele lhe dava um tapinha na mão e ria alto, e isso me fez sentir rancor, também. Você nunca me fez sentir rancor.

Quando fiquei deitada com o rosto enfiado nos lençóis ásperos, ele abriu minhas pernas. Apoiou uma mão suada na minha nuca, me imobilizou e me fodeu com a garrafa de vinho, o Merlot caro espirrando por todo lado. Tinha visto isso num filme, ele disse. Estava me arregaçando, ele disse. Me perguntei se o vinho ia manchar meu útero. Naquele momento, me senti desgraçada e humilhada. Foi um momento de honestidade tão perfeita que gozei, e ele percebeu. Ficou em cima de mim me vendo estremecer e choramingar e morder o lábio. Ele disse: "É isso aí, baby", maravilhado. Deixei que ele fizesse muito mais. Eu deixei. Na manhã seguinte, acordei com uma dor de cabeça pontiaguda, e minha boca era um lugar horrível, solitário. Encontrei minhas roupas e minhas chaves, e assim que cheguei em casa, joguei minha bolsa no hall de entrada e subi as escadas e entrei no chuveiro sem tirar a roupa. Fiquei lá embaixo da água fria, a calça jeans e a blusa de putinha grudadas no corpo, hematomas se espalhando pelas minhas costas, pela bunda, no meio das pernas. Pensei no quanto valorizo a repetição.

Minha melhor amiga está apaixonada por mim. Você sabe e acha legal. Você gosta de ter o que outra pessoa quer. Eu também gosto. Você teme que minha atenção vá se desviar porque já fiquei com mulheres, mas elas são boazinhas demais e maldosas demais, e você é real demais. Minha melhor amiga é louca, mas não de um jeito charmoso que inspira histórias interessantes. Ela é filha do meio, criada por diplomatas do serviço estrangeiro. Ficou traumatizada de se mudar tantas vezes, sendo forçada a se adequar a tantas culturas diferentes. Você gosta de dizer que ela não bate bem, balançando os dedos perto da orelha e assobiando. Ela tem uma namorada igualmente louca que mora na Califórnia do Norte numa espécie de comuna hippie. Elas se veem nos solstícios e passam o resto do tempo enviando longas cartas cobertas de caligrafias minúsculas, perturbadas. Às vezes, os pais dela ligam na nossa casa para saber se temos notícias. Ficam com medo de que ela acabe sendo uma daquelas pessoas tristes que morrem sozinhas em casa e só são encontradas quando já é tarde demais — verdes e inchadas, a pele descamando. Antes de te conhecer, eu e ela não éramos tão diferentes.

Eu sei por que você está comigo ou pelo menos como isso que a gente tem começou. Sou negra o suficiente para satisfazer seu desejo de estar com uma pessoa exótica, mas não sou tão negra a ponto de criar problemas intransponíveis quando estamos com sua família. Você gosta de brincar que sou o melhor de dois mundos, com meu pai branco e minha mãe negra e minha boa educação — meu sotaque discreto do Centro-Oeste e minha pele de caramelo. Você me ama mais no verão, quando passamos as tardes na beira do lago, ficando bronzeados e bebendo e nos entregando aos pernilongos e ao bronzeador. Minha pele fica mais escura debaixo do sol, mas não perigosamente escura. Minha pele brilha, e quando estou suada, você gosta de lamber meu ombro. Você belisca meu corpo com os dentes e solta um gemido que vem de algum lugar lá no fundo, e sei que você é meu. Você transa melhor no verão.

Às vezes, nos aventuramos na água, cravando os dedões no limo quente, e você começa a nos girar e girar no raso até ficarmos tontos. Andamos para bem longe da costa, atravessando a água, falando bobagens. Passamos daquele ponto em que o fundo do lago se afunda em profundidades desconhecidas. Você fica boiando de barriga para cima e eu boio entre suas coxas, apoiando os braços nas suas pernas. Você aponta para a areia e diz: "Veja como chegamos longe quando estamos juntos", e esse momento sempre me deixa sem ar. Três verões atrás você me pediu em casamento pela segunda vez enquanto flutuávamos lá longe na água aberta, azul. Eu me afastei de você e deixei meu corpo afundar completamente. Abri os olhos e o vi me observando, seus braços fazendo grandes ondas delicadas. Eu disse sim, minhas palavras borbulhando devagar até a superfície.

Te amo porque você é simples, mas não daquele jeito banal e ofensivo a que às vezes os homens são relegados. Não. Você é simples porque é otimista. Você acredita que quem leva uma vida boa será abençoado com as boas notícias. Você diz que somos boa gente. Diz que a gente merece ser feliz. Eu digo que não sou boa, e você diz que sabe do que fala. Sua generosidade de espírito me comove. Olho para você com seus olhos bonitos e seu rosto liso, seu coração aberto e suas mãos macias. Sou uma coisa suja perto de você. Não sou bonita nem lisa nem suave nem simples. Raramente discutimos, mas não por falta de tentativa da minha parte. Perco a razão e você fica do meu lado, calmo, e isso me deixa com ainda mais raiva. Faço exigências impossíveis e você cumpre todas. Digo coisas horríveis e você nunca me joga na cara depois. Só uma vez você saiu e me deixou falando sozinha. Eu menti e disse que te odiava. Disse que nos usávamos. Disse que você sofria de um caso grave de tesão por negras. Seus olhos se arregalaram e eu percebi que finalmente tinha passado do seu limite. Você agarrou minha garganta com uma das mãos e me empurrou pela sala até encostar minhas costas na parede. Quando levantou a outra mão, voltei a respirar e fiquei calma. Meu corpo inteiro ficou mole e livre porque finalmente encontrei quem eu procurava dentro de você. Fechei os olhos e esperei. Esperei que você me machucasse do jeito que eu merecia, do jeito que eu precisava, mas você parou. Afrouxou a mão e não disse nada. Quando se afastou, você parou por um momento, virou e apontou um dedo em minha direção. Sua mão estava tremendo.

 Balões me fazem chorar, assim como bandas marciais e fogos de artifício. Quando eu tinha cinco anos, uma vez fiquei segurando um balão vermelho perfeito no meio de um shopping lotado. Eu e minha mãe estávamos descendo a escada rolante. Soltei o balão sem querer. Comecei a correr e tentei subir a escada rolante para alcançar o balão, tentei agarrar o cordão de segurança, mas não consegui fazer nada e caí nos dentes de aço e quebrei a clavícula. Minha mãe me levou correndo ao hospital e ficou de guarda ao meu lado. Comecei a entender o quanto ela me amava e fiquei aterrorizada em saber que eu era tão importante assim. Não havia muito o que o hospital pudesse fazer por mim depois que devolveram o osso ao lugar. Enquanto dois médicos me imobilizaram e colocaram meus ossos de volta no lugar certo, minha mãe arreganhou os dentes, ficou se balançando para a frente e para trás com a violência de uma criatura selvagem. O quarto ficou em silêncio. O médico colocou meu braço numa tipoia para mantê-lo imobilizado, para permitir que meu corpo se recuperasse, e saiu do quarto rapidamente. Minha mãe nunca mais me deixou subir numa escada rolante. É por isso que minhas panturrilhas são ótimas.

 Sou filha da minha mãe. Se alguma coisa acontecesse com você, eu precisaria ser sacrificada. Eu ia virar um animal.

 Também já fui mãe e você foi pai, e tivemos um bebê, ou pelo menos a ideia de um bebê crescia no meu ventre e em nossos corações. Compramos livros e procuramos uma casa maior, e não contamos para ninguém, não porque tínhamos medo, mas porque era maravilhoso ter esse pequeno mistério só nosso. Foi você quem acordou com meu sangue nas coxas e nos levou ao hospital, e me carregou para dentro enquanto uma cólica horrível me atravessava. Você chorou quando a ideia do nosso bebê não podia mais continuar. Tecido cicatricial e retroversão uterina e azar mesmo, os médicos nos disseram. Como é que você não sabia que ter um bebê seria difícil, o médico perguntou. Quando você saiu da sala, o médico me olhou por cima dos óculos. Colocou sua mão quente e ligeiramente suada em cima da minha, com cuidado para não pressionar o acesso do soro. Ele disse:

— Alguma coisa causou esse tipo de dano, a cicatriz — ele disse. — Sinto muito. Já foi um milagre você ter conseguido engravidar.

Você voltou para o quarto com flores. Deitou na cama ao meu lado e beijou minha testa várias vezes. Pela quarta vez, você me pediu em casamento. Me curvei em seu corpo. Tentei segurar você.

Caça era coisa séria onde morávamos quando eu era mais nova. Às vezes, eu via homens arrastando veados abatidos de suas caminhonetes, os animais mortos parecendo vivos, não fosse por um buraco de bala perfeito com bordas escurecidas ou por um ferimento de flecha sangrando no pescoço. Os caçadores penduravam a caça na balança do armazém da cidade. Minha mãe sempre tentava cobrir meus olhos, mas eu me esquivava de seu abraço protetor. Eu ficava olhando para o veado morto. Lembro de seus corpos mortos e de seus olhos sempre abertos na humilhação final.

Steven Winthrop trabalha como corretor de imóveis em Atlanta. Parece bem-sucedido. Tem a mesma aparência que sempre teve. Sua testa ficou maior e há uma pequena vitória nisso, mas, em geral, ele continua bonitão. Especializou-se em imóveis corporativos. Em seu site, ele aparece vestindo um terno cinza com uma gravata rosa. Embaixo do nome, um lema: "Revi--VENDO a experiência". Anotei o endereço do escritório, o e-mail, o telefone. Escrevi com tanta força que as formas dessa informação continuam na minha escrivaninha. Quando trabalho, esfrego os dedos pelos entalhes dos números quatro, seis, nove, sete, dois. No último Natal, quando visitamos meus pais, o vi duas vezes. Na primeira vez, ele estava saindo de um sedã de luxo alemão de última linha com uma mulher alta e loira e um menininho igual a ele. Ele começou a acenar, mas parou, o braço estranhamente sem rumo no ar. Na segunda vez, ele estava fumando na varanda da casa dos pais e eu também tinha saído para fumar. Quando me viu, não desviou o olhar e eu também não. Ele não acenou e eu também não. Depois de três cigarros, ele desceu da varanda e veio em minha direção. Corri para dentro de casa. Me escondi no *closet* do meu quarto, escuro e apertado. Não conseguia respirar. Você me encontrou lá, e quando eu não conseguia me mexer, você sentou do meu lado.

Uma boa barraca de caça tem camuflagem adequada e um bom apoio para a arma. Precisa ser robusta, equilibrada e ter algum tipo de revestimento no chão para reduzir o ruído. Steven Winthrop encontrou uma cabana abandonada na floresta que ficava atrás do nosso loteamento. Tinha duas janelinhas com o peso ideal para serem usadas como apoio para arma e um chão de terra coberto de pedras e gravetos, bitucas de cigarro velhas, latas vazias de cerveja e refrigerante, cartuchos de bala e um macacão de caça laranja. Havia um banquinho encostado numa das paredes, mas, fora isso, a cabana estava vazia.

— Os caçadores devem ter usado essa cabana como barraca de caça em algum momento — Steven disse. — Mas acho que foram embora.

Você sumiu por três dias depois que finalmente passei do seu limite e disse coisas que não podia desdizer. Fui trabalhar todos os dias. Fiquei sentada no escritório e sorri e fingi estar viva. À noite, eu dirigia por aí procurando você. Estacionava na frente da casa dos seus pais e olhava a televisão tremendo e os dois sentados nas poltronas. Passava na frente da casa de todas as pessoas que você conheceu na vida. Eu te ligava e deixava mensagens exigindo que voltasse para casa. Fiz login no seu e-mail e entrei na sua conta bancária procurando uma pista, mas você tinha desaparecido por completo. Na terceira noite, a rede mundial da realidade era irreconhecível. Deixei um bilhete para o caso de você voltar, e fui para a parte mais podre da cidade. Entrei nos piores bares e procurei o cara mais canalha. Ele me pagou drinques e eu bebi todos até que a língua ficasse mole dentro da boca e fosse impossível dizer a palavra "não". Ele era alto e magro, mas seu corpo era todo torneado de músculo. Tinha a pele amarelada e olhos apertados e nariz largo. A barba por fazer cobria sua cara e seu pescoço. Tinha uma tatuagem de coração anatomicamente correta na parte interna do pulso, e quando agarrou meu cabelo com a mão, o coração pulsou. Eu teria ido com ele para casa e deixado que fizesse qualquer coisa comigo. Teria deixado que ele me maltratasse, mas quando estávamos na frente do bar, numa névoa de fumaça de cigarro, meu telefone tocou. Vi seu nome na tela brilhante. Fiquei de joelhos.

Na faculdade, minha melhor amiga também dividia a casa comigo. Ela não era muito de namorar. Era muito estranha para as meninas gay-até-a-formatura, inclusive na nossa universidade superfaturada e liberal. Em vez de namorar, ela me seguia o tempo todo, o que lhe rendeu o apelido de Sombra. Ela achava que era um elogio. Ela é essa pessoa — nunca entende nada direito ou pelo menos finge para que os outros pensem que é inofensiva. Essas coisas são meu ponto fraco. Eu levava meninos e meninas para o nosso quarto. Ela fingia que estava dormindo. Eu fingia que acreditava que ela não estava fingindo. Eu trepava com meninos e meninas e não economizava no barulho, e sempre que olhava do outro lado do quarto, via aquela menina estranha me encarando, o branco brilhante dos olhos, a respiração ofegante igual a minha.

O cara mais canalha me agarrou pelo cabelo novamente e puxou meu rosto em direção à sua virilha. Ele já estava duro, e insistente em contato com minha bochecha. Engoli em seco e disse que aquela noite tinha sido um mal-entendido. Disse que precisava pedir licença de um jeito bastante formal, e ele riu. Riu tão alto que sua voz ecoou ao nosso redor e invadiu a rua, e depois de alguns segundos, ele tirou a mão e me pôs de pé. Disse que não ria daquele jeito havia muito tempo. Deixou que eu fosse para casa te encontrar. Você estava andando de um lado para outro quando entrei pela porta, e eu ainda estava bêbada, então comecei a chorar. Você gritou comigo. Suas mãos estavam trêmulas de novo. Você tentou me abraçar, mas coloquei uma mão na frente, te afastei.

— Você não quer me abraçar — eu disse. — Estou toda fodida.

Você concordou. E disse:

— Sim, meu bem. Está mesmo.

E essa foi a primeira vez que você me pediu em casamento. Eu não tinha intenção de te dar um tapa. Foi instintivo. Assim que senti a maçã do seu rosto na minha mão, você sorriu. Estremeceu e segurou minha mão no rosto, depois encostou a boca na palma. Você me puxou para perto e pediu desculpa por ter sumido. Por mais que eu tentasse me desvencilhar, você não me soltou.

Eu e Steven Winthrop andávamos de bicicleta juntos na floresta porque a trilha era bem-feita, mas estreita. Eu ficava atrás dele e admirava seu corpo magro e atlético e me deliciava com aquela visão. Às vezes, fazíamos até piqueniques na barraca de caça abandonada. Fingíamos que éramos sofisticados e românticos. Líamos os romances da Judy Blume em voz alta. Nos beijávamos por horas e ele deitava em cima de mim, o moletom de Harvard macio na minha pele. Ele deslizava as mãos por baixo da minha blusa e contornava minha costela, e dizia que meu corpo era bonito, mesmo que eu ainda não tivesse tanto corpo assim. Sua boca sempre tinha gosto de cerveja e cigarros adocicados, não importava a hora do dia.

Sua mãe não me odeia, mas uma vez me puxou de lado quando você e seu pai saíram para cortar lenha. Me levou à sala de estar e me serviu uma taça de vinho. Deu um sorriso educado, virou na poltrona, colocou a mão no meu joelho e disse o que todas as mães de pele branca dizem quando seus preciosos filhos de pele branca se arranjam com meninas negras. Estava preocupada com nossos filhos hipotéticos, com a dificuldade que eles teriam, com a dificuldade que, na verdade, ela teria. Ela não sabia da ideia de um bebê que guardamos entre nós daquela vez. Disse que eu era diferente e especial, mas que talvez devêssemos pensar se nosso relacionamento era adequado. Pensei em nós dois na cama daquele hospital, no nosso luto que durou tanto tempo. Revidei, disse que qualquer criança cujos pais ganham mais de seis dígitos não sofreria tanto assim. Disse que meus pais nunca tinham sido um problema para mim. Ela apertou os olhos e falou que dinheiro não era tudo, que meus pais eram uma exceção. É por isso que ela pensa que sou gananciosa. Falei sem pensar. Falei para sua mãe que eu não podia ter filhos, não sem intervenção médica pesada, e os olhos dela brilharam na hora. O corpo dela vibrou dos pés à cabeça. Você precisa saber disso.

Eu acreditava em Steven Winthrop mais do que acreditava em Deus. Às vezes, entrávamos escondidos no quarto do irmão dele e olhávamos revistas de sacanagem tipo *Juggs* e *Gallery*, e então ele começava a me cutucar e tentava entender como meu corpo funcionava, dobrando meus membros como os das garotas nas páginas brilhosas. Eu o deixava fazer tudo isso até quando me sentia mais carne do que menina. No meu último ano da faculdade, trabalhei numa loja pornô no turno da madrugada. O rádio ficava sintonizado numa estação de rock o tempo todo. Aprendi a letra de todos os clássicos. É por isso que sou maravilhosa no caraoquê. A loja tinha dez cabines eróticas que os caras alugavam para ver vídeos no escuro. Havia um cinema de duas telas e prateleira atrás de prateleira de punhos de borracha e vibradores com formato de animal marinho e algemas revestidas de pelo vermelho e superproduções elegantes do pornô europeu. A melhor parte do trabalho era escolher os filmes que iam passar nos cinemas. Eu encontrava as opções pornográficas mais perturbadoras — mulheres obesas trepando com anões, musas da ala geriátrica sendo penetradas por caras asiáticos, amputados comendo gêmeas com os cotocos. A sensação era de justiça.

Sou filha única. Meus pais me tiveram e perceberam que só tinham amor para uma criança, e eu sempre valorizei a autocrítica que tiveram. Você tem um irmão e uma irmã, e não tem nada a ver com eles. É óbvio para qualquer um que seus pais gostam mais de você, e talvez seja por isso que seus irmãos estão sempre na pior. Eu e sua irmã temos muita coisa em comum. Sei disso por causa da curva que ela tem na coluna — seu corpo sabe das coisas. Você fica com medo de que eu me canse das ligações dela tarde da noite, te pedindo para buscá-la no bar ou querendo dinheiro emprestado. Tem medo de que eu fique de saco cheio de ver o clima tenso quando sua família se reúne, mas não vou, nunca. Quando você está fora da cidade, sua irmã vem em casa e passa a noite comigo porque entende a curva da minha coluna. Vemos Food Network e pedimos pizza. Bebemos vinho e soltamos estrelinhas na varanda, rindo quando as faíscas de luz queimam nossa pele. Dormimos no sofá e em silêncio contamos as horas que faltam até você voltar. Não é fácil segurar um desastre nas mãos e evitar que espirre pela casa toda. Eu e você sempre faremos o possível por ela, até que encontre alguém que a ajude a se manter no lugar do jeito que você me ajuda.

Os caras sempre tentavam ficar comigo na loja pornô. Eu deixava que tentassem. Eu deixava. Os clientes eram quase todos tristes, malcuidados, flácidos, mas inofensivos. Outros não eram. Uma vez um cara deslizou cinco notas novas de vinte dólares e um cartão de visita pelo balcão no minúsculo ponto cego das câmeras de segurança. Cinco minutos depois, o segui até uma das cabines eróticas e me sentei ao seu lado no banquinho. Era um lugar escuro, apertado, como um confessionário, só que mais sincero. Eu não conseguia respirar. Não conseguia me mexer. Fiquei atenta à campainha da porta da frente, mas assistimos Steven St. Croix e Chasey Lain mandando ver. Ela era superflexível e a sombra verde combinava muito com seus olhos azuis. Nunca soube o nome daquele cara. Ele agarrou minha mão e a colocou no colo. O pau era seco e quente e pequeno. Eu queria que aquele momento acabasse antes mesmo de ter começado, mas aquele lugar só tinha uma saída. Não queria que me machucassem. Ele não foi o último cliente que me deu dinheiro em troca da minha boca ou da minha mão ou de alguma outra coisa. Tenho até hoje alguns dos cartões, numa agenda no fundo do armário.

Quando se é um desastre como eu sou, os caras conseguem farejar sua presença. Eles querem caçar você. Seu irmão não é exceção. Na sua festa de aniversário em julho, eu estava na cozinha abrindo um saco de gelo. Todo mundo estava no quintal rindo e dançando embaixo das lanternas japonesas e das velas de citronela. Você estava bêbado e fazendo a dança do robô e fingindo que a dança era irônica, quando na verdade você dança a sério. Você ficava me chamando para dançar também e cantava um dos versos da sua música preferida, e eu cantava o próximo verso pela janela em cima da pia da cozinha. Você é um bêbado alegre, e eu não me importava com as demonstrações de entusiasmo, mesmo sabendo que depois eu precisaria arrastá-lo para a cama e te ajudar a tirar a roupa e dormir com seu braço pesado no meu peito, seu ronco bêbado no ouvido. Seu irmão apareceu por trás de mim e fiquei assustada. Pensei que estivesse sozinha com você, rodeada por todos os seus amigos. Estava tocando Kool & the Gang e eu estava rebolando enquanto enchia um balde de gelo. Meus dedos estavam gelados, mas a sensação era ótima. Era um verão muito quente e mesmo à noite o ar ficava denso e úmido e barulhento.

Seu irmão me agarrou com tanta força que as pontas dos seus dedos deixaram oito hematomas pequenos no meu quadril. O hálito dele tinha um cheiro doce de lúpulo fermentado. Ele me apertou em seu corpo carnudo, pressionando o queixo pontudo no topo da minha cabeça. Meu estômago revirou e meu peito apertou. Pensei no quanto odiava repetição. Fiquei paralisada, enfiei a mão no balde de gelo, desejei um pouco de misericórdia, desejei que o gelo deixasse meu corpo inteiro adormecido para que eu não sentisse nada. Não queria que me machucassem. Ele disse: "Eu também gosto de um pouco de café no meu leite", e apertou minha bunda, balançando a mão. Você me chamou de novo e parecia tão animado, como se não tivesse me visto há um tempão. Eu disse que iria logo, logo, e torci para que fosse verdade. Você me pediu em casamento pela terceira vez. Você gritou: "Casa comigo, meu bem, casa comigo agora", e nossos amigos riram e assobiaram, e eu sorri e lhe joguei um beijo. Eu disse sim, mas minha voz se perdeu no espaço que nos separava. Meu sangue pulsava com tanta violência que pensei que ia me desfazer. Eu disse ao seu irmão:

— Não faça isso. Não faça isso com ele. Não faça isso comigo.

Ele me prendeu entre seu corpo e o balcão, e a pressão me deixou sem ar. Seu irmão fez um barulho horrível, mas saiu de perto. Quando ele está por perto, sinto que está me observando, esperando. Por favor, nunca me deixe sozinha perto dele.

Contei à minha não-tão-melhor amiga e colega de quarto da faculdade sobre meus anos de putaria depois que nos formamos. Continuamos em contato, mas não sei exatamente por quê. Imagino que seja porque eu era tudo que ela tinha. Ela achou essa história muito interessante. Usou exatamente essa frase. Ficamos sentadas na sala da casa dela bebendo gim-tônica e ouvindo umas músicas horríveis de feminista hippie. Ela ficou sentada com as pernas cruzadas me encarando, a testa franzida.

— Essa é uma história muito interessante — ela disse, meio sem fôlego, pronunciando cada palavra com ênfase exagerada.

Ela quis ouvir cada uma das idiotices, se balançando para a frente e para trás enquanto se tornava minha confidente. Sua pele ficou extremamente vermelha, e ela lambia os lábios sem parar. Ficava excitada de me imaginar sendo usada daquele jeito. Ela tem uma formação invejável e frequentou muitas aulas de estudos feministas. Ela usa palavras como *empoderamento* sem ironia. Quando minhas confissões chegaram ao fim, ela chegou tão perto que nossos joelhos se tocaram e colocou a mão na minha lombar. Roçou o nariz no meu pescoço e eu fiquei arrepiada de desconforto. Me curvei para longe, sorrindo educadamente. Ela deslizou a outra mão por baixo da minha camiseta, apalpou meu seio delicadamente, e de repente eu estava deitada de barriga para cima, olhando para o teto, enquanto ela encostava a bochecha na minha barriga. Ela perguntou:

— Qual seria o custo para eu ficar com você?

Senti ódio dela. Coloquei as mãos em seus ombros, a empurrei para longe, o que só a deixou com raiva. Ela montou na minha cintura, prendendo meus braços dos dois lados. Reconheci o olhar que ela lançou, fiquei impressionada que não fosse exclusividade dos homens. Levantei o joelho com força no meio das pernas dela, e ela choramingou, saiu de cima de mim. Pela primeira vez na vida eu disse "não". O mundo pareceu glorioso e estranho em contato com os meus lábios.

Minha mãe me levava para me confessar uma vez por semana, às quintas, depois da escola. Eu ficava esperando no banco enquanto ela confessava seus pecados, e eu tentava ouvir o que ela dizia para de repente ter mais certeza do que Deus esperava. Fui por um bom tempo uma boa menina. Tirava boas notas. Tinha boas maneiras. Dizia por favor e obrigada. Usava saias de comprimento aceitável. Quando sentava no confessionário, não conseguia respirar. Odiava ficar naquele lugar escuro e apertado. Ficava lá e ouvia o padre, padre Garibaldi, e ele lambia os lábios secos e insistia para que eu me confessasse, me confessasse, me arrependesse. Ele tinha cheiro de alho. Uma vez me deu um folheto, *O guia jovem do terço e da confissão*. Aprendi sobre os mistérios gozosos, dolorosos, gloriosos do rosário, e aprendi a me confessar e a usar os Dez Mandamentos como bússola moral. Ouvia sua frustração quando eu ainda não tinha nada a dizer, quando não era capaz de assumir meus erros.

Adolescentes populares do sexo masculino andam em matilha. Steven Winthrop era o líder de uma matilha de cinco. Aonde quer que Steven e seus amigos fossem, eles andavam em perfeita formação, os passos sincronizados, os braços balançando na mesma velocidade. Eles sabiam preencher o espaço que os rodeava. Os amigos acreditavam em Steven Winthrop mais do que acreditavam em Deus. No *Guia jovem do terço e da confissão*, o primeiro mandamento declarava: "Eu sou o Senhor vosso Deus; não terás outros deuses diante de mim". Arriscávamos a salvação de nossa alma em nome de Steven Winthrop. E fazíamos isso com alegria no coração. Você também sempre foi popular. Vi as evidências no seu quarto da infância, meticulosamente mantido por sua mãe. Até hoje você tem matilhas de homens te seguindo, dispostos a fazer de você seu outro deus. Essa é a única coisa em você que me deixa assustada.

Você perdeu a virgindade no segundo ano da faculdade. Você acha quase vergonhoso ter esperado enquanto todo mundo achava que não tinha. Você acha bobagem ter amado a primeira menina com quem transou, ter planejado a primeira vez do jeito que planeja tudo — com muita consideração e atenção aos detalhes. Você chorou depois da primeira vez porque finalmente se sentiu completo. Me contou tudo isso na nossa primeira viagem de verdade, dez dias em Barcelona em que não falamos sobre trabalho ou nossas famílias ou qualquer coisa feia. Em vez disso, fazíamos papel de ridículo falando nosso espanhol de faculdade e visitávamos castelos e catedrais e andávamos para cima e para baixo nas *ramblas*. Falávamos sobre como éramos minúsculos no mundo e sobre todas as pessoas que nos trouxeram até nós dois. Você acha que perdi a virgindade no primeiro ano da faculdade com um cara chamado Ethan. Você riu quando contei essa fábula, disse que um cara chamado Ethan nunca poderia satisfazer uma mulher. Você disse que adorou o fato de eu também ter esperado. Disse que gostaria de ter esperado por mim. Eu disse que gostaria de ter essa opção, e então mudei de assunto.

Numa tarde de quinta-feira perfeita de junho, quando eu ainda era praticamente só uma menina, Steven Winthrop me levou ao nosso esconderijo secreto na floresta. Pedalando atrás dele, fiquei olhando para os pontos claros que atravessavam as copas das árvores lá em cima. Dei muita risada e gritei "eu te amo!" para o vento. Ele se virou para me olhar e deu um sorriso. Quando chegamos à cabana, o grupo de Steven Winthrop estava me esperando. Me ofereceram latas de cerveja quente, mas eu disse não. Fizeram piadas. Fingi que achava engraçado. Puxei Steven Winthrop de lado, disse que não queria sair com os amigos dele. Tentei ir embora, mas aqueles meninos eram bem maiores do que eu. Bloquearam a porta e deram risada. Disseram: "Essa aqui vai querer brigar", e disseram que sempre quiseram experimentar um pouquinho de açúcar mascavo. Fiquei em pé no meio da cabana e o espaço foi ficando escuro e apertado. Não conseguia respirar.

Uma vez um terapeuta me disse que, com o tempo e a distância, as memórias enfraquecem. Ou ele não tinha imaginação ou era compaixão que faltava. Ele também me disse que eu era bonita demais para ter problemas de verdade. Comecei a me consultar com ele porque estava comendo tudo que estivesse por perto. Da hora que acordava à hora que dormia, me entupia de comida. Comia até sentir nojo, até conseguir ver minha barriga se mexendo e se deformando por baixo da pele. Nunca tinha fome, mas comia e comia até que as pessoas que eu conhecia pararam de me reconhecer. Comi até ficar doente, até todo mundo que me visse ficasse enojado, para que eu nunca mais fosse presa num lugar terrível. Nunca mais vou voltar a ser uma coisa grotesca de gordura, mas naquela época precisei de alguém que me desse um motivo para parar, para me sentir segura, e daquele terapeuta, que ficava sentado em sua cadeira Herman Miller cara, com as pernas cruzadas de um jeito efeminado, e me ajudava a catalogar minha beleza, mas não tinha mais nada a oferecer.

Steven Winthrop disse: "Eu vou primeiro". Foi aí que entendi. Ele mandou a matilha me imobilizar. Os meninos cravaram os dedos nos meus pulsos e nos meus tornozelos, e eu gritei tão alto que perdi a voz. Steven Winthrop uivava enquanto me comia. Socou o punho no meu peito. Gritou: "Sou o caçador de virgens!", e seus amigos riram e gritaram em coro: "Ele é o caçador de virgens!". O suor de Steven Winthrop caiu dentro dos meus olhos e fiquei cega. Não conseguia ver. Ele tinha um cheiro tão feio — azedo e metálico — e seu corpo era tão pesado. Estava raivoso. Sussurrou no meu ouvido, me chamou de "meu benzinho". Me disse que eu estava gostando. Quando gozou, soltou um grunhido alto no meu ouvido, ficou em cima de mim, ofegando por um bom tempo. O suor dele me manchou. A matilha perdeu a paciência, então Steven Winthrop, com um só movimento, saiu de cima e ergueu as calças, e depois ficou deitado de lado só assistindo. Quando nossos olhos se encontravam, ele não olhava para outra direção. Ele sorria.

A matilha foi se revezando. Os corpos eram duros, musculosos, exigentes, insaciáveis. Eles me despedaçaram. Não se importavam quando eu me debatia. O menor era o mais cruel, o mais dedicado a me destruir. Quanto mais eu lutava, mais alto eles relinchavam. Depois de mais ou menos uma hora, Steven Winthrop e a matilha fizeram uma pausa, todos suados e ofegantes. Deram parabéns uns aos outros, estavam orgulhosos. Fiquei sentada no canto da cabana, os joelhos encostados no peito. Por um buraco no teto, olhei para o céu perfeito de um dia perfeito de junho. Quando começaram de novo, desisti de lutar. Só olhei para o sol que ia se pondo e olhei para o céu que escurecia e olhei para o começo da noite escura.

Depois, quando o resto da matilha foi para casa, Steven Winthrop me ajudou a vestir a roupa. De todas as maldades, sua bondade era a pior. Ele cuspiu na minha calcinha rasgada e a usou para limpar meu rosto antes de guardá-la no bolso. Ergueu minha calça jeans até o quadril e a abotoou com cuidado. Beijou meu umbigo e os hematomas que floresciam ao redor. Colocou minha camiseta por cima da minha cabeça e sua jaqueta do time da escola nos meus ombros. Beijou minha testa e disse que eu era uma boa menina. Ficamos quietos enquanto andamos com as bicicletas até nossas casas. Ele me acompanhou até a entrada da garagem. Meus pais saíram correndo da casa. Gritaram que estavam loucos de preocupação e tinham chamado a polícia. Perguntaram a Steven onde ele tinha me encontrado, as vozes mais agudas ainda.

— Saí para procurar meu cachorro e a encontrei perambulando pela floresta — Steven disse. — Queria tê-la encontrado antes.

Meus pais emudeceram, me olharam dos pés à cabeça, disseram que mal me reconheciam. Tentaram me abraçar, mas mantive as mãos na frente do meu corpo, me afastei, implorei que, por favor, não encostassem em mim, só me deixassem quieta. Minha mãe balançou a cabeça devagar, cobrindo a boca com a mão. Começou a chorar. Meu pai correu para dentro da casa para chamar uma ambulância, e quando voltou, agradeceu a Steven por ter me ajudado. As mãos do meu pai sacudiram quando ele apertou firme as de Steven. Disse que Steven devia entrar logo em casa, antes que seus pais ficassem preocupados, disse que havia gente perigosa no mundo, disse que a polícia talvez quisesse falar com ele. Steven mostrou seu sorriso perfeito, mas não conseguiu mais me olhar nos olhos quando se inclinou, segurou meu pulso, beijou minha bochecha. Gemi baixinho e me curvei, vomitando nas margaridas que emolduravam a caixa de correio.

No hospital, detetives e assistentes sociais e médicos e enfermeiras me perguntaram quem tinha feito aquela coisa horrível. Tiraram fotos e cutucaram e rasparam e me arreganharam igual ao veado na balança do centro da cidade. Fizeram mais perguntas, me deram uma roupa de ginástica cinza, disseram que precisavam das minhas roupas. Eu não disse nada. Não conseguia respirar. Quis que a chuva me encontrasse, caísse, lavasse tudo. Eram quase três da manhã quando voltamos para casa, meu pai dirigindo, resmungando raivosamente entre os dentes cerrados. Fiquei no banco de trás com minha mãe, a jaqueta de Steven Winthrop ainda nos meus ombros. Quando saímos da garagem e andamos em direção a casa, o vi nos observando de seu quarto. Deixei a jaqueta cair no chão. Depois que tomei banho, minha mãe sentou na beirada da minha cama, afastando cachos de cabelo molhado do meu rosto. Ela girava a aliança de casamento sem parar, nervosa. Ela disse:

— Você não precisa falar sobre isso — ela disse. — Podemos fingir que nunca aconteceu.

Eu não fingi e nós fingimos.

A carne de veado é uma carne peculiar — fibrosa e pungente, difícil de digerir, mas popular em muitos círculos. Eu não gosto de carne de veado. Não confio em nenhum tipo de carne que venha de um animal abatido na natureza. Você adora caçar, passar dez dias de cada outono na floresta com seu pai e seu irmão, amontoados em barracas de caça minúsculas, cobertos de xixi de veado, os dedos anestesiados pelo frio. Caçando você se sente homem, você diz. Toda temporada você me traz veado fatiado, linguiça de veado, carne-seca de veado, veado moído. Sua mãe nos deu um freezer e guardamos suas riquezas no porão, cuidadosamente etiquetadas. A palavra *veado* lembra *venari*, do latim, *caçar*. Acho cruel, lembrar de uma coisa pelo fim que ela recebe.

Você é a alegria da minha vida. Eu sou um desastre, mas serei a alegria da sua. O que temos é uma coisa perfeita, como o bebê ou a ideia de um bebê que um dia tivemos, um bebê que nunca nasceu, mas foi o segredo sagrado que guardamos entre nossos corações. Quando me toca, você sente o que há além de mim, além da feiura que mora debaixo da minha pele, você me faz sentir, você me mantém em pé, você coloca minha pele no lugar. Da próxima vez que me vir, estarei usando sua aliança no dedo esquerdo. Vou dizer sim. Você vai me ouvir.

Agradecimentos

VERSÕES DESTES CONTOS ESTIVERAM EM *Best American Mystery Stories* (2014), *Best American Short Stories* (2012), NOON, *Barrelhouse, West Branch, Monkeybicycle, Night Train, Oxford American, Twelve Stories, Collagist, Hobart, Acappella Zoo, Annalemma, Pear Noir, Word Riot, Storyglossia, Minnesota Review, A Public Space, American Short Fiction, Literarian, The Normal School, Copper Nickel, Joyland* e *Black Warrior Review*. Agradeço a todos os editores que publicaram estes contos pela primeira vez. Quero dar destaque especial a Elizabeth Ellen, que selecionou meu conto "Região Norte" da lista de inscrições da *Hobart*, e fez com que fosse incluído na *Best American Short Stories*.

Amy Hundley é a incrível governanta das minhas palavras. Maria Massie é a agente que perguntou qual era meu sonho como escritora e transformou esse sonho em realidade. Dizer obrigada nem começaria a expressar o que eu gostaria de dizer. De qualquer forma, obrigada. John Mark Boling é meu querido assessor de imprensa na Grove, e sou eternamente grata por seu esforço em levar minha ficção ao mundo. Também gostaria de agradecer a Amanda Panitch, Clare Mao, Jami Attenberg, Lisa Mecham, Mensah Demary, M. Bartley Seigel, Alissa Nutting, Aubrey Hirsch, Devan Goldstein, Tayari Jones, Brian Leung, Krista Ratcliffe, Trinity Ray, Kevin Mills, Sylvie Rabineau, Terry McMillan, Channing Tatum (com admiração especial por seu pescoço), Beyoncé (com admiração especial pelo álbum *Lemonade*) e *Law & Order: SVU*.

Agradeço à minha família, formada pelos meus torcedores mais fervorosos e mandadores da real — Michael e Nicole Gay, Michael Gay Jr., Jacquelynn Camden Gay e Parker Nicole Gay, Joel Gay e Hailey Gay, Mesmin Destin e Michael Kosko, Sony Gay e Marcelle Raff.

Por fim, mas não por último, agradeço a Tracy, que me lê antes e depois de todo mundo, melhor amiga, motivação, guardiã de segredos, cuidadora do coração.

Créditos

Os contos a seguir apareceram antes nestas publicações:

"Eu vou seguir você" foi originalmente publicado numa versão um pouco diferente em *West Branch*, n. 72, no inverno de 2013, e em *Best American Mystery Stories*, 2014. Copyright © 2014 Houghton Mifflin Harcourt Publishing Company.

"Água, todo seu peso" foi originalmente publicado numa versão um pouco diferente com o título "O peso d'água" em *Monkeybicycle*, n. 7. Copyright © 2010 Monkeybicycle Books.

"A marca de Caim" foi originalmente publicado numa versão um pouco diferente em *Night Train*.

"Mulheres difíceis" foi originalmente publicado numa versão um pouco diferente, com o título "Coisas importantes", em *Copper Nickel*, 2013.

"Flórida" foi originalmente publicado numa versão um pouco diferente, com o título "Ginástica em grupo", na *Oxford American*, n. 80, primavera de 2013.

"La negra blanca" foi originalmente publicado numa versão um pouco diferente no *The Collagist*, n. 3, outubro de 2009.

"Braço de bebê" foi originalmente publicado numa versão um pouco diferente na *Rick Magazine*, anteriormente *The Mississippi Review Online*.

"Região Norte" foi originalmente publicado numa versão um pouco diferente na *Hobart*, n. 12, em *Best American Short Stories*, 2012, e em *New Stories from the Midwest*, 2012.

"Como" foi originalmente publicado numa versão um pouco diferente na *Annalemma*, n. 6.

"Réquiem para um coração de vidro" foi originalmente publicado numa versão um pouco diferente em *A Cappella Zoo*, n. 3, outono de 2009.

"Na ocasião da morte do meu pai" foi originalmente publicado numa versão um pouco diferente em *Pear Noir!*, n. 3.

"Quebrar por inteiro" foi originalmente publicado numa versão um pouco diferente em *Joyland*, 2013.

"Padre malvado" foi originalmente publicado numa versão um pouco diferente em *Storyglossia*, n. 34, julho de 2009.

"Relacionamento aberto" foi originalmente publicado numa versão um pouco diferente no *Minnesota Review*, n. 80, 2013.

"Um tapinha" foi originalmente publicado numa versão um pouco diferente em *Noon*, 2012.

"Melhores características" foi originalmente publicado numa versão um pouco diferente em *Barrelhouse Online*, novembro de 2010.

"Densidade óssea" foi originalmente publicado numa versão um pouco diferente em *Word Riot*.

"Eu sou a faca" foi originalmente publicado numa versão um pouco diferente em *The Literarian Issue*, n. 4.

"O sacrifício da escuridão" foi originalmente publicado numa versão um pouco diferente em *American Short Fiction*, v. 15, n. 55.

"Coisas nobres" foi originalmente publicado numa versão um pouco diferente em *A Public Space*, n. 21, verão de 2014.

"Outros deuses" foi originalmente publicado numa versão um pouco diferente em *Black Warrior Review*, n. 37.2.

Este livro foi composto na fonte Fairfield e impresso
em papel Pólen Soft 70 g/m², na gráfica Santa Marta.
São Paulo, março de 2019.